Löhr si

GW01388495

Peter Meisenberg, Jahrgang 1948, studierte Geschichte, Philosophie und Germanistik. Er lebt als freier Autor in Köln.

PETER MEISENBERG

Löhr sieht rot

KRIMINALROMAN

emons:

Bibliografische Information der Deutschen Nationalbibliothek
Die Deutsche Nationalbibliothek verzeichnet diese Publikation
in der Deutschen Nationalbibliografie; detaillierte bibliografische
Daten sind im Internet über http://dnb.d-nb.de abrufbar.

MIX
Papier aus verantwor-
tungsvollen Quellen
FSC
www.fsc.org   FSC® C083411

© Emons Verlag GmbH
Alle Rechte vorbehalten
Umschlagmotiv: Peter Meisenberg
Umschlaggestaltung: Tobias Doetsch
Gestaltung Innenteil: César Satz & Grafik GmbH, Köln
Druck und Bindung: CPI – Clausen & Bosse, Leck
Printed in Germany 2015
ISBN 978-3-95451-718-3
Originalausgabe

Unser Newsletter informiert Sie
regelmäßig über Neues von emons:
Kostenlos bestellen unter
www.emons-verlag.de

Für Gunter

1

Sie war eine Erscheinung. Und sie musste zum ersten Mal hier sein. Löhr erkannte es an den Blicken der Stammgäste, die ihr auf ihrem Gang zum Tresen folgten wie einer exotischen Jagdbeute. Salvatore blieb zwischen zwei Zügen aus seiner Zigarette der Mund offen stehen, Löhr zählte durch den langsam herausquellenden Rauch hindurch seine schwarzen Zahnstümpfe. Es waren vier. Federico führte die Bewegung, die seine Espressotasse zum Mund führen sollte, nicht zu Ende. Die Tasse blieb auf halber Strecke in der Luft stehen, leicht zitternd wegen Federicos Tremor.

Es war elf Uhr morgens, und bis auf Löhr saßen nur alte Männer im »Café Zero«. Der einzig junge war Andrea, der zwanzigjährige Sohn des Cafébesitzers. Er stand heute hinterm Tresen, und als die Frau, sie war vielleicht Mitte dreißig oder Anfang vierzig, ihn auf Italienisch fragte, ob sie mal die Toilette benutzen dürfte – »*posso usare i suoi servizi?*« –, fiel ihm keine Antwort ein, weil seine ganze Aufmerksamkeit von ihrem Dekolleté in Anspruch genommen wurde.

Als Andrea schließlich geistesabwesend nickte, war sie schon auf dem Weg in den hinteren Teil des Cafés. Sie hatte es ganz offensichtlich eilig, blickte sich aber, nachdem sie die Toilettentür gesehen hatte und darauf zuging, noch einmal um. Löhr, der wie alle anderen im Café der dunkelhaarigen Schönen mit dem stolzen Gang nachschaute, glaubte, so etwas wie gehetzte Wachsamkeit, vielleicht sogar einen Anflug von Panik in ihrem Blick zu erkennen. Doch in dem Moment, in dem sie in der Toilette verschwand und er seine durch ihren Auftritt unterbrochene Zeitungslektüre fortsetzte, hatte er die Beobachtung auch schon wieder vergessen.

Bis eine Minute später der erste der beiden Typen auftauchte.

Löhr wurde auf ihn aufmerksam, weil er beim Betreten des Cafés seine Zeitung streifte. Löhr ließ die Zeitung kurz sinken und sah, dass der Typ jemanden suchte. Das wäre nichts Besonderes gewesen, wenn der Mann ein Gast wie alle anderen im Café Zero gewesen wäre. Doch die Gäste im Zero trugen normalerweise keine Kanone im Hosenbund. Der feiste Typ mit dem teigigen Gesicht der Nachtmenschen aber gab sich noch nicht einmal besondere Mühe, sie unter seiner beigen Rentner-Windjacke zu verbergen. Im Gegenteil, er hatte den Reißverschluss seiner Jacke geöffnet, und seine rechte Hand umfasste ganz offensichtlich den Griff seiner darunter verborgenen Waffe. Er ging zwei Schritte ins Café hinein, registrierte mit einem leichten Schwenk seines Kopfes Löhr, die alten Männer auf der Fensterbank und Andrea hinterm Tresen, dann richtete sich sein Blick in den hinteren Teil des Ladens. Da erst fiel Löhr die schöne Frau wieder ein, die dort in der Toilette verschwunden war.

Er faltete sorgfältig seine Zeitung zusammen und legte sie auf den Tisch vor sich. Da der Tisch gleich neben der Tür stand, bemerkte er aus den Augenwinkeln den zweiten Typ. Der war vom gleichen Kaliber wie der drinnen, ein bleicher Mittdreißiger mit zurückgegeltem dunklem Haar. Statt einer Windjacke trug er trotz der sommerlichen Temperatur einen zugeknöpften, halblangen schwarzen Ledermantel. Vermutlich, weil auch er eine Kanone darunter verbarg. Er machte keine Anstalten, das Café zu betreten, hatte sich davor aufgebaut, offenbar als eine Art Rückendeckung für den ersten Kerl, der jetzt ohne Hast in den hinteren Teil des Cafés ging, sich den Toiletten näherte und dabei tatsächlich seine Kanone aus dem Hosenbund unter seiner Jacke zog, eine wuchtige Neun-Millimeter-Pistole einer Bauart, die Löhr nicht kannte.

Löhr stand langsam auf. Was auch immer jetzt hier passieren würde, er hegte nicht die Absicht, es als bloßer Zuschauer zu erleben. Nicht weil er ein Bulle war. Sondern weil das Café Zero zu so etwas wie seiner neuen Heimat geworden war, seitdem die »Germaniaschänke« vor einem Jahr dichtgemacht und er das zum Anlass genommen hatte, mal eine Weile auf Kölsch zu verzichten und stattdessen Espresso, Wasser und ab und zu ein Glas Wein zu trinken. Und an den Orten, die Löhr zu seiner Heimat erklärt hatte, ließ er nicht zu, dass sich einer deplatziert benahm. Und zu deplatziertem Benehmen zählte Löhr, einer Dame vor der Toilette aufzulauern. Beiläufig näherte er sich der Theke so, dass der Typ vor der Toilettentür, der ihn natürlich sehen konnte, keinen Verdacht schöpfte.

Der rappelte an der Klinke. Die Tür ging nicht auf. Der Typ trat einen Schritt zurück, schaute sich vergewissernd nach draußen zu seiner Rückendeckung. Der Ledermantel vor der Tür nickte kaum merklich. Löhr war klar, dass er in wenigen Sekunden seinen Auftritt haben würde. Er wusste nur noch nicht, wie er diesen Auftritt gestalten sollte. Auf jeden Fall nicht mit seiner eigenen Pistole. Die lag in der obersten Schublade des Flurschranks in seiner Wohnung.

»Kann man durch die Klofenster in den Hof?«, flüsterte Löhr Andrea hinter der Theke zu, der gedankenverloren Grappagläser polierte und von der ganzen Situation nichts mitbekommen hatte.

»Waas?«, antwortete Andrea.

Das Krachen der Damenklotür beendete das Gespräch. Löhr sah, wie der feiste Typ in der Windjacke mit der Schulter voran durch die Türfüllung brach und in der Toilette verschwand. Im gleichen Augenblick hörte man das Geräusch splitternden Glases. Andrea ließ vor Schreck das Grappaglas fallen. Die italienische Rentner-Besatzung des Café Zero erhob sich wie ein Mann von den Stühlen und starrte in Richtung des Lärms. Löhr war mit drei großen Schritten im Damenklo.

Dort hatte die dunkelhaarige Schöne offenbar auf den hereinstürmenden Feisten gewartet und ihm den Klospiegel über den Schädel gezogen; der Typ war zu Boden gegangen und lag mit dem Gesicht nach unten auf den Fliesen, den blutenden Kopf umrahmt von einer Corona aus Spiegelsplittern, beide Arme von sich gestreckt. Er sah aus wie die Figur auf einem Heiligenbild. Was ihn von einem Heiligen unterschied, war die Neun-Millimeter-Kanone, die seine Rechte immer noch umklammert hielt. Schwer atmend, die langen Haare vorm Gesicht, stand die Frau über ihm, hielt den verchromten Rahmen des Spiegels noch in den Händen. Doch in dem Augenblick, in dem Löhr im Türrahmen erschien, hatte sie sich offenbar zur Flucht entschlossen, ließ den Rahmen fallen, sprang nach vorn und prallte mit Löhr zusammen. Er verlor das Gleichgewicht, kippte zur Seite, ging zu Boden, die Frau mit ihm, sodass sie auf ihm lag. Löhr spürte ihr Gewicht auf sich und ihren keuchenden Atem in seinem Gesicht und roch durch ihr Parfüm hindurch ihren Schweiß. Beides, der weiche Körper und die überwältigende Geruchskombination, weckten augenblicklich seine Begierde.

In dem Augenblick, in dem die Frau sich von ihm erhob und wieder auf die Beine kam, stand der Typ mit dem schwarzen Ledermantel im Rahmen der Klotür. In der Hand hielt er eine doppelläufige abgesägte Schrotflinte, deren Mündungen sich abwechselnd auf die Stirn der Frau und auf Löhrs Kopf richteten.

»Wo ist es? Gib es mir, und du kannst gehen.«

Der Typ sprach ruhig, mit einem rauen, leicht gutturalen italienischen Akzent. Seine Miene blieb dabei ausdruckslos. Die Frau starrte zurück, mit ähnlich ausdrucksloser Miene, breitbeinig über Löhr stehend. Der fand es in dieser Situation irgendwie unpassend, sich vom Boden zu erheben. Sein Blick wanderte vom Finger des Mannes am Abzug der Flinte hin zu dem Kerl in der Rentner-Windjacke. Der lag immer noch ein paar Handbreit von ihm entfernt mit dem Gesicht auf den Klofliesen. Langsam aber kam Leben in seinen Körper zurück. Löhr bemerkte ein Zucken in seinen Schultern. Wenn er es statt mit zweien mit einem Gegner zu tun haben wollte, war jetzt die letzte Gelegenheit.

Er trat mit voller Kraft gegen das linke Knie des Ledermantel-Mannes, wuchtete sich gleichzeitig und ohne auf dessen Reaktion zu warten hoch, schmiss sich auf den feisten Kerl neben sich, riss ihm die Pistole aus der Hand, zielte in Richtung des Mannes mit der Schrotflinte und drückte ab. Er hatte richtig spekuliert. Die Waffe war durchgeladen gewesen. Die Energie des aufprallenden Geschosses warf den Mann in den Hinterraum des Cafés, er krachte mit dem Kreuz auf den Boden, aus seiner Flinte löste sich ein Schuss, doch die Schrotladung prasselte bloß in die Holzdecke. Löhr sprang auf den am Boden Liegenden zu, die Pistole auf seinen Kopf gerichtet. Sie sahen sich in die Augen. Der Mann atmete flach, das Projektil hatte ihn in die Brust getroffen und wahrscheinlich einen Teil seiner Lunge und die wichtigsten Herzkranzgefäße zerstört. In zwei Minuten würde er verblutet sein.

»Es wird dir kein Glück bringen«, sagte er.

»Was?«, fragte Löhr.

Aus den Augenwinkeln bemerkte er, wie sich die Frau hinter ihm in Bewegung setzte, er spürte sie in seinem Rücken, spürte eine leichte Berührung, und dann sah er, wie sie barfuß, ihre Schuhe in der Hand, aus dem Café rannte.

Löhr wiederholte seine Frage: »Was? Was bringt mir kein Glück?«

Doch der Mann am Boden war zu müde, um darauf zu antworten. Seine Augenlider schlossen sich langsam.

2

Als Löhr wieder zu sich kam, erkannte er über sich das verschwommene Gesicht von Andrea, dem Barmann, daneben tauchte ein anderes, ebenso verschwommenes Gesicht auf. Es musste der Notarzt sein, denn die zu dem Gesicht gehörende Stimme fragte ihn blechern und wie von weit her, wie er heiße, ob er wisse, welcher Tag sei und wo er sich befinde.

Während Löhr die Fragen beantwortete, wurde er mehr und mehr seiner Stimme und auch seiner anderen Sinne wieder mächtig. Die Gesichter über ihm gewannen Kontur, und die Erinnerung an das, was in und vor der Toilette des Café Zero geschehen war, kam zurück. Bis zu dem Zeitpunkt, an dem der vor ihm auf dem Boden liegende Mann im schwarzen Ledermantel langsam die Augen schloss.

»Was ist passiert?«, fragte er, wollte sich gleichzeitig aufrichten, doch ein sanfter Druck des Notarztes gegen seine Schulter hielt ihn zurück.

»Ruhen Sie sich aus. Sie haben ziemlich was abgekriegt und waren mehr als eine Viertelstunde nicht bei Bewusstsein.«

»Abgekriegt? Was abgekriegt?«

»Der Typ hat dir voll einen Stuhl über den Schädel gezogen«, sagte Andrea. »Und dann hat er dir deine Pistole abgenommen und wollte auf dich schießen, aber da kam von draußen schon der erste Bulle ins Café.«

»Und weiter?«

»Er ist abgehauen.«

»Einfach so?«

»Riesenballerei, Mann! Der hat wie Rambo um sich geschossen.«

»Zwei Streifenbeamten sind verletzt«, sagte der Notarzt, sein Kinn deutete nach draußen. Durchs Fenster sah Löhr ein Meer von Blaulichtern flackern, direkt vor der Tür des Zero standen zwei Notarztwagen.

»Scheiße«, sagte Löhr und richtete sich jetzt auf, den sanften Druck des Arztes überwindend. Sie hatten ihn auf die Fensterbank gelegt, auf der vor einer halben Stunde noch die Rentner an ihren Espressotassen nuckelten. Von denen war jetzt nichts mehr zu sehen. Das Innere des Café Zero hatte sich in einen Tatort verwandelt, wie Löhr ihn Dutzende Mal in seiner Zeit bei der Mordkommission erlebt hatte. Die Eingangstür war mit rot-weißem Absperrband blockiert, überall im ganzen Lokal waren Leute von der Spurensicherung in hellgrünen Overalls bei der Arbeit, zwei von ihnen sichteten und beschrifteten Einschusslöcher im Türrahmen und in der linken Wand und markierten die Patronenhülsen auf dem Boden. Im hinteren Raum erkannte Löhr einen Gerichtsmediziner, der sich über die Leiche des Mannes im Ledermantel beugte, neben ihm hockte Löhrs früherer Kollege aus dem Morddezernat, Rudi Esser.

Ausgerechnet Esser. Esser, mit dem er sich jahrelang ein Büro geteilt hatte, der seine Dienstabwesenheiten und seine sonstigen Fehler kaschiert hatte, wofür Löhr ihm bei seiner Frau Deckung gab, wenn Esser was am Laufen hatte. Und da Esser häufig was am Laufen und Löhr meistens Wichtigeres zu tun hatte, als Bürozeiten abzusitzen, Verfahrensregeln und Dienstvorschriften einzuhalten, waren sie einmal ein ganz ordentliches Team gewesen. Bis Löhr dann ins Einbruchsdezernat strafversetzt wurde und mehr und mehr aus dem Fahrwasser driftete, in dem normale Polizeikarrieren zu laufen pflegen. Danach hatte sich ihr Verhältnis deutlich abgekühlt. Eigentlich, das wurde Löhr mit einem Blick auf dessen lindgrünes Hemd noch einmal klar, war Esser immer schon der Inbegriff eines schlecht und viel zu bunt gekleideten borniertenen Spießers voller Ressentiments gewesen.

Löhr hatte sich aufgesetzt, die Hände neben sich auf die Fensterbank aufgestützt. Er drehte den Kopf nach rechts und nach links, beugte ihn nach vorne und nach hinten. Ihm war, als wabere ein riesiger blauer Fleck in seinem Schädelinneren. Jedes Mal, wenn er an die Schädelwände stieß, durchzuckte ihn ein greller weißer Schmerz. Er richtete sich auf und prüfte, ob er auch auf zwei Beinen stehen konnte. Irgendwie ging es. Die nächste Aufgabe war, wieder gehen zu lernen.

»Machen Sie es nicht!«, sagte der Notarzt, der ihn besorgt beobachtete. Jetzt erst fiel Löhr auf, dass der Mann noch keine dreißig war und mit seinen roten Backen wie ein Junge vom Land aussah.

»Geht schon«, sagte Löhr. Er tat einen Schritt zur Theke des Zero hin, dann noch einen. Bei jedem Schritt bohrte sich ein zentimeterdicker Zimmermannsnagel vom Halswirbel in seinen Kopf hinein.

»Sie haben ein Schädel-Hirn-Trauma. Mindestens eine schwere Gehirnerschütterung«, sagte der rotbackige Arzt. »Wir müssen das röntgen.«

Löhr betastete seinen Kopf. Man hatte ihn mit einem dick gepolsterten Verband versorgt. »Ja, machen wir«, antwortete er. »Ich bin gleich wieder da.«

»Mann, Jakob!« Esser musterte Löhr wie ein Schuldirektor einen dauerrenitenten Versager bei der allerletzten Verwarnung vor dem Schulverweis.

»Hast du schon eine Ahnung, wer er ist?« Löhr deutete auf die Leiche des Mannes im Ledermantel, die der Gerichtsmediziner, ein grauer, verbrauchter Typ, gerade auf den Bauch drehte. Das

Projektil war unterhalb der Rippen ausgetreten und hatte beim Austritt ein ziemliches Loch im Rücken hinterlassen. Der Mann hatte tatsächlich keine Chance mehr gehabt.

Esser deutete auf ein Häufchen, bestehend aus einem Päckchen Zigaretten, einem Feuerzeug, einem Autoschlüssel und einem halben Dutzend großkalibriger Schrotpatronen, alles jeweils in eine Beweismitteltüte gepackt. »Mehr hatte er nicht dabei.«

»Klar.« Löhr nickte, was mit einem höllischen Schmerz bestraft wurde.

»Wie ›klar‹?« Eine senkrechte Falte des Unwillens bildete sich auf Essers Stirn. Er erhob sich aus der Hocke und sah Löhr an.

»Das waren Profis«, sagte Löhr.

»Aha, du kennst dich ja aus«, sagte Esser abfällig. »Wo ist eigentlich deine Waffe?«

»Zu Hause«, sagte Löhr.

An der Tür wartete der rotbackige Arzt auf ihn. »Ich hab für Sie einen Krankenwagen bestellt und fahr mit Ihnen ins Krankenhaus.«

»Einverstanden«, sagte Löhr. Er hob das Absperrband hoch und trat ins Freie. Vor dem Zero hatte sich zwischen dem bereits wartenden Krankenwagen und den kreuz und quer abgestellten Polizeiautos eine Menschenmenge versammelt, darunter die Alten, die eben noch drinnen gesessen hatten, aber auch andere Stammgäste. Hubert Lantos, einer von ihnen, sprach Löhr an. Er war seit einiger Zeit Löhrs Schachpartner im Zero, fast so etwas wie ein Freund.

»Was ist passiert, Jakob?«

»Kannst du heut Abend im »Express« lesen. Ich muss jetzt ins Krankenhaus.«

»Ging's um 'ne Frau?«

Löhr sah Lantos an. Der schien seine Frage zu bereuen, wich Löhrs Blick aus und murmelte etwas Unverständliches.

3

»Mir ist das immer noch nicht ganz klar, Löhr. Der Mann hatte eine Waffe, Sie waren unbewaffnet. Eigentlich hatten Sie keine Chance ...« Durch seine dicke randlose Brille fixierte Paluchowski Löhr, als wolle er ihn bei nächster Gelegenheit mit seiner höckrigen Nase aufspießen. Sie kannten und hassten sich seit Jahren. Wann immer sich für den ewig im gleichen blauen Anzug auftauchenden Staatsanwalt mit dem fahlen Vogelgesicht die Gelegenheit ergab, bereitete er Löhr Schwierigkeiten. Zuletzt die, dass er für dessen Strafversetzung gesorgt hatte.

»Natürlich hatte ich eine Chance. Sonst säße ich jetzt ja wohl nicht hier.« Löhr wandte seinen Blick von Paluchowski ab und suchte Augenkontakt mit Schumacher, dem Dienststellenleiter des KK11, und mit Esser, in dessen Büro die Befragung stattfand und der offensichtlich die Mordkommission im Fall Sofia Fava leitete. Beide blickten zu Boden.

»Ja, das stimmt«, entgegnete Paluchowski. »Sie haben Ihre Chance genutzt. Aber die Entschlossenheit und vor allem die Brutalität, mit der Sie das getan haben, wirft doch wieder die Frage nach dem Warum auf.«

»Wenn ich es nicht entschlossen und, wie Sie sagen, ›brutal‹ getan hätte, hätte ich meine Chance verpasst.«

»Ich wusste übrigens gar nicht, dass du so gut mit Waffen umgehen kannst, Jakob. Früher war das doch mal ganz anders ...« Offensichtlich war auch Schumacher nicht gerade auf Löhrs Seite.

»Früher war so vieles anders«, sagte Löhr kühl. Unter dem Einfluss eines Dutzends Schmerztabletten hielten sich seine Kopfschmerzen inzwischen in Grenzen. Obwohl er für eine Woche krankgeschrieben war, hatte Paluchowski auf seiner Befragung bestanden. Dass er sich als zuständiger Staatsanwalt so früh in Essers Ermittlungen eingeschaltet hatte, hing mit der Schwere des Falls zusammen, aber sicher auch damit, dass Löhr darin verwickelt war.

»Zynismus ist hier völlig unangebracht«, zischte Paluchowski. »Und um mich ganz klar auszudrücken, Löhr: Es geht um die Frage Ihres Motivs in diesem Fall.«

»Moment«, sagte Löhr. »Werde ich jetzt hier als Zeuge oder als Beschuldigter vernommen?« Er sah dabei Esser an, denn der leitete die polizeilichen Ermittlungen, und zwar unabhängig von der Staatsanwaltschaft und damit von Paluchowski.

»Als Zeuge selbstverständlich«, murmelte Esser. »Nach dem, was die anderen Zeugen aussagen, müssen wir in deinem Fall von einer Notwehrsituation ausgehen.«

»*Müssen?*«, fragte Löhr ungläubig. Essers Bemerkung wirkte wie ein Schlag in die Magengrube. Jetzt wusste er, dass von niemandem in dieser Runde auch nur die geringste Hilfe zu erwarten war. Auch nicht von seinem früheren Kollegen und Freund. So klar wie bisher noch nie wurde sich Löhr bewusst, wie weit er sich von seinem bisherigen beruflichen Milieu entfernt hatte.

»Vorläufig! Vorläufig gehen wir noch von einer Notwehrsituation aus. Und deswegen ist dies vorläufig noch eine Zeugenbefragung«, sagte Paluchowski. »Denn wir sollten doch erst einmal klären, was Sie dazu veranlasst hat, sich mit solcher – wie gesagt – Entschlossenheit und Brutalität in etwas einzumischen, das Sie doch eigentlich gar nichts angeht.«

»Ach? Und Sie? Sie gucken einfach zu, wenn ein Kerl in einem Café mit einer Pistole eine Frau bedroht?«

»Natürlich nicht. Jedenfalls nicht, wenn ich die Frau kenne. – Kennen Sie die Frau, Löhr?«

»Nein.« Löhr zwang sich, dem hässlichen Vogel in seine kleinen blauen Augen zu sehen.

Darauf herrschte sekundenlanges Schweigen. Paluchowski schaute zu Schumacher und Esser hinüber. Doch die senkten ihren Blick. Offenbar wollten sie ihm in seinem Verdacht, Löhr sei von vornherein durch die Bekanntschaft mit der Frau in die Geschichte verwickelt gewesen, nicht folgen. Noch nicht folgen. Wenigstens so fair waren sie immerhin. Es war zu durchsichtig, dass Paluchowski hier eine Chance witterte, Löhr endgültig abzuservieren. In Löhr keimte eine Ahnung, dass diese Chance gar nicht so gering war. Denn wie sollte er das Gegenteil beweisen, dass er die Frau *nicht* kannte? Er musste auf der Hut sein.

»Gut, Löhr.« Paluchowski straffte sich. »Ihre Aussage nehmen die Kollegen zu Protokoll. Ich muss Ihnen aber sagen, dass ich Ihnen in diesem letzten Punkt nicht glaube. Der Tathergang bietet Anlass für die Annahme, dass Sie die Frau doch kennen und es damit persönliche Motive für Ihr Handeln gibt. Deswegen eröffne ich ein Untersuchungsverfahren gegen Sie. Die Konsequenzen sind Ihnen bekannt? Sie sind ab sofort vom Dienst suspendiert, geben Ihre Waffe und Ihren Dienstausweis ab und halten sich bis auf Weiteres zur Verfügung.«

Schon auf der Hinfahrt zum Polizeipräsidium in Kalk hatte Löhr das Gefühl gehabt, verfolgt und beobachtet zu werden. Weil er aber mit leichter Verspätung zu seiner Vernehmung kam, hatte er sich nicht weiter darum gekümmert. Jetzt, auf dem Rückweg, wo ihn das gleiche Gefühl beschlich und er Zeit genug hatte, nutzte er die nächste Gelegenheit, um sich unauffällig zu vergewissern. Wie immer, wenn er keine Eile hatte, ging er vom Präsidium nicht zur näher gelegenen U-Bahn-Haltestelle Kalk Post, sondern zur weiter entfernten Deutz-Kalker Bad. Dazu musste er hinter der Eisenbahnunterführung in die Deutz-Kalker Straße abbiegen – was eine Gelegenheit bot, sich umzuschauen.

Er brauchte nicht lange zu suchen. Der Kerl verwandte keinerlei Mühe darauf, sich zu verstecken. Er hielt Löhr fest im Blick, als er im Abstand von höchstens dreißig Metern von der gegenüberliegenden Seite der Kalker Hauptstraße auf Löhrs Seite wechselte, um ihm an der Abbiegung folgen zu können. Es war ein ähnlicher Typ wie der Kerl, der am Tag zuvor als Erster hinter der Frau ins Zero gekommen war und der Löhr mit dem Stuhl ausgeknockt hatte. Er hatte ein ähnlich bleiches, teigiges Gesicht und trug eine ähnliche Windjacke. Als Löhr in den Schacht der U-Bahn-Haltestelle hinabstieg, blickte er sich noch einmal um. Der Kerl blieb am oberen Rand der Treppe stehen, guckte Löhr mit kaltem Blick nach, aber machte keine weiteren Anstalten, ihm zu folgen.

4

Nachdem er ein paar Einkäufe im Kühlschrank verstaut hatte, schloss Löhr die oberste Schublade des Schuhschranks im Flur auf und nahm seine in ein Filztuch gewickelte Heckler & Koch P30 heraus. Nach dem letzten Schießtraining hatte er vergessen, sie zu reinigen. Das war etliche Monate her, und er hoffte, dass nicht das eingetreten war, wovor ihn Rössler, der Schießtrainer in dem privaten Schießstand, in den er ab und zu ging, gewarnt hatte: dass sich im Schloss Schmauchrückstände festgefressen hatten, was die Möglichkeit von Ladehemmungen erhöhte.

Löhr ging in die Küche, setzte sich an den Küchentisch, breitete das Filztuch darauf aus und nahm die Pistole auseinander – auch etwas, was ihm Rössler neu hatte beibringen müssen. Was er darüber in seiner Ausbildung gelernt hatte, hatte er längst vergessen, denn während des größten Teils seiner Polizeikarriere war er ohne Waffe ausgekommen. Jetzt, wo er offenbar kurz vor dem Ende dieser Karriere stand, sah es so aus, als wenn er ohne Kanone keine echte Überlebenschance mehr haben würde.

Er ließ eine Patrone aus dem Magazin schnippen und betrachtete das Projektil. Seine Oberfläche schimmerte unschuldig wie eine Christbaumkugel. Was es anrichten konnte, hatte er noch deutlich vor Augen. Der Kerl im Ledermantel war der zweite Mensch, den er getötet hatte. Der erste war ein Albaner gewesen, der ihn sehr an einen Jugendfreund erinnert hatte. Auch auf ihn hatte er in einer eindeutigen Notwehrsituation schießen müssen. Beide Male hatte er nicht die Absicht gehabt, den anderen zu töten. Es ging nur darum, sie kampfunfähig zu machen und daran zu hindern, dass sie *ihn* umbrachten. Deshalb hielt sich seine Erschütterung über die Tat einigermaßen in Grenzen. Er verspürte kein schlechtes Gewissen oder dergleichen, allerdings so etwas wie Trauer oder Mitleid.

Er erinnerte sich daran, dass Hubert Lantos, der ein großer Verehrer des Philosophen Arthur Schopenhauer war, ihm einmal erklärt hatte, dass Schopenhauer den Begriff Mitleid anders verstand und verwandte, als man das heute tat. »Wenn wir heute von Mitleid sprechen«, hatte Lantos gesagt, »klingt da etwas

Herablassendes mit, das Bewusstsein einer Überlegenheit.« Das sei bei Schopenhauer ganz und gar nicht der Fall. Sein Mitleid sei eher ein Mitempfinden, eine Teilhabe an fremdem Leid, die uns auch unser eigenes Leid spüren lasse. Bis er auf ihn zu schießen begann, hatte Löhr den Albaner sogar gemocht, eben weil er ihn an seinen Jugendfreund erinnerte. Und sogar der Typ im Ledermantel hatte etwas Sympathisches gehabt, er war ganz ruhig geblieben, die ganze Zeit, gelassen, ja, gelassen, selbst als er starb.

Die leichte Verschmutzung im Verschluss der Pistole ließ sich mit einem Lappen und etwas Waffenöl entfernen. Löhr baute die Waffe wieder zusammen. Er würde sie erst dann zurückgeben, wenn er seine Suspendierung schriftlich hatte. Bis dahin musste er sich um einen Ersatz dafür kümmern. Vielleicht hatte Rössler etwas für ihn. Er setzte die Patrone wieder ins Magazin und schob es in den Griff der P30, als sein Handy klingelte.

»Hier ist Sofia.«

»Sofia? Sofia wer?«

»Die Frau, der Sie gestern im Café das Leben gerettet haben.«

Ihr Timbre verschlug ihm die Sprache. Durch sein Hirn schoss der Geruch, den sie ausgeströmt hatte, als sie gestern auf ihm lag. Er bekam ein gekrächztes »Ja, ich erinnere mich« heraus.

»Ich wollte mich dafür bedanken.«

»Woher haben Sie meine Handynummer?«

»Das sage ich Ihnen später.«

»Später?«

»Ich möchte mich gerne persönlich bei Ihnen bedanken – wenn Sie nichts dagegen haben.«

»Die Polizei sucht nach Ihnen.«

»Nicht nur die.«

Sie sprach nicht weiter. Stattdessen meinte Löhr, ein leises Lachen zu hören.

Er ging, das Handy am Ohr, zum Küchenfenster, von wo aus man auf die Mozartstraße hinuntersehen konnte. Auf der gegenüberliegenden Straßenseite hatte sich demonstrativ der Kerl aufgebaut, der ihn schon in Kalk bis zur U-Bahn beschattet hatte.

»Gestern hatten Sie Glück«, sagte er ins Handy. »Das wird nicht jedes Mal so sein.«

»Ich werde mich vorsehen.«

»Sie wollen mich treffen, nur um sich zu bedanken?«

»Wenn es Ihnen unangenehm ist …«

»Nein, nein …« Löhr stotterte. Die Erinnerung an das Gemisch aus Parfüm und Schweiß wurde plötzlich sehr intensiv. »Schlagen Sie etwas vor.«

»Ich brauche noch ein bisschen Zeit. Vielleicht später am Abend?«

»Warum nicht?«

»Ich ruf Sie an.« Dann beendete sie mit einem Lachen das Gespräch. Löhr schaute nach ihrer Nummer auf dem Display seines Handys. Sie war unterdrückt.

Er ging unter die Dusche, nahm anschließend den Kopfverband ab, der beim Duschen nass geworden war, und betrachtete mit Hilfe seines Rasierspiegels die von einer Reihe von Klammern zusammengehaltene Wunde. Die Wundränder waren noch gereizt, aber trocken und frei von Eiter. Er entschloss sich, auf einen neuen Verband oder ein Pflaster zu verzichten. Bevor er die Wohnung verließ, schnallte er sich das Gürtelhalfter um und steckte die P30 hinein.

5

Der Typ auf der gegenüberliegenden Straßenseite starrte Löhr feindselig an, als er aus der Haustür trat. Löhr ging auf ihn zu, suchte seinen Blick. Der andere erwiderte ihn und blieb, wo er war.

»Was wollen Sie?«, fragte Löhr.

»Meinen Sie, Sie könnten Leute abknallen und dann einfach rumlaufen, als wäre nichts passiert?« Er hatte einen sehr viel schwächeren Akzent als der Typ im Ledermantel und sprach ein grammatisch korrektes Deutsch.

»Um so was kümmert sich bei uns die Polizei.«

»Ach ja? Auch wenn man wie Sie selbst dazugehört?«

»Was geht Sie das an? Lassen Sie mich in Ruhe!«

Der andere schwieg, starrte Löhr weiter an und schüttelte fast unmerklich den Kopf, so als wolle er sagen, dass Löhr keine Chance habe, in Ruhe gelassen zu werden. Löhr sah an ihm hinunter. Er hatte den Reißverschluss seiner Windjacke hochgezogen. An der Ausbeulung in Gürtelhöhe konnte Löhr erkennen, dass er eine Waffe trug.

»Also schön«, er schlug jetzt einen konzilianteren Ton an, »wie geht es weiter? Was habt ihr vor?«

Der Mann sah Löhr mit einem Blick an, der sagen sollte, dass er ihn jetzt schon für eine Leiche hielt. Aber schließlich rang er sich doch zu einer Antwort durch: »Das werden Sie sehen.«

»Gut«, sagte Löhr. »Ich kann warten. Aber denkt an euren Schrotflintenmann.«

Er schob sein Jackett ein wenig zur Seite, sodass der andere seine P30 sehen konnte. Dessen Miene blieb unbeeindruckt. Er deutete ein Schulterzucken an. Doch in seinen Augen glaubte Löhr Hass zu entdecken. Das beunruhigte ihn. Was für einen Grund konnte der Typ haben, ihn zu hassen?

Das Café Zero lag zweihundert Meter Luftlinie von Löhrs Wohnung entfernt auf der Engelbertstraße. Es gehörte einem glatzköpfigen Italiener namens Hugo Ginoni. Hugo war in Löhrs Alter, also gegen Ende vierzig, und ein überzeugter Anarchist. Aus dem Grund durfte im Zero geraucht werden. Dass das illegal war, war Hugo nicht nur vollkommen gleichgültig, es freute ihn sogar, wenigstens etwas zu haben, mit dem er gegen das Gesetz verstoßen konnte, wo er sich schon an die kleinlichen deutschen Straßenverkehrsregeln halten musste. Merkwürdigerweise hatte es deswegen nie Schwierigkeiten gegeben. Hugo stammte aus Modena, wo er bis vor zehn Jahren Maseratis zusammengeschraubt hatte. Deswegen hing sein Herz am Motorsport; er fuhr eine gewaltige Moto Guzzi, und jedes Formel-1-Rennen wurde im Zero von seinem Stammpublikum auf einem drei Quadratmeter großen Bildschirm verfolgt.

Dieses Publikum bestand hauptsächlich aus Italienern. Das war für Löhr der Hauptgrund gewesen, das Zero zu seinem Stammlokal zu machen, nachdem die Germaniaschänke auf der Aachener Straße pleitegegangen war. Deren Stammgäste waren zum großen Teil auf die andere Straßenseite gewechselt, ins »Pittermännchen«. Löhr hatte diesen Wechsel nicht mitmachen wollen und die Gelegenheit ergriffen, seine Gewohnheiten zu ändern. Er trank seitdem kein Kölsch mehr, überhaupt nur noch selten Alkohol, hatte sich sogar den Abendschluck Tullamore Dew abgewöhnt. Hauptsächlich aber war er ins Zero umgezogen, weil sich hierhin niemals jemand von der alten Besatzung der Germaniaschänke verirrte. Irgendwann, hatte Löhr beschlossen, war es genug mit den ewigen Pferdewettern, Backgammon-Zockern und Klammerjass-Spielern, mit Onkel Heinz, Conny und vor allem mit Bluna, seiner Dauer-Ex-Geliebten, an der er, unabhängig von ihren und seinen Affären, bei spätabendlichen Besuchen in der Germaniaschänke immer wieder mal hängen geblieben war. Das war jetzt vorbei; Bluna hatte er seit über einem Jahr nicht mehr gesehen.

Die Tische auf dem Bürgersteig vorm Zero waren spärlich besetzt. Es war kurz nach sieben am Abend, eine Zeit, zu der die meisten Italiener zu Hause ihre *cena*, ihr Abendessen, einzunehmen pflegen. Gegen zehn würden sich die Tische wieder füllen. Wer aber an seinem Stammtisch saß, war Hubert Lantos, außer Löhr einer der wenigen deutschen Stammgäste. Er studierte seine übliche Financial Times. Wegen ihm war Löhr hierhergekommen.

»Darf ich?« Löhr schob sich den zweiten Stuhl an Lantos' Tisch zurecht und setzte sich, ohne die Antwort abzuwarten.

Lantos blickte auf, erkannte Löhr und grinste freundlich. »Seit wann fragst du?«

Es war etwas mehr als ein Jahr her, da hatte umgekehrt Löhr zu Hubert Lantos aufgeblickt. Er hatte ihm dabei allerdings etwas sehr viel weniger Freundliches gesagt. Löhr lag da nämlich mit dem Gesicht auf dem Bürgersteig vor der Germaniaschänke, Lantos, ein Neunzig-Kilo-Mann, hielt ihn mit beiden Händen und seinem Gewicht auf den Boden gepresst, sodass Löhr sich nicht mehr bewegen konnte. So hatten sie sich kennengelernt. Eigentlich nicht der beste Start für eine Freundschaft.

Es war eine laue Nacht Ende April gewesen, und Löhr hatte eindeutig zu viel getrunken. Wieder einmal zu viel getrunken. Im Grunde gab es zu dieser Zeit keinen Abend, an dem er nicht, und auch keinen, an dem er nicht zu viel trank. Damit begonnen hatte er aus Langeweile, seit er von der Mordkommission ins Einbruchsdezernat versetzt worden war, wo es so gut wie nichts zu tun gab. Jedenfalls nichts Sinnvolles. Zur Langeweile hinzu kam dann eine langsam, aber stetig wachsende Verzweiflung. In die geriet Löhr allerdings weniger durch die Sinnlosigkeit seines Dienstes, sondern durch Einsichten, die er bei seinem letzten Fall gewonnen hatte. Einem Fall, an den er nicht dienstlich gekommen war, sondern in den er mehr oder weniger privat verwickelt worden war und den er dann durch Einmischung und Amtsanmaßung zu seinem eigenen gemacht hatte. Ein alter Mann aus der Nachbarschaft war aus dem Fenster gestürzt worden, ganz offensichtlich ein von einem stadtbekannten Immobilienhai in Auftrag gegebener Mord. Obwohl das so offensichtlich war, gelang es Löhr nicht, irgendetwas Gerichtsverwertbares gegen diesen Mann, Gottfried Klenk, in die Hand zu bekommen. Denn Klenk gehörte zu jenem kleinen Kreis von Geschäftemachern, die seit Jahren dank umfassender politischer Korruption die Stadt und ihre Bürger nach ihrem Belieben ausquetschten. Sie bildeten eine mit den Mitteln des Gesetzes nicht einzunehmende mafiöse Festung.

An jenem Abend hatte Löhr auf seinem Platz an der Theke der Germaniaschänke gesessen, getrunken und in der Zeitung einen Bericht über den Mord an einem Mitglied dieser Mafia gelesen, dem Bauunternehmer Heinz Pietsch. Der Fall war bereits ein halbes Jahr alt und immer noch nicht aufgeklärt. Löhr wusste, dass er niemals aufgeklärt werden würde. Und dieses Wissen war für ihn nicht immer leicht zu ertragen.

Der Zeitungsbericht hatte ihn aufgewühlt und zusammen mit dem reichlichen Alkohol in eine labile, gereizte Stimmung versetzt, bei der es bloß noch eines Funken bedurfte, um in

Aggression umzuschlagen. Der Funke ließ nicht auf sich warten. Entfacht wurde er durch einen Streit zwischen Löhrs Onkel Heinz, einem notorischen Pferdewetter und Stammgast in der Germaniaschänke, und Mirko, einem anderen Stammgast. Sie konnten sich nicht einig werden über die Aufteilung einer gemeinsam abgeschlossenen Pferdewette. Als der Streit lauter und schließlich handgreiflich wurde, bot er das passende Ventil für Löhrs Aggressionen. Er ging mit Fäusten auf Mirko los, bezog Prügel, ließ aber nicht locker. Mitakos, der Wirt, der in seiner Jugend Ringer gewesen war, beförderte die Kombattanten auf die Straße, wo Löhr durch einen Stolperer Mirkos plötzlich die Oberhand gewann und wie ein Berserker auf ihn eindrosch – und besinnungslos weiter eingeschlagen hätte, wäre nicht der zufällig vorbeikommende Hubert Lantos dazwischengegangen. Was sich letzten Endes dann doch als guter Start für eine Freundschaft erwies.

Hubert Lantos war Mitte vierzig, groß und massig, hatte blondes Haar und blaue Augen, stammte aus einer 1956 nach Deutschland emigrierten ungarischen Familie und trug den ganzen Sommer über Flip-Flops, Bermudashorts und unsäglich bunte Hawaiihemden. Eine Marotte, die er aus seiner Zeit in Hawaii mitgebracht hatte, wo er fünf Jahre für eine amerikanische Bank gearbeitet hatte. Jetzt betreute er für irgendeine Kölner Privatbank von seinem eigenen Büro in der Engelbertstraße aus einen Teil des USA-Geschäfts. Aus dem Grund tauchte er regelmäßig jeden Nachmittag um drei für einen Espresso im Zero auf, denn um halb vier nachmittags öffnete die New Yorker Börse. Gegen sieben gönnte Lantos sich dann noch einmal eine Pause im Zero, weil man um die Zeit in New York zum *Lunch* ging und das Geschäft deswegen mau war. Anschließend kehrte er wieder in sein Büro zurück, bis er dann nach dem New Yorker Börsenschluss um zehn am Abend zu seiner vielköpfigen Familie in die Marienburg hinausfuhr. Wenn er nicht mit Löhr noch eine Partie Schach spielte, was er seit jetzt mehr als einem Jahr jeden zweiten oder dritten Abend tat.

»War so gar nicht deine Zeit, als du gestern Mittag hier aufgekreuzt bist«, kam Löhr gleich zum Thema, nachdem er sich neben Lantos gesetzt hatte.

Lantos grinste wieder.»Ist das jetzt ein Verhör oder was?«

»Wäre schön, wenn ich den Bullen spielen könnte. Es geht um meinen eigenen Kragen.«

»Du hast ganz schön was abgekriegt, hab ich in der Zeitung gelesen.«

Löhr ignorierte die Bemerkung und sah Lantos in die Augen. »Jetzt sag schon, was du gestern so früh hier wolltest.«

Lantos antwortete nicht gleich, überlegte seine Antwort. Er nickte:»Du hast recht, Meisterdetektiv. Ich war verabredet hier.«

»Mit einer Frau.«

»Was du alles weißt.«

»Du hast mich gestern nach der Schießerei gefragt, ob es dabei um eine Frau ging.«

Lantos blickte Löhr wieder eine Weile schweigend an. Wieder nickte er.»Ja, stimmt. Ich war mit einer Frau verabredet.«

»War ihr Name zufällig Sofia?«

Jetzt schwieg Lantos länger. Forschend betrachtete er Löhr. Schließlich beugte er sich zu ihm hinüber und sagte leise:»Ich werde dir dazu nichts sagen. Aber ich rate dir dringend: Lass die Finger davon, Jakob. Du hast es da mit Leuten zu tun, denen du nicht gewachsen bist.«

Diesmal schwieg Löhr eine Weile und betrachtete seinerseits forschend Lantos' Gesicht.

»Du hast Angst, Hubert«, stellte er schließlich fest.

Lantos nickte nachdenklich.»Ja, hab ich. Kann dir gar nicht sagen, wie. Und für dich wär es gut, wenn du auch Angst hättest.«

6

Löhr blieb sitzen, als Lantos den Tisch vorm Zero verließ, um in sein Büro zurückzukehren. Löhr hatte nie so richtig begriffen, was er dort eigentlich tat, obwohl er mehrmals danach gefragt und Lantos es ihm zu erklären versucht hatte. Hängen geblieben war bei ihm nur, dass Hubert Lantos an einem sogenannten Spotmarkt mit Wertpapieren handelte, die er »Finanzprodukte« nannte. Über dieses Wort machte sich Löhr regelmäßig lustig, weil er mit dem Begriff »Produkt« etwas anderes verband als ein Papier oder ein paar Zahlen auf dem Display eines Computers.

Er ging ins Innere des Zero und kehrte mit einem Stapel Tageszeitungen zurück, die er dann bei Espresso und Mineralwasser sorgfältig durcharbeitete. Seitdem er seine frustrierende und ineffiziente Arbeit im Einbruchsdezernat auf das mit den Dienstvorschriften gerade noch vereinbare Minimum beschränkte, war er, den früher gerade einmal der Lokalteil des Stadt-Anzeigers interessiert hatte, zu einem fast obsessiven Zeitungsleser geworden. Er hätte nicht sagen können, zu welchem Zeitpunkt genau sein Interesse an Politik und Wirtschaft begonnen hatte. Aber er war sich sicher, dass es durch seine Beschäftigung mit den Umtrieben des früheren CDU-Fraktionsvorsitzenden Gottfried Klenk geweckt worden war und mit der Frage zu tun hatte, mit welchen Mitteln es einer winzig kleinen Klasse von Menschen gelingt, sich in den Besitz dessen zu bringen, was eigentlich allen gehört. Die natürlich dann – zumindest aus Löhrs Perspektive – zu der nächsten Frage führte, was dagegen zu unternehmen sei.

Nachdem er die letzte Zeitung zugeklappt hatte und zu der Erkenntnis gelangt war, dass sich kaum etwas in der Welt bewegte, was Erhebliches zur Lösung der Frage nach der irdischen Gerechtigkeit beitragen könnte, schaute er auf die Uhr und überlegte, wie er den weiteren Abend verbringen sollte. Es war gerade neun, und er konnte hier noch eine Stunde darauf warten, bis Lantos auf dem Weg von seiner Arbeit nach Hause noch einmal vorbeikam, und dann darauf hoffen, dass er ihm doch noch etwas über seine geheimnisvolle Verabredung verriet. Ersatzweise könnten sie auch eine Partie Schach spielen. Oder er konnte nach Hause gehen und sich bald ins Bett legen – was angesichts des Zustandes, in dem sein Schädel sich immer noch befand, sicher die klügste Option wäre. Das Klingeln seines Handys nahm ihm die Entscheidung ab. Es war Sofia.

»Wenn Sie noch Lust haben, können wir uns treffen.«

»Sind Sie sicher, dass das eine gute Idee ist?«

»Wenn Sie nicht wollen, sagen Sie es mir.«

Löhr hatte den Eindruck, dass sie keinerlei Zweifel hatte, ob er wollte. Sie war sich ihrer Wirkung auf ihn offenbar sehr bewusst.

»Darum geht es nicht. Ich denke nur, dass es gefährlich für Sie ist, wenn Sie sich bewegen.«

»Wer sagt denn, dass ich mich bewege?«

»Was wollen Sie damit sagen?«

»Wenn Sie zu mir kommen, bewegen Sie sich. Und ich denke, Sie wissen, wie man das macht.«

»Also gut. Wo soll ich hinkommen?«

Sie nannte ihm eine Hausnummer in der Straße Auf der Ruhr, einem winzigen Seitengässchen der Breite Straße. Löhr schob einen Fünf-Euro-Schein für den Espresso und das Mineralwasser unter seine Tasse und erhob sich.

Er sah die Engelbertstraße hinauf bis zu ihrer Einmündung in den Zülpicher Platz, dann sah er in die entgegengesetzte Richtung. Von seinem Beschatter war nichts zu sehen. Er machte sich auf den Weg, ging die Engelbertstraße hinunter, passierte die Beethoven- und dann die Mozartstraße. Als er die Lindenstraße überquerte, sah er ihn. Er war plötzlich da, als wäre er aus einer Hauswand herausgetreten, wartete auf der anderen Seite der Lindenstraße auf ihn und folgte ihm, als er weiter die Engelbertstraße in Richtung Rudolfplatz hinunterging. Es war derselbe Typ, mit dem er vor ein paar Stunden vor seiner Wohnung gesprochen hatte.

Vom Rudolfplatz ging er statt in Richtung auf sein im Stadtzentrum liegendes Ziel stadtauswärts ein Stück die Aachener Straße hinunter. Von da bog er rechts in die Brüsseler Straße ab und ging sie bis zum Brüsseler Platz. Sein Beschatter blieb die ganze Zeit konstant dreißig Meter hinter ihm. Vom Brüsseler Platz aus bog Löhr in die Maastrichter Straße ein, ging sie stadteinwärts hoch, bis er zu einem Gründerzeitbau kam, in dessen Parterre sich eine Galerie befand. Er drückte auf die oberste Klingel und konnte, während er wartete, aus dem Augenwinkel sehen, wie sich der Kerl in der Windjacke auf der anderen Straßenseite gegen eine Hauswand lehnte, um es sich für eine längere Wartezeit bequem zu machen.

Was sein Beschatter nicht wissen konnte, war, dass es vom Hausflur des Gründerzeitbaus über einen Hof einen Durchgang zu einem Autostellplatz gab, der zu einem Haus auf der Genter Straße gehörte. Von dort gelangte Löhr ohne Hindernisse in einen weiteren Hinterhof und von da durch eine unverschlossene Tür in den Hausflur eines Hauses in der Genter Straße. Löhr kannte diesen Weg, weil es das Haus war, in dem seine Dauer-Ex-Freundin Bluna wohnte.

Eine Viertelstunde später ging er die Magnusstraße stadteinwärts. Es war noch hell, und Löhr hatte eine gute Sicht auf das, was hinter ihm auf dem Bürgersteig geschah. Nur wenige Passanten waren unterwegs, und Löhr konnte unter ihnen den Typ in der Windjacke nicht entdecken. Er hatte ihn abgehängt. Trotzdem beschloss er, sein Ziel nicht direkt anzusteuern, sondern ein paar Umwege in Kauf zu nehmen. Ihm war klar, dass es ein Fehler wäre, seine Gegner zu unterschätzen.

7

Das Gebäude mit der Hausnummer, die die rätselhafte Frau namens Sofia ihm genannt hatte, war ein vierstöckiges, unscheinbares Mietshaus auf der menschenleeren Gasse gegenüber den WDR-Arkaden. Löhr las die Namen auf den Klingelschildern. Auf dem obersten stand nur das Wort »Pension«. Löhr drückte den Klingelknopf und musste fast eine Minute warten, bis der Türöffner summte. Bevor er eintrat, blickte er sich um. Immer noch war niemand auf der Straße zu sehen.

Der Hausflur war seit den sechziger oder siebziger Jahren nicht mehr renoviert und wahrscheinlich auch nicht mehr geputzt worden. Ein entsprechender Geruch nach Moder, Katzenpisse und verdautem Essen strömte Löhr entgegen. Die Flurbeleuchtung war dürftig, manche der Lampen auf den Zwischenstockwerken brannten nicht mehr.

Nach anderthalb Stockwerken hielt Löhr inne. Was machte er eigentlich hier? Weshalb stieg er dieser Frau hinterher, die er nicht kannte, aber der es mit einem einzigen Auftritt gelungen war, ihn in Teufels Küche zu bringen? Die es geschafft hatte, ihn dazu zu bringen, einen Menschen zu töten. Sicher, sie sah umwerfend aus, und ihre Nähe, ihr Geruch hatten ihn scharf auf sie gemacht. Aber zu glauben, dass es ihr mit ihm ebenso ging und sie ihm deswegen hinterhertelefonierte, wäre vollkommen absurd.

Er musste dahinterkommen, was sie tatsächlich von ihm wollte. Wenn er das rauskriegte, könnte er erfahren, in was er durch die Schießerei gestern im Zero verwickelt worden war, warum ihm dieser Windjackentyp nicht von der Ferse wich. Und wie er sich dann vielleicht auch von dem Strick befreien konnte, den Paluchowski ihm um den Hals gelegt hatte.

Er stieg weiter hoch. Auf dem dritten Stock hörte er, wie sich ein Stockwerk höher eine Tür öffnete und eine weibliche Stimme ein fast tonloses »Hier!« flüsterte.

Er stieg noch einmal anderthalb Dutzend Stufen in die Höhe und sah, dass die Tür, die sich geöffnet hatte, die einzige auf dieser Etage war. Hinter ihr stand, vom Türblatt halb verborgen und nur durch einen fahlen gelblichen Lichtschein von hinten beleuchtet, Sofia. Sie trat zur Seite, Löhr ging durch die Tür, die sie hinter ihm sanft ins Schloss gleiten ließ. Dann huschte sie vor ihm durch einen düsteren, engen Flur in ein in gelbes Licht getauchtes Zimmer. Es stellte sich als so etwas wie eine etwas verwahrloste Wohngemeinschaftsküche heraus. In den billigen weißen Hängeschränken über einem Elektroherd und einer Anrichte stapelte sich Geschirr unterschiedlichster Größe und Herkunft, der Küchentisch besaß eine Resopalplatte von undefinierbarer Farbe, darauf standen eine Teekanne und zwei Becher aus weißer Keramik.

Sie schloss die Tür hinter ihnen und wies auf einen der vier Stühle um den Tisch. »Setzen Sie sich. Wir sind allein.«

Er tat, was sie ihm gesagt hatte, sie setzte sich auf den Stuhl ihm schräg gegenüber. Zum ersten Mal sah Löhr der Frau ins Gesicht, die vor weniger als sechsunddreißig Stunden zwar nur wenige Sekunden auf ihm gelegen, dafür aber einen nachhaltigen Eindruck bei ihm hinterlassen hatte. Sie lächelte ihm mit großen und, wie Löhr zu erkennen glaubte, erwartungsvollen Augen entgegen. Als ihr Blick für einen winzigen Moment an ihm hinunterglitt, meinte er einen Anflug von Enttäuschung in ihrer Miene zu sehen. Doch in dem Augenblick, in dem sie ihre Hand auf seinen Unterarm legte, hatte er diese Beobachtung schon wieder vergessen.

»Danke, dass Sie gekommen sind.«

Ihre Stimme hatte mehr Timbre als am Tag zuvor, und sie sah jetzt, entspannter als gestern und im sanften gelben Licht der Küchenleuchte, aus wie die italienische Filmschauspielerin, in die Löhr sich mit Mitte zwanzig einmal verguckt, deren Namen er aber inzwischen vergessen hatte. Die kastanienbraunen Haare hatte sie hochgesteckt, sodass ihr flächiges und durch ausgeprägte Kiefer fast viereckiges Gesicht freilag. Die um eine Winzigkeit zu kleine und deswegen umso hübschere Nase war mit einer Handvoll blassbrauner Sommersprossen besprenkelt und ihre kräftigen Lippen nur mit einem Hauch von Lippenstift bedeckt. Den Blick auf den Rest, den Löhr gestern auf seinem eigenen Körper gespürt hatte, sparte er sich für später auf.

»Was ist denn das für eine Absteige hier?« Eine bessere Frage fiel ihm nicht ein. Er war tatsächlich verlegen.

»Sehr exklusiv, nicht?« Sie lächelte ironisch. »Aber sie hat den Vorteil, dass es nicht viel Betrieb gibt im Augenblick.«

»Welchen Betrieb meinen Sie?«

»Nicht das, was Sie vielleicht denken. Es ist ein Platz für Leute, die, nun ja, die Abgeschiedenheit bevorzugen und lieber inkognito reisen.«

»So wie Sie. Nur dass Sie es gestern im Zero nicht so ganz geschafft haben, inkognito zu bleiben …«

»Ja, wer weiß, was passiert wäre, wenn Sie mich nicht gerettet hätten. Sie waren sehr mutig.« Sie sah Löhr in die Augen und legte wieder ihre Hand auf seinen Unterarm, ließ sie diesmal ein paar Sekunden länger als beim ersten Mal darauf ruhen.

Löhr spürte ihre Wärme und nahm jetzt wieder ihr Parfüm wahr. Er hatte Mühe, seinen Blick nur auf ihr Gesicht gerichtet und seinen Verstand beieinanderzuhalten.

»Sie hatten gestern im Zero eine Verabredung mit Hubert Lantos.«

Ihre Miene zeigte keine Überraschung. Sie lächelte ihn weiter an. »Ich weiß, dass Sie das wissen. Und jetzt wollen Sie wissen, warum ich mit ihm verabredet war. Und wahrscheinlich wollen Sie auch noch wissen, warum andere auch von unserer Verabredung wussten und offenbar etwas dagegen hatten ...«

»Die ganze Geschichte«, nickte Löhr. »Drunter mach ich's nicht.«

»Was machen Sie nicht?«

»Ihnen helfen. Das wollen Sie doch, oder? Oder wollten Sie mir wirklich nur mal kurz aus Dankbarkeit die Hand auf den Arm legen?«

Ihr Lächeln geriet für den Bruchteil einer Sekunde in Schieflage. Zu einer Antwort auf Löhrs Frage kam sie aber nicht, weil aus dem Flur zu hören war, wie die Wohnungstür aufgeschlossen wurde. Löhr stand auf, trat ans Fenster der Wohnküche, seine Hand fuhr zum Gürtelhalfter und legte sich um den Griff der P30. Jemand ging über den Flur, die Schritte näherten sich. Löhr sah kurz zum Fenster hinaus, es gab keinen Balkon, dafür aber eine Feuerleiter. Dann fixierte er die Tür. Es klopfte leise, fast schüchtern. Löhr blickte zu Sofia. Sie saß ruhig an ihrem Platz und machte mit der Rechten eine beschwichtigende Geste.

»Es ist einer der Pensionsgäste«, sagte sie leise zu Löhr. Laut sagte sie: »Ja, bitte!«

Die Tür ging auf, und ein blasser junger Typ, höchstens dreißig, mit einer randlosen Brille und einem blauen Anzug, der aussah, als trüge er ihn seit seinem Abschlussball in der Tanzschule, kam herein. Mit einem unsicheren, verkniffenen Blick registrierte er Löhr und Sofia.

»Guten Abend«, sagte er leise mit einem deutlichen amerikanischen Akzent. Er deutete auf den Herd. »Ich wollte mir noch einen Tee machen ...«

»Den hier auf dem Tisch hab ich vor fünf Minuten gemacht«, sagte Sofia. »Schwarzer Tee. Wenn Sie wollen – bitte.«

Der junge Mann schüttelte den Kopf. »Sehr freundlich. Aber ich trink lieber meinen eigenen. Minze …«

Mit einem entschuldigenden Lächeln öffnete er einen der Hängeschränke und nahm eine Packung mit Teebeuteln heraus. Sofia stand auf, trat zu Löhr, der seine Hand inzwischen von der Waffe genommen hatte. Noch einmal legte sie ihm ihre Hand auf den Unterarm. Und wieder erzielte sie damit die Wirkung, die augenblicklich die Wärme der Begierde in ihm aufsteigen ließ.

»Wir gehen besser irgendwo anders hin«, flüsterte sie.

»Und wohin?«

»Auf mein Zimmer?«

8

Löhr hatte schon viele Geschichten von Leuten erzählt bekommen, die damit eine andere, die wahre Geschichte, zu vertuschen suchten. Noch nie war es ihm so egal gewesen wie dieses Mal. Was interessierte ihn Sofias an den Haaren herbeigezogene Geschichte, wenn er ihr eigenes, durch und durch wirkliches seidiges Haar spürte, das sie über sein Gesicht fließen ließ, über ihm hockend, flach aus kaum geöffnetem Mund keuchend, aufmerksam in seine Augen blickend, um den richtigen Zeitpunkt für den gemeinsamen Orgasmus zu erahnen?

Erst nachdem sie sich halb voneinander gelöst hatten und begannen, zu sich selbst zurückzukehren, wurde ihm allmählich die Banalität der Geschichte bewusst, die sie ihm erzählt hatte, während sie auf ihrem Pensionszimmerbett nebeneinandersaßen und nach zwei Minuten begannen, sich ineinander zu verfangen. Gut, es war eine Geschichte, die jeden Tag auf der Welt hundertmal passieren konnte. Vielleicht auch bloß ein Dutzend Mal. Denn unter den reichen Typen auf der Welt gab es nicht allzu viele ältere Barone aus dem Piemont. Und nicht immer hatte die junge, frisch vermählte Ehefrau eine Affäre mit einem ebenso jungen Journalisten aus Turin. Aber öfter kam es wohl vor, dass in solchen und ähnlichen Fällen die älteren reichen Typen die untreue Frau vor die Tür setzten und ihre Bankkonten sperren ließen. Und dann geschah es wohl auch des Öfteren, dass die so misshandelten Frauen ihrem Ehemann aus Rache etwas stahlen, von dem sie wussten, dass es ihm wehtat. Zum Beispiel den Schlüssel zu einem Schließfach in einer Kölner Privatbank, in dem er eine nicht gerade kleine Bargeldreserve verwahrte.

»Du willst ihn also bestehlen?«, fragte Löhr.

»Natürlich! Was bleibt mir denn anderes übrig?«

»Du könntest die Scheidung abwarten. Er muss dir eine Abfindung zahlen.«

Sofia stieß ein raues Lachen aus. »Erstens wird er alles versuchen, die Scheidung hinauszuzögern. Und da hat er in Italien jede Menge Möglichkeiten. Zweitens wird er sich arm rechnen. Dazu hat er auch jede Menge Möglichkeiten.«

»Hm.« Löhr schwieg eine Weile, betrachtete Sofias Brüste, die sie darauf mit einem Bettlaken bedeckte, hob dann den Blick und schaute ihr ins Gesicht. Um ihre Mundwinkel zeigte sich ein feiner, aber unübersehbarer harter Zug, den er bisher noch nicht entdeckt hatte. Auch ihre Stimme klang jetzt härter als zuvor, das Timbre, das Löhr vor einer Stunde noch zur sofortigen Kapitulation gebracht hatte, war verschwunden.

»Und deswegen hat er dir diese Typen auf den Hals gehetzt. Um zu verhindern, dass du an das Schließfach kommst.«

Sie nickte. »Es sind Sarden. Eine sardische Truppe, die er anheuert, wenn es schmutzige Arbeit zu erledigen gibt.«

»Und wie sind die dir auf die Spur gekommen?«

»Sie haben meine verschlüsselten E-Mails geknackt.«

»Verstehe. So sind sie dahintergekommen, dass du mit Hubert Lantos im Zero verabredet warst.«

»Aus der Falle hast du mich ja Gott sei Dank befreit.« Das weiche Lächeln war zurückgekehrt. Aber es wirkte bei Löhr nicht mehr ganz so verführerisch wie bisher. Dafür hatte er zu viele Fragen.

»Falle? Als du ins Zero kamst, wurdest du doch schon verfolgt, oder?«

»Ja, ich glaube. Ich hatte den Eindruck, dass einer hinter mir her war. Da bin ich in Panik geraten.«

Löhr machte noch einmal »Hm« und behielt die Frage für sich, warum sie, obwohl sie ahnte, dass sie verfolgt wurde, trotzdem ins Zero gelaufen war und damit auch noch Lantos einer unmittelbaren Gefahr ausgesetzt hatte. Die zweite Frage stellte er laut:

»Wieso ausgerechnet Hubert Lantos?«

Sie machte eine unbestimmte, in die Vergangenheit zurückweisende Geste mit ihrer Rechten. »Lantos war eine Zeit lang der Wertpapier- und Devisenhändler meines Mannes. Bis sie sich aus irgendeinem Grund verkracht haben. Mein Mann hat trotzdem das Schließfach in der Bank behalten, weil er dachte, Lantos hätte keinen Zugriff darauf.«

»Aber den hat er?«

Sie hob die Schultern zu einer fast kindlich hilflosen Geste, die Löhrs Misstrauen gegen sie zusammenschmelzen ließ wie den letzten Schneerest unter der Märzsonne.

»Ich hoffe es«, piepste sie.

Löhr rückte nah an sie, um sie in den Arm zu nehmen. In dem Augenblick fiel ihm eine Frage ein, die ihn so elektrisierte, dass er im gleichen Augenblick seine zärtliche Wiederannäherung vergaß und vom Bett aufsprang.

»Wenn die Typen deine E-Mails abgreifen können, dann hören sie auch dein Handy ab!«

Sofia hob beschwichtigend beide Hände. »Für das Gespräch mit dir habe ich eine neue SIM-Karte benutzt.«

Löhr setzte sich nicht wieder, sondern sah sie schweigend von oben herab an. Er hatte keine Ahnung von der Abhörsicherheit von Handys. Aber ihm war mit einem Schlag klar geworden, dass er hier nichts mehr zu suchen hatte und so schnell wie möglich verschwinden sollte. Die Frau war ihm nicht mehr geheuer, seit sie ihre Geschichte erzählt hatte. Löhr wusste, dass nicht etwas, sondern wahrscheinlich alles an dieser Geschichte nicht stimmte. Und ihm war klar geworden, dass diese Frau seine Hilfe eigentlich nicht brauchte. Warum sie trotzdem den Kontakt mit ihm gesucht hatte, wusste er allerdings nicht. Er wusste nur, dass jetzt der falsche Zeitpunkt war, dies in Erfahrung zu bringen.

»Gut«, sagte er. »Ich werd mir das alles mal überlegen, und dann werde ich —«

Mehr über Löhrs Pläne erfuhr Sofia nicht mehr. Mitten in seinem letzten Satz explodierte das Schloss ihrer Zimmertür, die Tür sprang auf, und mit einem Schritt stand der Kerl mit der Windjacke im Zimmer, der Löhr die letzten Stunden observiert hatte. Löhr sah in die Mündung seiner Kanone.

»Knie dich hin!«

Als er sah, dass ein zweiter, ebenfalls mit einer Kanone bewaffneter Typ ins Zimmer trat, wusste Löhr, dass er so nackt, wie er jetzt buchstäblich war, keine Chance hatte. Er kniete sich auf den kalten Laminatboden des Pensionszimmers, die Hände auf die Oberschenkeln abstützend. Er konnte nicht anders, als unauffällig die Entfernung zu seinem auf einem Sessel liegenden Jackett abzuschätzen, unter dem er die noch im Gürtelhalfter steckende Dienstwaffe verborgen hatte.

Der zweite Mann, ein großer, dünner Typ mit gelblichem Raucherteint, folgte Löhrs Blick. Mit einer blitzschnellen Bewegung war er bei Löhrs Jackett und hatte, während er die eigene Waffe in den Gürtel steckte, die P30 aus dem Halfter gezogen. Er entsicherte, lud durch, trat zwei Schritte auf Löhr zu und presste die Mündung auf Löhrs linkes Ohr. Er brauchte nichts zu sagen.

»Okay«, sagte der Kerl in der Windjacke, steckte seine Kanone in ein Schulterhalfter, trat einen Schritt in den Raum und schlug, ohne auszuholen, mit der flachen Linken die im Schneidersitz auf dem Bett sitzende Sofia mit solcher Wucht ins Gesicht, dass es sie in die Höhe hob, sie quer übers Bett flog und mit dem Kopf gegen die hintere Wand knallte.

»Dove è?«, sagte er, ohne die Stimme zu heben, so, als frage er auf der Straße jemanden nach einer Adresse. Ohne Italienisch zu verstehen, wusste Löhr, dass dies nur die Wiederholung der Frage des Kerls gestern in der Damentoilette des Zero sein konnte: »Wo ist es?«

Aus Sofias etwas zu klein geratenen hübschen Nase quoll Blut. Es war dunkel, fast schwarz, floss träge über ihre Oberlippe, ihre schönen vollen Lippen und über ihr Kinn. Statt zu antworten, funkelte sie den Typ in der Windjacke zornig an, es sah aus, als wollte sie ihn anspucken.

»Sie will es mir nicht sagen!« Der Mann in der Windjacke äffte das Gejammer eines Teenagers nach, dem man sein Taschengeld vorenthält, und wandte sich an Löhr. »Oder kann sie es mir nicht sagen? Was meinst du, Bulle?«

»Keine Ahnung, wovon du redest«, sagte Löhr.

»Nein? Wirklich nicht?« Theatralisch legte der Typ dabei seine Stirn in Sorgenfalten. Offenbar hatte er ein Faible für opernhafte Auftritte. »Du erinnerst dich wirklich nicht an einen kleinen blauen USB-Stick?«, fragte er und zeigte mit Daumen und Zeigefinger die Ausmaße eines sehr kleinen Gegenstandes.

Löhr deutete wegen der Pistole an seinem Ohr bloß ein Kopfschütteln an. Sein Blick wanderte zu Sofia. Der Fluss des Blutes aus ihrer Nase stockte, dafür schwoll ihre linke Wange an. Sie erwiderte seinen Blick nicht, sah trotzig auf die Bettdecke vor sich.

»Was machen wir denn jetzt?« Der Mann in der Windjacke sah mit gespielter Hilflosigkeit seinen nikotingelben Kumpan an, der ohne das geringste Zittern Löhrs P30 gegen dessen Ohr gepresst hielt. Löhr wagte nicht, den Kopf zu drehen und zu schauen, mit welcher Miene der andere auf die Frage reagierte.

»Du hast recht«, sagte der Mann in der Windjacke, ohne dass der Gelbe einen Ton von sich gegeben hätte. »Ich sollte sie noch einmal fragen.«

Er beugte sich zu Sofia hinunter. Plötzlich, ohne dass Löhr hätte beobachten können, wie er es gezogen hatte, blitzte ein Messer in seiner Rechten. Es war ein Klappmesser mit einer feststellbaren Klinge und einem Holzgriff. Die Klinge ruhte mit ihrer scharfen Seite auf Sofias Hals.

»Also? Wo ist er, der Stick?«

Sofia antwortete nicht, sah aus ihrem inzwischen völlig verschwollenen Gesicht dem Windjacken-Kerl herausfordernd in die Augen. Sie schien sich ihrer Sache ganz sicher zu sein. Der

Stick, ihr Pfand, wog für sie offenbar schwerer als das Messer an ihrer Kehle. Löhr hatte das Gefühl, dass sie die Situation nicht ganz realistisch einschätzte. Doch er bekam keine Chance, ihr das mitzuteilen.

9

Das Erste, was er bemerkte, als er die Feuerleiter hinunterkletterte, war, wie warm die runden Eisenstangen der Leiter sich anfühlten. Es war fast Mitternacht, die Sonne seit mehr als drei Stunden untergegangen. Aber sie musste den ganzen Tag diese Seite des Hauses und damit auch die Feuerleiter angestrahlt haben, sonst hätte sie nicht so viel Wärme speichern können. Auch beim weiteren Abstieg beschäftigte Löhr sich mit der erstaunlichen Fähigkeit von Metall, Wärme zu leiten und zu speichern. Lieber über so etwas Bekloppes nachdenken, als die Bilder des bösen Traums, den er in der letzten halben Stunde erlebt hatte, hochkommen zu lassen. Doch es gelang ihm nicht, sie zu unterdrücken. Auf der Mitte des Abstiegs stieß sein Mageninhalt wie eine Fontäne hoch, er musste kotzen, kotzte die Feuerleiter hinunter und hatte Mühe, seine Hose und seine Schuhe nicht zu bekleckern, so plötzlich kam es über ihn.

Denn es war kein Traum, den er erlebt hatte, sondern eine beinahe überwirkliche Anschauungslektion darin, was Leiden bedeutet. Die Typen hatten ihn gefesselt und gezwungen, dabei zuzuschauen, wie sie Sofia folterten, sie schlugen, sie an den empfindlichsten Stellen des Körpers mit dem Messer verletzten. Sie ließen erst von ihr ab, als sie ohnmächtig wurde. Sie ließen von ihr ab und durchsuchten zuerst das Zimmer und dann die auf dem Boden verstreuten Kleider – sowohl Sofias wie seine eigenen – mit einer Gründlichkeit, die Löhr solchen Typen nicht zugetraut hätte. Als sie sich schließlich das Bett vornahmen, kippten sie die Matratze hoch und ließen Sofias Körper einfach hinunterfallen. Obwohl er wusste, dass sie es nicht spürte, tat es

Löhr weh, als er ihren Kopf auf den Boden aufschlagen hörte. Doch als sie auch unter der Matratze nicht fündig geworden waren, schnitten sie die Plastikfesseln an Löhrs Handgelenken durch.

»Wir müssen jetzt leider weg. Keine Zeit mehr, hier weiter nach dem verdammten Stick zu suchen«, sagte der Typ in der Windjacke dabei, so als täte es ihm wirklich leid. »Aber ich tippe mal, sie hat ihn gar nicht hier, sondern irgendwo anders versteckt …«

»Und was hab ich damit zu tun?«, hatte Löhr gefragt.

Der Kerl war schon dabei, aus dem Zimmer zu gehen. »Du? Das fragst du? Du bringst uns diesen Stick. Morgen Abend um sechs holen wir ihn bei dir ab.«

Der Gelbe hatte die P30 von Löhrs Ohr gelöst, hielt sie aber auf seinen Kopf gerichtet, während er rückwärts aus dem Zimmer ging.

»Und sei pünktlich!«

»Wo?«, hatte Löhr gefragt.

»Wir finden dich.«

Sofort nachdem sie hinaus waren, hatte er sich um Sofia gekümmert. Sie lag ohnmächtig neben dem blutdurchtränkten Pensionsbett. Aber in dem Augenblick, in dem er sich über sie beugte, wusste er, dass sie nicht ohnmächtig war. Sie war tot. Wahrscheinlich war sie an einer Gehirnblutung in der Folge der schweren Schläge gestorben. Aber Löhr untersuchte sie nicht genauer. Er hatte keine Zeit zu verlieren. Er musste seine Spuren in der Pension beseitigen, so gut es ging, und dann musste er weg hier. Er hatte noch nicht einmal Zeit, schockiert zu sein. Und er war froh, dass sein Verstand ihn nicht im Stich ließ.

Sein Verstand war es auch gewesen, der ihm geraten hatte, die Feuerleiter statt des Treppenhauses zu benutzen. Da Paluchowski dermaßen scharf auf ihn war, dass er ihn ohne einen konkreten Verdacht hatte vom Dienst suspendieren lassen, durfte er ihm jetzt unter keinen Umständen weiteren Stoff liefern. Er musste vermeiden, dass irgendetwas – beispielsweise die Begegnung mit einem Zeugen im Hausflur – auf seine Anwesenheit bei den

Morden in der Pension hinwies. Denn es waren zwei Morde gewesen. Als Löhr die Küche der Pension betrat, stolperte er über die Leiche des jungen Amerikaners. Er musste den Sarden begegnet sein – und ihnen offenbar irgendwie im Weg gestanden haben. Oder konnte es sonst einen Grund gegeben haben, ihm die Kehle durchzuschneiden?

Im Hof hinter dem Gebäude lief Löhr zum Hintereingang eines der Häuser, die zur gegenüberliegenden Mörsergasse hinausgingen. Wäre er auf der anderen Seite, auf der Breite Straße, herausgekommen, wäre er womöglich noch auf Passanten gestoßen. Die Mörsergasse dagegen war um diese Zeit kaum frequentiert. Doch er fand auf dieser Seite keine Tür, die unverschlossen war. Mit dem Ellbogen zertrümmerte er das dünne Glas einer Hoftür und gelangte dann durch einen düsteren Hausflur ins Freie.

Als er auf der Neven-DuMont-Straße in ein Taxi stieg, hörte er aus der Richtung, aus der er kam, eine Sirene schrillen. Die Alarmanlage, die er ausgelöst hatte, musste eine Macke haben, sie reagierte mit Verzögerung. Wenigstens ein bisschen Glück, dachte Löhr.

»Zum Polizeipräsidium in Kalk«, sagte er zum Fahrer.

Danach schwieg er und versuchte nachzudenken, irgendeine Ordnung, einen roten Faden in der Geschichte zu finden, in die er sich gestern im Café Zero selbst hineinmanövriert hatte. Doch während die schon um kurz nach Mitternacht menschenleere Stadt geräuschlos an ihm vorüberglitt und die getönte Fensterscheibe des Taxis ihre Lichter in mattem Gelb reflektierte, brachte er keinen einzigen Gedanken zustande, der die Ereignisse der letzten beiden Stunden in einen auch nur chronologischen Zusammenhang gebracht hätte. Dafür schoben sich in wilder Reihenfolge seine letzten Eindrücke wie Sequenzen aus einem Snuff-Film in- und übereinander, die dickflüssige dunkelrote Soße aus Sofias Nase, die matten Ränder der Mündung seiner auf ihn gerichteten P30, die glasigen Augen des jungen Amerikaners, die Teekanne auf dem Küchentisch, der starre Blick der toten Sofia. Magensäure stieg wieder in seine Speiseröhre, er schluckte sie hinunter, unterdrückte einen neuen Kotzanfall, atmete tief durch. Dann schloss er die Augen in der Erwartung, den Sinn dieses Horrorfilms oder wenigstens die Rolle, die ihm darin zugedacht war, zu begreifen. Er wartete vergeblich. Also konzentrierte er sich auf das, was unmittelbar zu tun war.

Als der Wagen vor dem Haupteingang des Präsidiums hielt, sagte er dem Fahrer, er solle warten. Im Inneren des Gebäudes steuerte er sein Büro im KK72 an. Als er dabei an dem Flur vorbeikam, auf dem die Büros des KK11, der Mordkommission, lagen, schoss ihm eine Idee durch den Kopf, wie er vielleicht an eine neue Waffe kommen konnte. Denn dass er die nächsten zwanzig Stunden unbewaffnet überstehen könnte, erschien ihm nach dem, was er gerade erlebt hatte, wenig wahrscheinlich. Doch wie zu erwarten war die Tür zur Geschäftsstelle KK11 verschlossen, und seine Schlüssel passten natürlich nicht.

In seinem Büro machte er gar nicht erst das Licht an, ging zu seinem Schreibtisch und legte sein Handy, das er vorher ausgeschaltet hatte, in die unterste Schublade. Dafür nahm er ein älteres Handy heraus, das er irgendwann einmal dort deponiert hatte. Bis zu dem Augenblick, wo die Killer in Sofias Pensionszimmer standen, hatte er ebenso wie Sofia geglaubt, es würde reichen, die SIM-Karte auszutauschen, um nicht mehr zu orten zu sein. Ein für Sofia tödlicher Irrtum. Wenigstens den wollte er vermeiden. Für eine Weile sollten die Killer glauben, er verstecke sich hier im Präsidium. Bis sie dahinterkamen, dass das nicht der Fall war, könnte er vielleicht einen kleinen Vorsprung gewinnen.

»Fahren Sie zuerst mal zurück auf die andere Rheinseite«, sagte er dem Taxifahrer. Bevor er sein nächstes Ziel ansteuerte, wollte er sichergehen, nicht verfolgt zu werden. Als sie die Deutzer Brücke überquert hatten, schaute er sich um. Hinter ihnen war kein Auto zu sehen. Er drehte sich zum Fahrer um.

»Dann geht's jetzt Richtung Rodenkirchen.«

10

Löhr ließ den Fahrer an der Ecke halten, an der die Marienburger Straße ins Oberländer Ufer mündet. Er zahlte, stieg aus und ging die Marienburger Straße hinauf. Das war der direkte Weg zum Haus von Hubert Lantos. Doch nach weniger als hundert Metern bog er davon ab und versuchte, sich dem Haus von dessen rückwärtigen Seite her zu nähern. Er war erst einmal dort gewesen, Lantos hatte ihn zum Essen bei seiner Familie eingeladen, doch Löhr konnte sich noch einigermaßen an die Lage des Hauses, einer Villa im Bauhausstil in einem großen, parkähnlichen Garten, erinnern. Er meinte sicher zu sein, dass es von einer Seitenstraße her auch über diesen Garten zu erreichen sein musste.

Er war der einzige Mensch, der zu dieser Zeit in dem vornehmen, eher einer Parkanlage als einem Wohnquartier ähnlichen Viertel unterwegs war. Noch nicht einmal Hundeausführer waren auf der Straße. Als er an der Gartenseite des Grundstücks angelangt war, stellte er fest, dass ihn ein zwei Meter hoher, mit Stacheldraht bewehrter Zaun vom Garten trennte.

Es ging leichter, als er befürchtet hatte. Jetzt stellte sich der monatelange Verzicht aufs Kölsch, der ihn etliche Kilo hatte abnehmen lassen, dann doch als ganz nützlich heraus. Er geriet noch nicht einmal außer Atem. Auf der anderen Seite des Zauns musste er sich durch dichte Büsche zwängen, bis er auf einen breiten Rasenstreifen gelangte, an dessen Ende er die dunklen Konturen von Lantos' Villa erkennen konnte. In keinem der Zimmer brannte Licht. Was merkwürdig war. Lantos hatte ihm mehrfach erzählt, dass er immer viel zu aufgekratzt sei, wenn er gegen elf oder zwölf nach Hause komme, um vor zwei einschlafen zu können.

Er ging über den Rasen auf das dunkle Haus zu, geriet ins Stolpern, nachdem er mit dem Schienbein gegen etwas Hartes gestoßen war, und als er bemerkte, dass er sich im Rahmen eines auf dem Rasen liegenden Kinderfahrrads verheddert hatte, war es bereits zu spät. Er kam aus dem Gleichgewicht und ging zu Boden. Im gleichen Augenblick sprangen mit lautem Klacken drei am Haus befestigte Scheinwerfer an. Der ganze Garten war in gleißendes Licht getaucht. Sein Sturz musste einen Bewegungsmelder ausgelöst haben. Löhr rappelte sich hoch. Er kam sich vor wie ein Nackter, den man in der Mitte einer Zirkusarena ausgesetzt hatte.

Von den Scheinwerfern geblendet hob er die Hand vor die Augen und blickte zum Haus hinüber. Dort ging die Verandatür auf, und Lantos kam heraus, barfuß, in Bermudashorts und Hawaiihemd, wie immer. Er starrte auf Löhr, dann erkannte er ihn, drehte sich um, verschwand im Inneren des Hauses, und einen Augenblick später erloschen die Scheinwerfer.

Die beiden Eiswürfel auf dem Grund des Whiskeyglases gaben sanfte, ergebene Knackgeräusche von sich, als Lantos Löhr den zweiten Bourbon einschenkte. Löhr hielt sich nicht lange mit Schwenken auf und trank ihn ebenso zügig wie den ersten. Danach endlich entfaltete der Alkohol die gewohnt wohltuende Wirkung auf seine Muskeln und Nerven, die Verkrampfung, in die ihn die Ereignisse der letzten Stunden versetzt hatte, begann sich zu lösen.

»Du meine Güte«, murmelte Lantos und goss sich selbst ebenfalls den zweiten Bourbon ein. Es war das Erste, was er sagte, nachdem Löhr ihm von seiner Begegnung mit den sardischen Killern und vom Tod Sofias erzählt hatte.

»Vielleicht kannst du mir ja jetzt was über die Dame und darüber erzählen, was du so mit ihr am Laufen hast«, sagte Löhr.

Lantos nickte in sich hinein. Er schien sich überwinden zu müssen, mit seiner Geschichte herauszurücken. Wie um sich zu vergewissern, dass sie auch geschlossen sei, blickte er zur Tür seines Arbeitszimmers, in das sie sich nach Löhrs Auftritt geschlichen hatten, um die Familie nicht zu wecken. Löhr folgte seinem Blick, und seiner blieb einen Augenblick lang an der Vitrine hängen, die das Prunkstück von Lantos' Arbeitszimmer darstellte; sie enthielt eine stattliche Sammlung historischer Handfeuerwaffen. Dann stellte er sein leeres Whiskeyglas auf den Couchtisch zwischen ihnen und sah Lantos an.

»Okay«, begann der gedehnt. »Das Blöde ist, dass ich dir über diese Frau nichts erzählen kann. Ich weiß nicht, wer sie ist, kenne nicht ihren Namen – eben außer dass sie sich Sofia genannt hat –, und ich hab sie noch nie in meinem Leben gesehen.«

»Da bist du sicher?«

Lantos ignorierte Löhrs Misstrauen. »Ich weiß nicht, wie sie auf mich gekommen ist. Hab da eigentlich bloß 'ne Ahnung …«

»Ich bin gespannt.«

»Sie hat mich vorgestern angerufen und gefragt, ob ich ihr einen Gefallen tun kann. Ich frag, welchen, und sie sagt, sie braucht einen Zugang zum Tresorraum meiner Bank. Ich frag, wie sie darauf käme, dass ich ihr den besorge, und darauf nennt sie mir eine Buchstaben-Zahlen-Kombination.«

»Aha? Das Schließfach ihres Mannes?«

»Keine Ahnung. Aber ich kannte diese Kombination. Deshalb hab ich mich darauf eingelassen, sie zu treffen.«

»Ich verstehe gar nichts«, sagte Löhr.

»Es ist kompliziert. Die Kombination ist identisch mit einem Konto, mit dem ich früher einmal zu tun hatte.«

»Also was Illegales?«

Lantos warf einen hilfesuchenden Blick zur Decke. »Jakob! Ich arbeite in einer *Bank*!«

»Und deshalb wirst du mir auch nicht erzählen, welche Geschäfte über dieses Konto abgewickelt wurden oder werden?«

»Ganz bestimmt nicht.«

Löhr überlegte eine Weile schweigend. Dann sagte er: »Sie hat versucht, dich zu erpressen.«

Lantos zuckte die Schulter.

»Lantos! Ich muss wissen, wer diese Frau war und wie sie an die Informationen über das Schließfach und das Konto und all das gekommen ist! Sie wurde vor meinen Augen ermordet! Und ich hänge als Verdächtiger in diesem Fall drin!«

Lantos betrachtete Löhr, ohne ihm gleich zu antworten. »Okay«, sagte er schließlich lässig. »Ich werd versuchen, da ein bisschen Klarheit reinzukriegen.«

»Dafür, dass du beim ersten Mal, als der Name Sofia fiel, vor Angst fast gezittert hast, bist du ziemlich entspannt, oder?«

Lantos machte eine gleichgültige Geste und nippte an seinem

zweiten Bourbon, den er bisher noch nicht angerührt hatte. »Wer in meinem Job nicht entspannt ist, spielt nicht lange mit.«

Löhr sah Lantos aufmerksam an. Er empfand kein wirkliches Gefühl der Missbilligung ihm gegenüber. Eher wuchs eine Art von Respekt vor der gelassenen Undurchsichtigkeit seines Schachfreundes.

»Gut«, sagte er gedehnt und versuchte, dabei wenigstens ein bisschen Ordnung in die Geschichte zu bekommen. »Sofia hat versucht, dich zu erpressen, um Zugang zu den Schließfächern im Tresorraum eurer Bank zu bekommen – richtig?«

Lantos deutete ein Nicken bloß an.

»Und du kommst rein in den Tresorraum?«

»Ja. Ich kann in die Bank rein. Weil ich da manchmal Zugang zu Daten, Verträgen und so weiter brauche, die wir nicht in unserem Intranet haben. Aber das ist eigentlich selten. Das allermeiste regle ich von meinem Büro in der Engelbertstraße aus.«

»Okay«, sagte Löhr, »nehmen wir mal an, du wärst auf ihre Erpressung eingegangen und hättest ihr den Tresorraum aufgemacht. Was wäre dann passiert?«

»Sie wäre an eines der Schließfächer gegangen, hätte es aufgeschlossen und wäre dann mit dem Inhalt abgedüst.«

»Das heißt, sie muss einen Schlüssel haben? Einen Schlüssel, der nur zu einem einzelnen Schließfach passt?«

»Ja. Obwohl, richtige Schlüssel gibt es da nicht mehr. Das sind heute USB-Sticks, die nur in Kombination mit der Kontonummer funktionieren.«

»Hast du gerade USB-Sticks gesagt?«

11

Es war wie früher auf der Achterbahn. Löhr wurde schwindelig, als der Beschleunigungsdruck ihn gegen die Rücklehne presste und die Konturen der an ihm vorbeifliegenden Fassaden zu verwischen begannen. Er hatte noch nie in seinem Leben in einem Porsche gesessen. Lantos hatte einen kleinen Scherz gemacht und an der auf Grün springenden Ampel beschleunigt.

»Mach das bitte nicht noch mal«, sagte Löhr. »Mir ist schon zum Kotzen. Und außerdem hab ich jetzt wahrscheinlich 'nen blauen Fleck.«

»Blauer Fleck?«

»Der Gurt hat deinen Colt gegen meine Rippen gedrückt.«

»Das ist kein Colt, sondern ein Smith & Wesson Single Action. Das ist ein Unterschied!«

»Okay«, sagte Löhr, »trotzdem ein Riesentrumm. Weiß gar nicht, wie ich den ungesehen unterbringen soll. Da brauch ich 'nen Geigenkasten für.«

»Hauptsache, ich krieg ihn zurück. Ist ein Sammlerstück, hab in den Staaten ein Vermögen dafür zahlen müssen. Das Model 3 Schofield ist der gleiche Typ, den Wyatt Earp 1881 am O.K. Corral benutzt hat.«

»Du kriegst ihn zurück. Falls ich meinen Showdown überlebe.«

Lantos sagte dazu nichts und fuhr schweigend die Rheinuferstraße Richtung Dom, bog gleich hinter der Hohenzollernbrücke links ab, fuhr unter dem Brückengewölbe hindurch und wurde kurz vor dem Hauptbahnhof von einer roten Ampel aufgehalten.

»Übrigens«, sagte Löhr. »Falls mich die Bullen irgendwann interviewen, wo ich zu dem Zeitpunkt war, an dem Sofia umgebracht wurde, werde ich sagen, ich war bei dir. Ist das für dich okay?«

Lantos nickte bloß und fuhr schweigend weiter.

»Scheiße, ja«, sagte er schließlich. »Du steckst ganz schön tief drin.«

Löhr hob die Schulter, versuchte, gleichmütig zu wirken, kam aber auf den Punkt zurück: »Was ich nicht kapiere, ist, was es mit diesem Schließfach oder Konto auf sich hat, mit dem Sofia dich erpressen wollte.«

»Erpressen! Ist ein großes Wort.«

»Du wolltest dich drauf einlassen.«

»Sagen wir so: Es hat mich neugierig gemacht.«

»Du wiegelst ab, Hubert.«

»Ich bin dabei, dir zu helfen.« Lantos schaute geradeaus, fixierte die rote Ampel.

Doch Löhr ließ nicht locker. »Fragst du dich nicht, was in dem Schließfach drin ist?«

»Jedenfalls kein Bargeld, wie sie dir gesagt hat.«

»Wieso nicht?«

»So viel Bargeld, dass sich der ganze Aufwand, den diese Typen treiben, irgendwie rechnen würde, passt da gar nicht rein.«

»Und worauf tippst du?«

Lantos blies Luft durch die Zähne. »Keine Ahnung.«

Die Ampel sprang auf Grün. Lantos fuhr langsam die Trankgasse hinunter, bog hinter dem Excelsior-Hotel rechts ein, umrundete dann den folgenden Kreisel und fuhr in die Straße An den Dominikanern.

Vor dem ehemaligen Hauptpostamt, an dessen Stelle weise Stadtplaner ein Luxus-Seniorenheim mitten in die Innenstadt gesetzt hatten, fand Lantos einen Parkplatz. Sie stiegen aus, wechselten die Seite der menschenleeren Straße – unter der Woche ähnelte Köln nach zwei Uhr nachts selbst um den Hauptbahnhof herum einer Geisterstadt – und gingen auf einen der granitenen Tempel zu, in denen sich in dieser Gegend seit Generationen das Finanzkapital verschanzte. Vor einer vier Meter breiten schwarz lackierten Tür, eher war es ein Tor, machte Lantos halt und tippte eine Zahlenkombination in eine diskret neben der Tür angebrachte Tastatur. Löhr hob den Blick. Sie waren dabei, die Privatbank De Saussure zu betreten. Löhr war es, als streiche ein eiskalter Finger über seine Wirbelsäule.

»Das hier ist deine Bank? Die Bank, für die du arbeitest?«, fragte er Lantos, vor dem sich die Tür lautlos geöffnet hatte und der Löhr nun ins Innere des Gebäudes winkte.

»Wusstest du das nicht?«

»Nein. Du hast es mir nie gesagt.«

»Wozu auch?«

Das Bankhaus De Saussure, Privatbank seit über hundertfünfzig

Jahren, war die Kölner Geldinstitution, die in den letzten zehn Jahren dank der Aktivitäten des Immobilienentwicklers Heinz Pietsch zur Drehscheibe vor allem solcher Geschäfte geworden war, die die Verwertung städtischen Besitzes zuungunsten der Kommune und zugunsten renditegieriger Investoren zum Gegenstand hatten. Seit Pietschs Ermordung vor anderthalb Jahren war die Bank in eine Schieflage nahe der Insolvenz geraten; die adligen Inhaber waren untereinander zerstritten und zerrten sich gegenseitig wegen Vorteilnahme und Untreue vor Gericht. Trotzdem liefen die Geschäfte mit der Kommune weiter. Denn an die Stelle Pietschs war der frühere CDU-Fraktionsvorsitzende, Anwalt und nun ebenfalls zum Immobilienentwickler avancierte Gottfried Klenk getreten.

Klenk. Klenk war Löhrs rotes Tuch, der Feind, war das Schicksal, an dem er sich seit Jahren vergeblich abarbeitete. Klenk und die Saussure-Bank waren das Gift, das diese Stadt verseuchte. Hätte Löhr gewusst, dass Lantos für die Saussure-Bank arbeitete, hätte er ihn nie näher als bis auf zwanzig Meter an sich herangelassen.

Lantos war offensichtlich im Besitz eines Generalschlüssels und lotste Löhr zuerst über Marmorböden und durch Säulenhallen, dann, ein Stockwerk höher, entlang holzgetäfelter Flure mit knietiefen Teppichböden durch das Innere des Gebäudes, in dem die in regelmäßigen Abständen an den Wänden angebrachten, messingverkleideten Notleuchten die Atmosphäre eines Geisterschlosses schufen. Eine Atmosphäre, in der man nur noch ganz leise zu sprechen wagte. Um nicht über seinen Freund Hubert Lantos nachdenken zu müssen, stellte sich Löhr die eher rhetorische Frage, was die Menschen, die ihr Vermögen mit zynischer Spekulation zusammengerafft hatten, dazu trieb, um sich herum die Aura unangreifbarer Solidität zu verbreiten. Seine Gedankenflucht wurde unterbrochen, als Lantos vor einer dreieinhalb Meter hohen Flügeltür aus dunkelrotem matt glänzendem Holz haltmachte, seinen Schlüssel ins Schloss steckte, die Tür öffnete und Löhr hineinließ.

»Das ist der Raum, in dem der Aufsichtsrat tagt«, sagte er. »Der einzige mit Rechnern ausgestattete Raum in dem ganzen Laden, in dem es keine Videokameras gibt.«

Es war ein riesiger Saal mit pompösen Deckengemälden und einem handballfeldgroßen Konferenztisch in der Mitte, um den herum schwere brokatgepolsterte Stühle standen. An einer der Seitenwände befand sich auf einem schmalen Bord eine Batterie von Monitoren mit den dazugehörigen Rechnern.

»Von denen aus hat man Zugang zu sämtlichen in der Bank gespeicherten Daten«, sagte Lantos, ging auf einen der Rechner zu, schaltete ihn an und zog sich, während der Computer hochfuhr, einen Stuhl heran.

»Wonach genau willst du jetzt eigentlich suchen?«, fragte Löhr, der hinter ihm stehen blieb. Er hatte inzwischen beschlossen, alle Fragen zu Lantos' Beziehung zur Saussure-Bank zurückzustellen. Jetzt ging es um Wichtigeres. Einen Mord. Und seinen Kragen.

»Rauskriegen, was sich auf dem Konto in der Zeit getan hat, seit ich nichts mehr damit zu tun habe«, antwortete Lantos. »Vielleicht wissen wir dann, wem das Schließfach gehört und warum es für einige Leute so interessant ist.«

Während Löhr beobachtete, wie der Bildschirm aufleuchtete, wie Lantos sich mit einer zehnstelligen Buchstaben-Zahlen-Kombination in das System einloggte und wie die in geisterhafter Geschwindigkeit über die Tastatur gleitenden Finger seines Schachfreundes immer wieder neue Bilder auf dem Bildschirm produzierten, sich darin immer wieder neue Fenster öffneten, dachte Löhr darüber nach, was Lantos ihm gerade gesagt hatte.

»Wem das Schließfach gehört, müsstest du doch eigentlich wissen?«

»Wie kommst du da drauf?« Lantos bearbeitete ohne aufzublicken weiter die Tastatur.

»Das kann doch nur demjenigen gehören, mit dem du damals Geschäfte gemacht hast.«

»Nicht unbedingt. Das ist komplizierter, als du denkst, Jakob.«

Lantos war auf einer Seite mit einer Liste von für Löhr unverständlichen Buchstabenkürzeln und Zahlenkombinationen angekommen und scrollte die Liste bis zu ihrem Ende hinunter, dann wieder nach oben, wiederholte die Prozedur noch mehrere Male, dabei immer langsamer vorgehend.

»Scheiße«, sagte er schließlich, und in seiner Stimme klang

ein wirkliches Erschrecken an. »Der ganze Vorgang ist gelöscht. Das Konto existiert nicht mehr.«

Er drehte sich zu Löhr um. Sie sahen sich ein paar Augenblicke stumm an.

»Hattest du denn was anderes erwartet?«, fragte Löhr.

»Ja.« Lantos wies auf den Bildschirm. »Ich bin hier auf der tiefsten Ebene des Systems. Da, wo sich normalerweise die Datensätze befinden, die überall sonst gelöscht sind. – Hier hat einer sehr gründlich aufgeräumt.«

12

Das Aufschließen seiner Wohnungstür konnte er sich sparen. Sie war bereits offen. Jemand hatte das Schloss mit grober Gewalt – Löhr erkannte die Spuren eines Brecheisens – aufgesprengt. Gewöhnlich die Methode von Beschaffungskriminellen. Doch noch bevor er die Tür ganz aufstieß und seine Wohnung betrat, wusste er, dass kein Junkie bei ihm eingebrochen war. Weil sie Krach beim Einbruch machten, mussten Junkies schnell wieder raus aus der Wohnung. Deswegen suchten sie fast ausschließlich nach Bargeld, gingen gezielt die Stellen an, wo die Leute es normalerweise deponierten. Fanden sie da nichts, hauten sie wieder ab und hinterließen die Wohnung meistens in dem Zustand, in dem sie sie vorgefunden hatten.

Löhr fand seine Wohnung keineswegs in dem Zustand vor, in dem er sie verlassen hatte.

Es gab keine Stelle, an der sie nicht gesucht hatten. Der Flur, die Küche, das Arbeits- und Wohnzimmer, das Schlafzimmer und selbst das Bad sahen aus, als wären Handgranaten hineingeworfen worden. Jeder Schrank, jede Schublade war durchwühlt worden, der Inhalt lag verstreut auf dem Boden. Auch die Küchenschränke waren komplett entleert, Teller, Schüssel, Tassen waren beim Ausräumen auf den Küchenfliesen zerschellt, die Tür des Kühlschranks stand weit offen, die Verpackungen der Tiefkühlkost aus dem Gefrierfach waren aufgeschnitten, der Inhalt schmolz vor sich hin und verbreitete um sich dunkle feuchte Lachen auf der Küchentischdecke.

Das Telefon im Flur hatten sie verschont. Das Gehäuse des Mobilteils war unversehrt. Es wäre auch zu klein gewesen, einen USB-Stick darin zu verstecken. Löhr machte sich mit dem Mobilteil in der Hand auf die Suche nach einem Platz, wo er sich zum Telefonieren niederlassen konnte. Er fand ihn im Schlafzimmer. Sie hatten zwar die Matratzen seines alten Ehebettes umgedreht, es aber nicht für nötig befunden, sie aufzuschlitzen. Er schob eine der hochgestellten Matratzen zurück auf den Lattenrost, setzte sich darauf und rief seine eigene Dienststelle, das Einbruchsdezernat, an. Natürlich kannte er die Kollegin, die dranging, eine Blondine, die offensichtlich bei ihrer Nachtwache eingeschlafen war. Er musste ihr seine Adresse buchstabieren. Um sieben, versprach sie, würde sie jemanden aus der Frühschicht vorbeischicken.

Löhr sah auf die Uhr. Es war kurz nach drei in der Nacht. Er zog Lantos' Smith & Wesson Single Action aus dem Hosenbund, legte ihn neben das Telefon auf die Matratze, stand auf, schloss die Schlafzimmertür ab und streckte sich dann neben dem Revolver aus. Er war zu fertig, um noch über irgendetwas nachzudenken, und innerhalb einer halben Minute eingeschlafen.

Nicht der Kollege aus dem Einbruchsdezernat weckte Löhr um sieben, sondern das Klingeln des Telefons. Es war Esser.

»Könntest du gleich noch mal wegen einer Aussage vorbeikommen, Jakob?«

»Ist das 'ne Bitte?«

»Ich versuche, höflich zu sein.«

»Worum geht's denn? Zu der Geschichte im Café Zero hab ich doch schon ausgesagt.«

»Darum geht's auch nicht. Nicht direkt jedenfalls.«

»Sondern?«

»Das sagen wir dir, wenn du hier bist.«

»Wir? Das heißt, Paluchowski ist mit dabei, und die Ladung ist auf seinem Mist gewachsen?«

Esser schwieg. Löhr hatte ins Schwarze getroffen. Sie hatten Sofias Leiche gefunden, und Paluchowski wollte ihn deswegen in die Mangel nehmen.

»Okay«, sagte Löhr. »Ich komme.«

Er legte auf, begab sich in die Trümmer seines Badezimmers und versuchte sich mit dem, was die Sarden ganz gelassen hatten, frisch zu machen und zu rasieren. Als kurz darauf zwei Leute aus seinem Dezernat zur Aufnahme des Einbruchs kamen, zeigte er ihnen die Einbruchsspuren an der Tür und die Verwüstungen in der Wohnung.

»Hast du 'ne Erklärung dafür, Jakob?«, fragte der ältere der beiden. »Gibt's da vielleicht 'nen Hintergrund?«

»Keine Ahnung«, sagte Löhr. »Für mich sieht das aus wie ein Fall von Vandalismus. Irgendein Junkie war auf Turkey und hat sich ausgetobt.«

Der Jüngere blickte sich um und nickte. »Könnte passen. Muss aber ein gewaltiger Turkey gewesen sein.«

»Irgendwas, was er mitgenommen hat?«, fragte der andere.

»Ja.« Löhr deutete auf die aufgebrochene oberste Schublade des Schuhschranks im Flur, in die er, kurz bevor die Kollegen gekommen waren, das Gürtelhalfter seiner P30 gelegt hatte. »Er oder sie haben meine Dienstwaffe gefunden und mitgenommen.«

Sein Frühstück nahm er im Stehen an der Bar des Zero ein. Zu seinen Füßen stand eine seit Jahren nicht mehr gebrauchte, abgewetzte Aktentasche, in die er die Smith & Wesson verstaut hatte. Es wäre auffällig und lächerlich gewesen, das Ungetüm irgendwie am Körper zu tragen, denn der Revolver passte weder in sein Gürtel- noch in sein Schulterhalfter. Aber ganz unbewaffnet wollte er sich nicht mehr bewegen.

Während er ein viel zu trockenes Croissant so lange in seinen Milchkaffee tunkte, bis er den aufgeweichten Teil leicht abbeißen konnte, dachte er an den Stick. Es war klar, dass die Sarden glaubten, dass er ihn hatte. Sie vermuteten, er und Sofia steckten unter einer Decke. Sofia hatten sie so lange gefoltert, bis sie sicher sein konnten, dass sie ihn nicht mehr hatte. Warum aber hatten sie sich anschließend nicht ihn mit den gleichen Methoden vorgeknöpft, sondern ihm ein Ultimatum für seine Wiederbeschaffung gestellt? Wahrscheinlich, weil sie davon ausgingen, dass er ihn gestern Abend in der Pension nicht dabeigehabt hatte. Also waren sie anschließend auf Nummer sicher gegangen und hatten schon mal seine Wohnung auf den Kopf gestellt. Sie würden enttäuscht sein, dass sie den Stick nicht gefunden hatten, und noch enttäuschter würden sie sein, wenn er ihnen später mitteilte, dass er immer noch keine Ahnung hatte, wo er war.

Die Bilder, die sich gestern Abend im Pensionszimmer in sein Gedächtnis eingebrannt hatten, überfielen ihn. Er musste aufhören zu essen. Er blickte hinunter auf seine Aktentasche. Sein Zweifel wuchs, dass der alte Revolver das richtige Mittel war, die aus ihrer Enttäuschung entspringende Wut der Sarden zu besänftigen. Er brauchte einen Plan.

13

Als er anderthalb Stunden später aus dem Schacht der U-Bahn-Haltestelle Kalk Post ans Tageslicht stieg, hatte er einen Plan. Er schaute auf die Uhr. Es war kurz nach zehn. Wenn er es schaffte, das Präsidium als freier Mann zu verlassen, hatte er gute Chancen, dass sein Plan aufging. Ein paar Vorbereitungen hatte er nach seinem Frühstück im Café Zero schon getroffen. In einem Handyladen hatte er eine Prepaid-SIM-Karte gekauft und in sein neues altes Handy eingebaut. Dann war er in seine Wohnung zurückgegangen und hatte die Leute von der Spurensicherung, die dort inzwischen zugange waren, gebeten, einen Schlüsseldienst damit zu beauftragen, ein neues Schloss einzubauen und den Schlüssel im Café Zero zu hinterlegen. Darauf hatte er die wichtigsten Telefonnummern in sein Handy eingetippt und schließlich noch für den frühen Nachmittag einen Termin auf dem Schießstand vereinbart, in dem er ab und zu trainierte.

Paluchowski ließ ihn nicht aus den Augen, während Esser ihm die Fotos zeigte. Es waren Aufnahmen vom Tatort in der Pension Auf der Ruhr. Es kostete Löhr ungeheure Anstrengung, hinzusehen und den Blick nicht abzuwenden. Obwohl sie im Unterschied zu den Bildern in seinem Kopf nicht die lebendige, leidende Sofia, sondern kalt und blaustichig ihre Leiche zeigten. Löhr versuchte, durch die Aufnahmen hindurchzusehen und seine Gedanken auf etwas anderes zu konzentrieren, vor allem darauf, ob es ihm gelungen war, überall in der Pension seine Fingerabdrücke zu entfernen.

Er räusperte sich, schüttelte den Kopf. »Bestialisch. Wann ist das passiert?«

»Der Gerichtsmediziner sagt, gestern zwischen dreiundzwanzig und vierundzwanzig Uhr«, antwortete Esser, schob die Fotos zu einem Stapel zusammen und dann in eine Mappe, auf der Löhr den Namen Sofia Fava erkennen konnte.

»Gibt es schon Tatverdächtige, Zeugen?«, fragte Löhr weiter.

»Augenblick mal«, fuhr Paluchowski dazwischen. »Die Fragen stellen wir. Und meine erste Frage können Sie sich sicher vorstellen. Wo waren Sie in dieser Zeit?«

Darauf war Löhr vorbereitet. Ruhig wandte er sich dem Staatsanwalt zu, versuchte, ihm in die hinter Brillengläsern in Dauertarnung abgetauchten trüben Augen zu schauen, und legte dann den trocken und unterkühlt vorgetragenen Wutausbruch hin, für den er sich während der U-Bahn-Fahrt präpariert hatte:

»Jetzt hören Sie mir mal gut zu, Paluchowski. Suchen Sie sich jemand anderen, um Ihre Unfähigkeit zu kaschieren, Klarheit in den Fall zu bringen! Soweit ich das sehe, haben Sie nämlich nichts. Sie haben keinen einzigen Anhaltspunkt auf die Männer, die diese Frau gestern in mein Stammcafé verfolgt haben. Sie haben noch keinen Zeugen im Fall ihrer Tötung. Sie haben nichts! *Nichts!*«

Eine Sekunde hielt er inne, um die Wirkung seiner Unterstellungen in Paluchowskis Miene beobachten zu können. Als er sah, wie dem Staatsanwalt der Unterkiefer hinunterklappte und er nach Luft schnappte, wusste er, dass er richtiglag. Denn nichts von dem, was er behauptet hatte, hätte er wissen können. Also setzte er noch eins drauf.

»Lassen Sie mich in Ruhe! Tun Sie Ihre gottverdammte Arbeit, statt mich mit absurden Anschuldigungen zuzuschütten. – Gegen das von Ihnen eingeleitete Untersuchungsverfahren lege ich bei der Oberstaatsanwaltschaft Beschwerde ein und strenge gleichzeitig eine Klage wegen Verleumdung gegen Sie an.«

Das Letzte war Löhr gerade erst eingefallen, aber, wie er jetzt feststellen konnte, keine schlechte Idee. Paluchowskis Unterkiefer senkte sich noch ein Stück weiter abwärts, sein Mund stand jetzt ziemlich weit offen, und er sah aus wie eine Eule, die einmal einen schlauen Gedanken gehabt, ihn aber inzwischen vergessen hatte.

Löhr wandte sich von Paluchowski ab, hob seine Aktentasche mit der Smith & Wesson auf, die er beim Hereinkommen so behutsam neben Essers Schreibtisch abgestellt hatte, als transportiere er wertvolles Aktenmaterial darin, klemmte sie sich jetzt wieder vorsichtig unter den Arm, ging Richtung Tür und drehte sich, bevor er die Klinke hinunterdrückte, zu Esser um.

»Und falls irgendein anderer Idiot hier noch einmal auf die Idee kommt, mein Alibi für den Tatzeitpunkt zu überprüfen: Ich war bei einem Freund. Hubert Lantos. Die Adresse findest du im Telefonbuch.«

14

Der Rückstoß riss Löhr fast den rechten Oberarm aus dem Schultergelenk. Er ließ die Smith & Wesson sinken und blickte auf die frisch eingespannte Mannscheibe in fünfundzwanzig Metern Entfernung. Sie war jungfräulich.

Noch einmal hob er das kiloschwere Monstrum in seiner Rechten, beim Spannen des Hahns allein schon kriegte er einen Krampf im Unterarm, auch gab es keinen richtigen Druckpunkt beim Abzug, er zog einfach durch, wieder ein Riesenkrach, ein gewaltiger Rückstoß – und kein Loch in der Scheibe.

»Scheiße. Was mach ich falsch?«

Rössler, der alte Schießmeister, der neben ihm im Schieß-stand stand, schüttelte den Kopf und zog sich die Ohrenschützer herunter.

»Nichts. Sie schießen so, wie ich es Ihnen beigebracht habe. Aber dieser Revolver taugt nichts. Das ist ein Spielzeug.«

»Mein Freund, dem er gehört, sagt, es war der Revolver, den Wyatt Earp 1881 am O.K. Corral benutzt hat.«

»Kann ja sein. Aber die Earps haben damals ihre Gegner aus ein paar Metern Entfernung abgeknallt. Wenn Sie heute einen bewaffneten Gegner so nahe an sich heranlassen wollen, können Sie sich auch gleich vor den Zug legen.«

»Sie haben bestimmt eine Alternative?«

Rössler winkte ihn in sein Büro, schloss seinen Waffentresor auf, in dem es neben einer Reihe senkrecht aufgestellter Lang-waffen auch ein Regal mit zwei Dutzend Pistolen und Revolvern gab, alles Leihwaffen für seine Kunden. Er griff ins Regal und reichte Löhr eine Pistole.

»Nichts Besonderes, aber bewährt. Die Beretta 92. War lange Armee- und Polizeiwaffe in Italien und in den USA. Hat die gleiche Durchschlagskraft wie eure P30, passen auch fünfzehn Patronen ins Magazin. Genau wie die P30 leichter Rechtsdrall. Nachteil ist, dass sie schwerer ist.«

Löhr wog die Waffe in der Hand. Sie kam ihm tatsächlich deutlich schwerer und auch ein bisschen sperriger vor als seine Dienstwaffe. Aber nach dem Einschießen würde er sich schon daran gewöhnt haben.

»Gut«, sagte er. »Gibt es einen Schalldämpfer dazu?«

Rössler sah ihn von der Seite an. Er war ein diskreter Mann, hatte Löhr nicht gefragt, warum er seine Dienstwaffe nicht da-beihatte und wie er an die Smith & Wesson gekommen war. Doch jetzt runzelte sich seine Stirn.

»Was haben Sie vor, Löhr?«

»Wenn ich das wüsste.«

Nachdem er mit dem neuen, im Café Zero für ihn deponierten Schlüssel aufgeschlossen hatte und in das Chaos trat, in das sich seine Wohnung verwandelt hatte, hätte er am liebsten kehrtgemacht, sich ein Hotelzimmer genommen und dann eine neue Wohnung besorgt. Natürlich hatte er in seinem Job schon oft den Schock von Wohnungsinhabern nach einem Einbruch miterlebt und eine Ahnung bekommen vom Gefühl der Demütigung und Beschämung, dem solche Menschen angesichts der Verletzung ihrer Intimsphäre ausgesetzt waren. Jetzt erlebte er es selbst. Die damit verbundene Ohnmacht verwandelte sich bei ihm in Wut. Er konnte es beinahe physisch spüren, wie das Wutpaket in seinem Bauch wuchs.

Er zwang sich, durch die Trümmer seiner Wohnung zu stolpern und bei Tageslicht und klarem Verstand Bestand aufzunehmen. Er entschloss sich, seiner ersten Intuition zu folgen und erst mal auszuziehen.

Wieder im Flur und beim Telefon angekommen, hob er sein bäuchlings auf dem Boden neben dem Flurschrank liegendes Telefonverzeichnis auf und suchte darin die Nummer seines Vetters Waldemar. Er hatte sich daran erinnert, dass Waldemar ihm bei dem letzten Familientreffen der Löhrs von einem russischen Paar erzählt hatte, das öfters für ihn arbeitete. Sie sei eine bemerkenswert gute Putzfrau und ihr Mann ein versierter Handwerker, der sämtliche Reparaturen und Renovierungsarbeiten im Haus schnell und sorgfältig erledigte. Genau solche Leute brauchte es jetzt in seiner Wohnung.

Er tippte Waldemars Nummer ein, rechnete aber nicht damit, dass der – tagsüber und mitten in der Woche – drangehen würde. Es war auch nicht Waldemar, sondern dessen Frau Chloé, eine Belgierin, die sich meldete.

»Jakob wer?« Ihre Stimme erinnerte Löhr an das hysterische Kreischen schlechter Sopranistinnen.

»Jakob Löhr. Ein Vetter von Waldemar.«

»Ah oui! Jakob, der Polizist!«

Löhr sagte ihr, was er wollte, worauf sie, ohne den Telefonhörer abzulegen und während sie Löhr über die Vorzüge der beiden Russen zuquasselte, irgendwo nach der Nummer des gepriesenen Paares suchte.

»Tut mir leid«, sagte sie schließlich. »Hier ist die Nummer nicht drin. Ich verstehe das nicht. Aber wir haben noch ein anderes Telefonverzeichnis, oben in Waldemars Arbeitszimmer. Soll ich schnell …?«

»Nein, nein. Ruf mich einfach an, wenn du sie gefunden hast«, sagte Löhr ruppig. Er hatte keine Lust, weiter ihr Hochfrequenz-Gequassel zu ertragen, diktierte ihr seine neue Handynummer und legte auf.

15

Löhr saß an einem der Außentische des Zero, hatte den Stapel der im Café ausliegenden Zeitungen durch und sah auf die Uhr. Es war zwanzig vor sechs. Um sechs, hatten die sardischen Killer angekündigt, würden sie den ominösen USB-Stick von ihm verlangen. Er war ins Zero gegangen, weil er es ihnen leicht-machen wollte, ihn zu finden, denn er wollte es jetzt wissen, wissen, woran er war, wissen, wie weit diese Typen mit ihm gehen würden. Eine Frau zu foltern, war die eine Sache. Aber einen Polizisten so in die Mangel zu nehmen, eine andere. Sie mussten wissen, dass er sich nicht noch einmal so wie in der Pension würde vorführen lassen. Und sie wussten, dass er auf dieses Treffen vorbereitet sein würde. Er war gespannt, was sie in petto hatten. Nicht gespannt wie bei einem Krimi. Er war nervös. Aber die Beretta in seinem Gürtelhalfter strahlte eine gewisse Ruhe aus.

Er hatte sich auf Rösslers Schießstand gut damit eingeschossen und konnte jetzt einigermaßen schnell mit der Waffe umgehen. Außerdem hatte er über den Stick und die Forderung der Sar-den nachgedacht, ihn ihnen zu liefern. Sie war absurd, denn er hatte diesen Stick nicht und auch keine Ahnung, wo er sein könnte. Es würde natürlich nicht einfach sein, die Typen davon zu überzeugen, dass dem so war und Sofia nur zufällig seinen Weg gekreuzt hatte. Und wenn sie ihm das nicht abnähmen: Was könnten sie tun, um an den Stick zu kommen? Okay, sie könnten ihn foltern, so wie Sofia. Doch würde er sich ihnen nicht so wehrlos präsentieren wie sie. Sollten sie es versuchen. Er hätte keine Skrupel, sie umzulegen.

Also regte ihn die Sache mit den Sarden im Augenblick nicht allzu sehr auf. Was ihn mehr beschäftigte, war die Frage, warum dieser Stick für sie, und das hieß ihre Auftraggeber, so wichtig war, dass sie buchstäblich über Leichen gingen und sich damit enormen Risiken aussetzten. Natürlich hatte das mit dem Inhalt des Schließfaches in der Saussure-Bank zu tun, für das der Stick als Schlüssel fungierte – zusammen mit einem entsprechenden Konto bei dieser Bank. Und hier wurde es für Löhr interessant. Denn weder Konto noch Kontonummer existierten mehr, alle dazugehörenden Vorgänge waren so gründlich gelöscht, dass selbst ein Experte wie Hubert Lantos nicht die geringste Spur davon finden konnte. »Hier hat einer sehr gründlich aufgeräumt«, hatte Lantos gemurmelt und dann noch einen weiteren Satz: »Da ist ihnen wohl sogar auf ihrem eigenen Terrain der Boden zu heiß geworden.« Auf Löhrs Frage, was er damit meine, hatte er nur ausweichend geantwortet.

Immer wieder im Laufe des Tages hatte Löhr über die Bedeutung dieses Satzes nachgedacht und tat es jetzt wieder. Die Saussure-Bank, Privatbank seit der Französischen Revolution und eines der elitärsten Häuser Europas, war ins Trudeln geraten, weil sie ihre Geschäfte aufs Engste mit denen des Immobilienfondsentwicklers Heinz Pietsch verbunden hatte, zeitweise über diese Fonds mehr als fünfzig Prozent ihrer Rendite erwirtschaftete. Spätestens nach der Ermordung Pietschs stellte sich heraus, dass seine Immobilienfonds faul waren. Sie beruhten auf Deals, die Pietsch mit der Stadt gemacht hatte, und waren allesamt so konstruiert, dass die Stadt langfristig absurd überteuerte Mieten für Immobilien zahlen musste, die Pietsch für sie entwickelt hatte. Bedeutete Lantos' gemurmelte Bemerkung, dass auf dem Konto die Geschäfte eines solchen Fonds abgewickelt worden waren – oder möglicherweise immer noch wurden? Was anders sollte der Ausdruck »auf ihrem eigenen Terrain« bedeuten? Wenn nicht krumme Deals mit der korrupten politischen Nomenklatura der Stadt das »eigene Terrain« der Saussure-Bank waren, was denn sonst?

Das Klingeln seines Handys hinderte ihn, weiter darüber nachzudenken.

Es war Chloé, die Frau seines Vetters Waldemar. Sie gab ihm die Telefonnummer des russischen Paares und sagte, sie habe bereits mit den beiden gesprochen, sie seien einverstanden, seine Wohnung wieder in Ordnung zu bringen, und erwarteten seinen Anruf. Löhr bedankte sich höflich und wollte das Gespräch schon beenden, da traf die schrille Stimme seiner angeheirateten Cousine sein Trommelfell, dass es wehtat.

»Jakob?«

»Ja?«

»Können wir uns treffen?«

Löhr antwortete nicht gleich. Er kannte solche Anschläge aus der Verwandtschaft. Es war zwar schon ein paar Jahre her, dass man ihn regelmäßig in irgendwelche Familienangelegenheiten hineinzuziehen versucht, ihn mit der Klärung bestimmter Angelegenheiten, der Schlichtung von Streitfällen beauftragt hatte – aber er erinnerte sich noch gut an diese Aufträge. Früher war er ihnen aus Loyalität nachgekommen. Familienloyalität. Von solchen Gefühlen war er jetzt sehr weit entfernt, warum auch immer.

»Ich hab im Moment absolut keine Zeit«, sagte er so abweisend, wie er nur konnte.

»Es geht um etwas sehr, sehr Wichtiges.« Chloé betonte die erste Silbe von »Wichtiges«, als hauche sie die Eingangszeile eines Chansons. Offenbar glaubte sie an die Überzeugungskraft ihrer manierierten Aussprache.

»Bei mir geht's auch um was Wichtiges. Tut mir leid.«

Löhr hatte den Zeigefinger auf der roten Taste des Handys.

»Jakob. Bitte!« Sie sprach das »J« von Jakob aus wie das »sch« von »schön«. Löhr stöhnte. Aber nicht deswegen, sondern weil ihm plötzlich in den Sinn kam, dass es vielleicht unfair war, sie so brutal abzuweisen, wo sie ihm doch gerade einen Gefallen getan hatte.

»Also schön«, sagte er. »Morgen Mittag um zwölf Uhr hier.«

»Was ist ›hier‹?«

»Mein Stammcafé natürlich, das Zero auf der Engelbertstraße.«

Nachdenklich betrachtete er sein Handy, nachdem das Gespräch beendet war. Es geschah nicht zum ersten Mal, dass ihm in einer solchen Situation auffiel, wie sehr er sich in den letzten zwei, drei Jahren verändert hatte. Ihm war zwar bewusst, dass er nach dem Tod seiner Mutter vor drei Jahren zunehmend auf Distanz zu seiner Familie gegangen war. Nur war er sich noch nicht im Klaren darüber, ob er dies als eine Befreiung oder eine Verarmung begreifen sollte.

Er rief die Telefonnummer an, die Chloé ihm gegeben hatte, eine Frau ging ran, eine Olga mit der Stimme eines Baritons. Er vereinbarte mit ihr und ihrem Mann ein Treffen am nächsten Morgen in der Mozartstraße. Nach dem Gespräch sah er auf die Uhr. Schon ein paar Minuten nach sechs. Er blickte die Straße hinauf und hinunter. Kein Sarde weit und breit. Offenbar gehörte es zu ihrem Spiel, ihn warten zu lassen. Er wandte sich zum Inneren des Zero um und rief Hugo, dem Wirt, der heute selbst hinter der Theke stand, zu, er möge ihm noch einen Espresso bringen. Als Löhr sich umdrehte, stand der teiggesichtige Typ mit der Windjacke neben seinem Tisch.

»Gehen wir ein paar Schritte«, sagte er.

16

Sie gingen die Engelbertstraße hinunter, bis sie in die Zülpicher Straße mündete, dann weiter auf der Zülpicher Straße stadtauswärts.

»Vernünftig von Ihnen, dass Sie Ihre Kollegen nicht eingeschaltet haben«, begann der Sarde das Gespräch im Ton einer förmlichen Konversation.

»Woher wissen Sie das?«

»Haben Sie geglaubt, wir hätten Sie eine Sekunde aus den Augen gelassen?«

»Es gibt Telefone, Handys …«

Der Mann, der immer noch die gleiche beige Rentner-

Windjacke trug wie am Abend zuvor, schüttelte den Kopf. »Sie sind zu schlau, so was zu tun. Sie hängen zu tief drin. Wenn die in dem Pensionszimmer auf Ihre Spuren stoßen, sind Sie der Hauptverdächtige.«

Löhr sagte nichts, um dem teiggesichtigen Killer nicht recht geben zu müssen.

»Also sind Sie genau der richtige Mann für uns.« Der Typ sah Löhr von der Seite an.

»Meinen Sie? Da liegen Sie falsch. Ich hab den Stick nicht, weiß nicht, wo er ist, und hab weder Zeit noch Lust, ihn für Sie zu besorgen.«

»So sehen Sie das?«

»Genau so«, sagte Löhr.

Sie waren ein Stück die Zülpicher Straße hinuntergegangen und jetzt dort angekommen, wo sie von der Heinsbergstraße gekreuzt wurde. Der Sarde gab Löhr einen Wink und bog in das Stück Heinsbergstraße ein, das zum Rathenauplatz führte. Löhr folgte ihm. Wenn uns jemand sieht, dachte er, sehen wir aus wie zwei Männer, die das eine oder andere Geschäft bei einem Spaziergang besprechen.

»Dann will ich Ihnen einmal sagen, wie wir das sehen«, sagte der Sarde, der eine Weile geschwiegen hatte. »Entweder Sie spielen ein abgekartetes Spiel, stecken mit der Fava unter einer Decke und wollen –«

»Das ist doch lächerlich«, unterbrach ihn Löhr. »Ich hab diese Frau zum ersten Mal gesehen, als sie am Montag ins Zero kam. Absoluter Zufall.«

»Und warum mischen Sie sich ein, erschießen einen unserer Leute?«

»Ich wollte der Frau helfen, sie wurde bedroht. Instinkt nennt man so was.«

Als er sah, dass der Sarde verächtlich grinste, fügte Löhr hinzu: »Das ist bei uns in Mitteleuropa so üblich, dass man Leuten in Bedrängnis hilft. Vielleicht haben Sie schon einmal davon gehört?«

Der Sarde erwiderte nichts darauf, sah Löhr nur ausdruckslos an. Sie waren am Rand des Rathenauplatzes angekommen. Der

Sarde winkte zum kleinen Park hinüber und schlug wieder seinen unverbindlichen Konversationston an.

»Da ist es ruhiger.«

Er überquerte die Straße, Löhr folgte ihm und schloss zu ihm auf, als er die von Boule-Spielern, Liebespaaren und Kinderwagen schiebenden Eltern bevölkerte und von hohen Robinien überschattete Grünanlage betrat. Sie gingen den um die rechteckige Parkmitte führenden Weg entlang.

»Eigentlich«, setzte der Sarde das Gespräch fort, »ist es mir egal, ob Sie mit der Fava unter einer Decke stecken oder nicht. Und es ist mir auch egal, ob Sie den Stick haben oder nicht.«

»Interessant«, sagte Löhr. »Es ist Ihnen so egal, dass Sie deswegen meine Wohnung zerstören?«

Der Sarde zuckte die Schulter. »Wir gehen eben auf Nummer sicher. So sagt man doch, oder?«

»Gut, dann wissen Sie jetzt, dass ich den Stick nicht habe, und können mich in Ruhe lassen.«

»Und Sie wissen, dass wir das nicht tun werden. Auch wenn Sie ihn nicht haben, sind Sie der richtige Mann, ihn uns zu besorgen. Sie sind ein Bulle. Sie kennen sich hier aus. Sie haben die Verbindung zu Lantos und der Saussure-Bank. Was wollen wir mehr? Wir brauchen nur noch zu warten, bis Sie uns das Ding liefern.«

»Und Sie glauben, ich tue das?«

»Absolut. Und wir sind großzügig. Wir geben Ihnen noch einmal sechsunddreißig Stunden.«

Löhr lachte. »Warum sollte ich? Was geht mich Ihr verdammter Stick an? Und was wollen Sie tun, wenn ich mich einen Scheiß darum kümmere?«

»Ganz einfach«, antwortete der andere ruhig. »Dann werde ich oder ein anderer die nächste Passantin umbringen. In genau sechsunddreißig Stunden.«

So schnell, dass Löhr es kaum mitbekam, hatte der Sarde seine Windjacke geöffnet, eine großkalibrige Pistole hervorgezogen und zielte auf die andere Seite des Parks. Bevor Löhr überhaupt begreifen konnte, was da geschah, fiel der Schuss. Löhr sah, wie eine ihren Kinderwagen vor sich hin schiebende junge Frau von der Aufprallenergie des Geschosses zur Seite geschleudert wurde und dann in einen Strauch neben dem Weg kippte. Er konnte nicht glauben, was er sah. Und als er realisierte, dass es wirklich geschehen war, war es zu spät. Der Sarde war verschwunden.

17

Er hatte einen Umweg gemacht, war um das komplette Präsidium herumgelaufen, damit er auf seinem Weg niemandem vom KK11 oder von seinem jetzigen Kommissariat begegnete. Die Büros der für Wirtschaftsstrafsachen zuständigen Abteilung waren im dritten Stock eines abseits gelegenen Flügels und waren über einen Nebeneingang zu erreichen. Löhr nahm nicht den Aufzug, sondern ging die Treppe hoch. Er musste einen klaren Kopf bekommen. Nach anderthalb Stockwerken machte er mit weichen Knien eine Pause.

In der Nacht zuvor, im Zimmer eines viel zu teuren Touristenhotels in der Flandrischen Straße, hatte er kein Auge zutun können. Obwohl er sehr betrunken gewesen war. Nach dem Mord auf dem Rathenauplatz war ihm gar nichts anderes übrig geblieben, als in die nächste Eckkneipe zu gehen und sich zu betrinken. Der Schrecken über die unfassbare Tat, vor allem aber das Gefühl der absoluten Ohnmacht hatten ihn auf die Bretter geschickt, das, was an psychischem Gleichgewicht nach seinen letzten Erlebnissen noch übrig war, völlig zerstört.

Natürlich hatte der Alkohol nicht geholfen und gerade mal den Effekt gehabt, dass er, mit dem Rücken auf dem Bett liegend, für ein paar Augenblicke eindöste. Dann war er wieder hochgeschreckt. Bei jedem Versuch, erneut Schlaf zu finden, rissen ihn die Bilder der ins Gebüsch kippenden Frau zurück in die Helligkeit des Bewusstseins und konfrontierten ihn wieder mit seiner Ohnmacht. Hilfloser als ein Kind hatte er dagestanden. Ein Kind hätte noch schreien können. Sein erster Impuls war natürlich gewesen, zu der Frau hinzulaufen, versuchen, ihr zu helfen, einen Krankenwagen zu rufen. Doch als er sah, dass sie und ihr Kinderwagen einen Augenblick später von einer Traube hilfsbereiter Menschen umgeben waren, sah er ein, dass es klüger war, diesem ersten Impuls nicht zu folgen. Danach musste er einsehen, dass es sinnlos war, dem zweiten, nämlich dem Killer, zu folgen. Der war und blieb verschwunden. Eine Viertelstunde lief Löhr sämtliche Wege ab, die er für seine Flucht hätte benutzen können. Aber es war eine vergebliche Mühe gewesen. Der Sarde hatte genau gewusst, was er tat, und hatte den Ort sowohl für seinen Mord wie für sein Verschwinden sorgfältig ausgesucht.

Löhr setzte seinen Treppenaufstieg fort, erklomm bedächtig jede Stufe und versuchte dabei, seine Situation so neutral wie möglich zu überblicken, bevor er den letzten, entscheidenden Schritt machte, bevor er sich Hilfe holte.

Denn dass er ohne Hilfe, allein, nicht mehr aus seinem Dilemma herauskommen würde, war ihm in der schlaflosen Nacht klar geworden. Die Frage war allerdings, wen er um Hilfe bitten sollte. Ginge er zum dafür zuständigen Kommissariat – und das waren in dem Fall seine früheren Kollegen von der Mordkommission –, würde er nur noch tiefer in das Dilemma rutschen. Esser und die anderen könnten ihn weder vor den Sarden schützen noch den nächsten angekündigten brutalen Mord verhindern. Denn sie würden bei ihren Ermittlungen gegen die Sarden kaum weitergekommen sein, kannten wahrscheinlich noch nicht einmal deren Identität. Wenn sie Spuren von ihnen hatten, Fingerabdrücke oder DNA, waren die mit Sicherheit in keiner Datenbank gespeichert. Solche Typen wurden für einen Job in Sizilien, Sardinien, Marseille oder im Libanon angeheuert, mit falschen Papieren eingeflogen und am Tag, an dem sie den Job erledigt hatten, wieder ausgeflogen. Die Bearbeitung von Anfragen bei Interpol oder ausländischen Polizeibehörden dauerte. Wenn die Ergebnisse vorlagen, waren die Killer längst schon wieder zu Hause.

Da es außerhalb der Polizei keine Hilfe für ihn gab, blieb nur Fischenich. Löhr hatte noch drei oder vier Stufen vor sich, blieb mitten auf der Treppe stehen. Fischenich. Es war eine schwere Entscheidung, ausgerechnet ihn um Hilfe anzugehen. Denn das würde nicht ohne eine mehr oder weniger subtile Erpressung vonstattengehen können. Freiwillig würde Löhr kein Kollege im ganzen Präsidium helfen, und sei er noch so gut mit ihm befreundet. Aber Löhr kannte Fischenichs Geheimnis, wusste als Einziger, dass er mit seinem Jagdgewehr vor anderthalb Jahren einen drastischen Fall von Selbstjustiz begangen hatte, und hatte seither geschwiegen.

Es war Löhr seitdem in jedem Augenblick klar gewesen, dass er sich mit seinem Schweigen zum Komplizen Fischenichs machte. Er hatte lange geschwankt und gezweifelt, sich dann aber doch entschlossen, sein Wissen für sich zu behalten und Fischenich unbehelligt zu lassen. Er konnte ihn nicht für diese Tat verurteilen. Dafür verstand er zu genau Fischenichs Motiv, konnte sich zu gut in das Gefühl der Ohnmacht hineinversetzen, das einen Polizisten zermürbte, der mit legalen Mitteln einem offenkundigen Verbrecher nicht beikommen konnte. Oft genug hatte er diese Ohnmacht an sich selbst erlebt. Er erlebte sie jetzt gerade in diesem Augenblick. Und deshalb war Fischenich der richtige Mann.

Entschlossen stieg er die letzten Treppenstufen hoch und stieß die Glastür auf, durch die es in Fischenichs Abteilung ging. Fischenich und er waren sich bei Löhrs vergeblichen Ermittlungen gegen den Ex-Politiker und Geschäftemacher Gottfried Klenk fast freundschaftlich nahegekommen. Die Frage war, was nach dem Gespräch von dieser Freundschaft übrig bleiben würde.

18

Fischenich hatte im Laufe der letzten anderthalb Jahre eine erstaunliche Karriere hingelegt, war vom Hauptkommissar zum Polizeidirektor befördert worden, leitete inzwischen sämtliche mit Wirtschaftskriminalität befassten Abteilungen, und der Flurfunk im Präsidium wusste, dass er demnächst zum Leitenden Polizeidirektor ernannt werden sollte, dem Mann gleich unterm

Polizeipräsidenten. Und im Flurfunk wurde auch darüber getuschelt, dass Fischenich nicht nur wegen seiner ausgewiesenen Kompetenz und seines sagenhaften Fleißes die Leiter hochgeklettert war, sondern auch, weil ihn sowohl mit dem Präsidenten als auch mit dem für die Polizei zuständigen Staatssekretär im Innenministerium eine langjährige Jagdfreundschaft verband. Fischenich war, und Löhr konnte das bezeugen, ein passionierter Jäger.

Aber auch seine Leidenschaft für Akten hatte er bewahrt. Obwohl er jetzt über ein großzügig geschnittenes Büro verfügte, stapelten sich wie früher in seiner kleinen Abstellkammer im 32. Kommissariat die Akten auf seinem Schreibtisch. Nachdem Löhr eingetreten war, brauchte es ein paar Sekunden, bevor Fischenich hinter seinem Aktengebirge auftauchte. Er stand auf und ging mit ausgestreckter Hand auf Löhr zu.

»Man hört ja so einiges von Ihnen, Löhr. Setzen wir uns.«

Sie setzten sich gegenüber an einen runden Besprechungstisch an der Fensterseite des Büros. »Tja«, sagte Löhr. »Das wird wohl nichts mehr mit meiner Karriere bei der Kriminalpolizei.«

Fischenich deutete ein Nicken an. »Paluchowski macht Ihnen das Leben schwer, nicht?«

»Mit dem werde ich schon fertig. Deswegen bin ich nicht hier.«

»Sind Sie sicher? Der Mann ist alles andere als fair.«

»Ich weiß. Kann ich aber auch sein. Unfair.« Löhr grinste.

Fischenich erwiderte das Grinsen. »Also? Worum geht es?«

»Es hat mit der Geschichte zu tun, in die ich da zufällig reingestolpert bin und die Sie sicher kennen. Der Hintergrund ist: Die Killer, die hinter der Frau im Café her waren, wollen an ein Schließfach in der Saussure-Bank ran. Sie hatte den Schlüssel dazu. Der Schlüssel ist verschwunden, die Frau tot. Das Einzige, was ich habe, ist die zum Schließfach gehörige Kontonummer. Die existiert aber nicht mehr in der Bank. Nicht mehr offiziell, wenn Sie verstehen, was ich meine.«

»Nicht so ganz. Vor allem verstehe ich nicht, worauf Sie hinauswollen.«

»Ich dachte, bei einem verschollenen Konto bei der Saussure-

Bank, über das vor einiger Zeit nicht ganz saubere Geschäfte abgewickelt wurden, würden bei Ihnen die roten Lampen anspringen? Die Saussure-Bank war doch mal Ihr Spezialgebiet.«

In das gut geschnittene und trotz seiner bestimmt inzwischen fünfzig Jahre immer noch jugendliche Gesicht Fischenichs huschte ein Schatten. »Und was ist *Ihr* Interesse, Löhr?«

»Diese Killer sind jetzt hinter mir her. Sie glauben, ich hätte den Schlüssel für das Schließfach. Hab ich aber nicht. Sie lassen trotzdem nicht locker. Also will ich wissen, was dahintersteckt. Das könnte vielleicht auch helfen, den Mord an der Frau aufzuklären.«

»Und das KK11?«

»Das KK11!« Löhr ließ seine Rechte kurz in der Luft flattern.

»Verstehe.« Fischenich sah Löhr ernst an. Dann nickte er. »Das hat mir schon immer an Ihnen gefallen, Löhr. Dass Sie hartnäckig sind.«

»Heißt das, ich könnte ein bisschen Schützenhilfe von Ihnen erwarten?«

Fischenich breitete die Arme aus. »Wie stellen Sie sich das vor, Löhr? Soll ich ohne Durchsuchungsbeschluss bei Saussure reinmarschieren und nach diesem Konto fahnden lassen?«

»Sie haben bestimmt ganz andere Möglichkeiten.«

Fischenich schwieg und betrachtete Löhr aufmerksam von oben bis unten. Dann hob er leicht das Kinn an. »Tut mir leid, Löhr. Da, wo ich jetzt sitze, kann ich mir nicht die Finger schmutzig machen.«

»Was mich ein bisschen enttäuscht, Herr Fischenich«, sagte Löhr und versuchte dabei, keinen Unterton anklingen zu lassen, denn jetzt war er am entscheidenden Punkt. »Bisher hat mir an Ihnen auch immer Ihre Hartnäckigkeit imponiert. Ihr Beharren auf Gerechtigkeit. Auch dann noch, wenn sie sich nicht mehr mit den Mitteln des Gesetzes durchsetzen lässt.«

Fischenichs rechte Augenbraue wanderte einen halben Zentimeter nach oben. »Ich verstehe Sie nicht ganz, Löhr. Worauf wollen Sie hinaus?«

»In Bezug auf Ihr Gerechtigkeitsgefühl habe ich mich Ihnen immer sehr verwandt gefühlt, wenn ich das mal so sagen darf.

Weil Sie wie ich wissen, dass Gesetz und Gerechtigkeit nicht identisch sind. Manchmal trifft sogar das Gegenteil zu. Wenn die Gesetze nicht ausreichen, um einen Verbrecher einer Straftat zu überführen. Sie erinnern sich doch bestimmt daran, dass ich machen konnte, was ich wollte, ich kriegte diesen Gottfried Klenk einfach nicht dran.«

»Das bedauere ich auch sehr, Löhr.« Fischenichs Haltung gegenüber Löhr hatte sich verändert. In seiner Miene war die freundliche Zuwendung verblasst und hatte einer vorsichtigen, fast misstrauischen Distanz Platz gemacht.

»Wissen Sie, wie oft ich bei Klenk gedacht habe, das Gesetz Gesetz sein zu lassen?« Löhr legte eine Kunstpause ein, fuhr dann in einem anderen, vertraulicheren Ton fort: »Ich habe es sogar getan, jetzt kann ich es Ihnen ja sagen. Ich bin selbst kriminell geworden, hab einen Raubüberfall auf Klenk inszeniert.«

»Das haben Sie tatsächlich gemacht?« Keine Verurteilung, sondern eher Überraschung und Interesse klangen aus Fischenichs Frage. So hatte Löhr ihn auch eingeschätzt und ihm deshalb diese Geschichte erzählt.

»Ja, das hab ich gemacht«, sagte er. »Leider erfolglos. Zu dilettantisch. Ich bin in so was halt nicht so ein Profi ...«

Das Satzende ließ er offen, so, als hätte er noch so etwas wie »so ein Profi wie andere« oder auch »so ein Profi wie Sie« anfügen wollen.

Fischenich wurde jetzt ganz aufmerksam. Sie schwiegen, sahen sich gegenseitig in die Augen. Jetzt teilten sie ein Geheimnis, Löhrs Geheimnis. Und Fischenich war auf dem Wege zu begreifen, dass sie noch ein anderes Geheimnis teilten. Fischenichs Geheimnis. Löhr brauchte nur noch ein winziges Steinchen anzustoßen, dann *hatte* er es begriffen.

»Seit anderthalb Jahren, genau genommen seit siebzehn Monaten, denke ich über das nach, was man Selbstjustiz nennt«, fuhr Löhr fort. »Ich bin mir noch nicht ganz schlüssig. Aber ich denke, es gibt Fälle ...« Wieder ließ er das Ende des Satzes in der Schwebe.

»Seit siebzehn Monaten? Wie kommen Sie auf die Zahl?«

»So lange ist es her, dass Heinz Pietsch vor seinem Wochencndhaus an der Sieg mit einem Jagdgewehr erschossen wurde. Sie erinnern sich sicher an den Fall?«

Löhr sah Fischenich in die Augen. Dessen Miene war jetzt versteinert. Löhr wusste, dass bei ihm endgültig der Groschen gefallen war.

»Ich muss los jetzt, hab noch einiges zu erledigen.« Löhr sah auf die Uhr und stand dabei auf.

Auch Fischenich stand auf. »Interessantes Gespräch, Löhr.«

Löhr unterdrückte den Impuls, Fischenich zum Abschied die Hand zu reichen. Man reicht jemandem, den man gerade erpresst hat, nicht auch noch die Hand. Das wäre einer Verhöhnung gleichgekommen. Stattdessen griff er in die Seitentasche seines Jacketts und zog einen Zettel heraus, auf den Lantos ihm nach ihrem Besuch in der Saussure-Bank den mit der gelöschten Kontonummer identischen Schließfachcode geschrieben hatte.

»Hier. Falls Sie es sich doch noch überlegen, mir in dieser Saussure-Angelegenheit ein bisschen zur Seite zu stehen.«

Fischenich nahm den Zettel und steckte ihn in seine Jacketttasche. An seiner Miene war keine Regung abzulesen. »Ich werde darüber nachdenken.«

»Danke«, sagte Löhr und ging zur Tür. Bevor er die Klinke hinunterdrückte, drehte er sich noch einmal um. »Da fällt mir gerade ein – meine Ex-Kollegen im KK11 sind da nicht sonderlich kooperativ. Aber ich denke, es wäre auch sehr nützlich für mich, wenn ich etwas über das Opfer von gestern und vielleicht auch über die Ermittlungen erfahren könnte. – Auf dem Zettel steht auch meine neue Handynummer.«

19

Schon wieder das Zero. Doch Löhr wusste nicht, wo er sonst hätte hingehen sollen. Sein Hotelzimmer war ein trostloser Ort, ebenso die Lobby des Hotels. Ein Zuhause gab es für ihn vorläufig nicht mehr. Nachdem er von seinem Besuch bei

Fischenich zurückgekehrt war, hatte er das russische Paar vor seiner Wohnung getroffen und war mit ihm gemeinsam durch die Zimmer gegangen. Wladimir, ein bärenhafter, schweigsamer Mann mit einem silbernen Schneidezahn, begutachtete sorgfältig alle aufgebrochenen Schänke, zerstörten Schubladen und Regale und meinte, um das wieder hinzubekommen, brauche er zwei Tage. Als Löhr meinte, das sei aber reichlich viel Zeit, protestierte Olga, eine blonde Walküre und Wladimirs Frau, und beteuerte, ihr Wladimir sei der gewissenhafteste Handwerker, Löhr könne sich absolut drauf verlassen, dass alles wieder so werde wie vorher. Seufzend überließ Löhr ihnen seine Wohnung.

Im Café herrschte die gleiche friedliche, fast verträumte Stimmung wie vor ein paar Tagen, wie am Montag, als alles begonnen hatte, als Sofia den Laden betreten hatte und Andrea nach der Toilette gefragt hatte. Auch heute stand Andrea hinterm Tresen. Diesmal polierte er keine Gläser, sondern fummelte an seinem Smartphone herum. Ansonsten wieder dieselben alten Männer, Salvatore, Federico und noch ein italienischer Stammgast, den Löhr nicht beim Namen kannte. Was am Montag im Café und in den Toiletten zu Bruch gegangen war, hatte Hugo reparieren lassen und dabei darauf geachtet, dass alles wieder so war wie zuvor und kein frischer Farbton das verräucherte Ambiente seines Ladens störte. Löhr war froh darum. Mit diesem Ambiente konnte das Zero tatsächlich zu einem akzeptablen Heimatersatz werden.

Er hatte sich, als es draußen zu nieseln begonnen hatte, nach drinnen begeben und saß, wie am Montag, auf seinem Stammplatz neben der Tür. Die Zeitungen lagen vor ihm auf dem Tisch. Er hatte den Kopf in die Hand gestützt, starrte die Schlagzeilen an, ohne sie zu lesen.

Das Bild der vom Geschoss ins Gebüsch geschleuderten jungen Mutter hatte sich in seinem inneren Auge festgesetzt, und er musste sich gewaltig zusammennehmen, um es nicht vollständig Gewalt über sich gewinnen zu lassen. Denn dieses Bild verband sich in ihm mit der beklemmenden Furcht vor dem, was noch geschehen würde. Ihm war klar, dass er sich davor hüten musste, sich von dieser Furcht lähmen zu lassen. Aber er wusste nicht, wie er das vermeiden konnte. Dazu hätte er eine Ahnung davon haben müssen, was er gegen die Sarden und ihre Drohung, das nächste unbeteiligte Opfer abzuknallen, unternehmen konnte. Und da hatte er nicht den Hauch einer Ahnung. Er hätte sich natürlich auf die Suche nach dem Stick begeben, ihn finden und übergeben können, und alles wäre gut. Gut für ihn jedenfalls. Aber er wusste noch nicht einmal, wo er mit der Suche danach hätte beginnen sollen. Und selbst wenn er das gewusst und schließlich den Stick gefunden hätte: Die Angelegenheit damit auf sich beruhen und die Sarden abziehen zu lassen, konnte für ihn nicht in Frage kommen. Dafür war zu viel passiert. Drei Tote. Den oder die nächste Tote zu verhindern, lag jetzt allein an ihm.

Er sah den Sarden vor sich, seinen Griff in die Windjacke, das kurze Zielen mit seiner Kanone. Und er sah, wie irgendein Mensch in einer Menschenmenge umfiel.

Seine Brust wurde eng. Er bekam keine Luft mehr. Wie nannte man so etwas? Wie nennt man eine Situation, die man selbst nicht mehr in der Hand hat? Der man ausgeliefert ist. Ohnmächtig. Dazu passte, dass er noch von anderer Seite unter Druck geriet.

Auf dem Weg von seiner Wohnung ins Zero hatte er über Handy mit Urbanczyk gesprochen, dem anderen früher für Tötungsdelikte zuständigen Staatsanwalt, der inzwischen zum Oberstaatsanwalt aufgestiegen war. Mit ihm war er während seiner Zeit in der Mordkommission immer gut ausgekommen. Urbanczyk hatte einen ähnlichen Blick auf die Köln beherrschende mafiöse Verklammerung von Politik und Wirtschaftsinteressen. Und er besaß Verständnis für Löhrs im Laufe der Zeit immer unkonventioneller werdende Methoden, damit umzugehen. Auch wenn dieses Verständnis Grenzen hatte, machte es Urbanczyk zu einer Art natürlichem Verbündeten Löhrs gegen den anderen, tief in den Kölner Sumpf verstrickten Staatsanwalt: Paluchowski, Löhrs Intimfeind. Es waren keine guten Nachrichten, die von Urbanczyk kamen. Paluchowski hatte das Untersuchungsverfahren gegen Löhr ans Dezernat für Interne Ermittlungen übergeben. Er musste also quasi stündlich mit einer Vorladung in dieses Dezernat rechnen. Und die Typen da, das wusste Löhr, kannten kein Pardon, die konnte er mit solchen Sprüchen, wie er sie Paluchowski an den Kopf geworfen hatte, nicht beeindrucken. Außerdem, hatte Urbanczyk am Schluss gemeint, schätze er Löhrs Aussicht, mit einer eigenen Klage gegen Paluchowski durchzukommen, als äußerst gering ein.

Der Ausdruck Dilemma für seine Situation wäre eine Beschönigung gewesen. Tiefer in der Scheiße konnte man gar nicht stecken. Aber wer weiß. Auf den Haufen, auf den der Teufel einmal hingeschissen hatte, setzte er sich mit Vorliebe noch einmal. Gut möglich also, dass sein erpresserisches Hilfsgesuch bei Fischenich nach hinten losging, dass er sich damit statt eines Verbündeten einen neuen, zusätzlichen Feind an Land gezogen hatte …

Jemand tippte Löhr von hinten auf die Schulter. Es war, als hätte ihn ein Schuss aus seinen Grübeleien gerissen. Er sprang vom Stuhl auf, in der gleichen Bewegung zog er die Beretta aus dem Gürtelhalfter. Doch das Gesicht, auf das er sie richtete, gehörte weder einem Sarden noch jemandem von den Internen Ermittlungen, sondern Chloé, der Frau seines Vetters Waldemar.

20

»Du hast dich so verändert, Jakob«, seufzte die angeheiratete Cousine, nachdem sie sich mittels eines stillen Mineralwassers von dem Schock erholt hatte.

Chloé war eine zierliche, agile Mittfünfzigerin mit kleinen Brüsten und hochgebundenen dunkelbraunen Haaren. Ihre etwas zu spitze Nase verlieh ihr das Profil eines Vogels, was Löhr, auch wenn er eigentlich nicht unbedingt an den Zusammenhang von Physiognomie und Charakter glaubte, auf die eine oder andere etwas unangenehme Eigenschaft schließen ließ. Auch das nicht eben perfekt entfernte Damenbärtchen auf ihrer Oberlippe und ihre etwas nachlässige Kleidung – sie trug einen fadenscheinigen Rock und eine helle, billig wirkende Strickjacke – machten nicht gerade Werbung für sie. Dafür ließ sie ihren Charme funkeln oder das, was sie dafür hielt.

»Als ich dich kennenlernte«, fuhr sie fort, nachdem Löhr auf ihre Feststellung, er habe sich so verändert, nicht reagiert hatte, »da warst du fast jedes Wochenende auf einem Familienfest. Hast jedem zugehört, dich um jeden gekümmert. Das hat mir sehr imponiert. So viel Familiensinn ...«

Sie lächelte ihn gewinnend an. Löhr zuckte die Schulter.

»Ja, so war ich mal.«

»Aber jetzt, Jakob, hört man monatelang gar nichts mehr von dir.« Sie zog eine besorgte Schnute. »Ist denn alles in Ordnung bei dir, Jakob?«

»Mach dir mal keine Sorgen. Mir geht es gut«, antwortete Löhr.

Er verspürte keinerlei Lust, sich mit dieser Frau über den Wandel seines Familiensinns zu unterhalten oder ihr irgendetwas von den Überlegungen, die er seit Langem schon darüber anstellte, mitzuteilen. Dazu stand sie ihm nicht nahe genug.

»Wirklich, Jakob? Ist wirklich alles in Ordnung mit dir? Du siehst, wie soll ich sagen, ein bisschen mitgenommen aus. Ich hoffe, ich trete dir da nicht zu nahe ...?«

»Nein, nein«, winkte Löhr ab. »Ich hab dir ja schon gesagt. Ich hab viel um die Ohren. Das ist alles.«

»Wenn ich dich trotzdem mit einem klitzeklitzekleinen Anliegen belästigen dürfte?« Sie ließ die Worte wie süße Drops aus ihren Lippen perlen und lächelte Löhr dabei an. Doch Löhr erwiderte das Lächeln nicht. Statt zu antworten, betrachtete er sie stumm und bemerkte, dass sie bald ihre Haare nachfärben musste, der Ansatz schimmerte verräterisch grau.

»Hörst du mir zu, Jakob?«, zwitscherte sie.

»Ja, tu ich«, sagte Löhr. Das stimmte zwar, aber seine Lust dazu war so gering, dass es eigentlich wieder nicht stimmte. Die nun schon seit geraumer Zeit andauernde Unlust, sich um die großen und kleinen Sorgen seiner weitverzweigten Familie zu kümmern, hatte nicht nur technische Seiten wie die, dass es ihm lästig geworden war und er seine Zeit lieber besser verwandte. Es hatte etwas mit einer Entwicklung zu tun, einer Art von Kälterwerden, das er seit einiger Zeit an sich beobachtete und von dem er immer noch nicht genau wusste, was er davon zu halten hatte. Im gleichen Augenblick, in dem er auf den sich bewegenden Mund Chloés schaute, ohne zu hören, was sie sagte, wurde ihm mit merkwürdiger Klarheit bewusst, dass dieses Kälterwerden sich nicht nur auf seine Verwandtschaft bezog. Seine Beziehung zu allem und zu allen war kälter geworden, teilnahmsloser, gleichgültiger.

»Nun ja, Jakob, was soll ich dich länger mit unserer Beziehungsgeschichte langweilen. Du kennst so etwas ja. Vielleicht ist es ja der normale Verlauf in einer Ehe …«

»Sicher«, sagte Löhr, der keine Ahnung hatte, was Chloé ihm gerade erzählt hatte.

Durch sein »sicher« ermuntert, beugte sie sich über den Tisch zu ihm vor und flüsterte: »Darf ich dir ein Geheimnis verraten, Jakob?«

Löhr ahnte, was nun kommen würde, brachte aber nicht den Mut auf, einfach Nein zu sagen. Noch nicht. Irgendwann würde er diesen Mut haben.

»Ich habe einen Liebhaber!« Obwohl sie das ganz leise gesagt hatte, war der Triumph in ihrer Stimme unüberhörbar. Das weckte eine Assoziation bei Löhr. Er erinnerte sich, wie ihm seine künstlerisch und literarisch ambitionierte Frau Irmgard vor vielen Jahren einmal begeistert von ihrer Lektüre von Gustave Flauberts »Madame Bovary« erzählt und dabei ebenjenen triumphierenden Ausruf erwähnt hatte: »Ich habe einen Liebhaber!« Irmgard fand damals bemerkenswert, wie Flaubert das Triumphgefühl seiner Heldin erklärte. Wie eine Pubertierende habe sie sich an dieser »Idee« delektiert. Was ja eigentlich bedeute, hatte Irmgard gemeint, dass die Bovary ihrem Liebhaber nicht mit einem echten Gefühl begegne, sondern ihr Verstand dieses Gefühl produziere, die Idee, einen Liebhaber zu haben, auf ihre Nutzbarkeit für ihr Gefühl sozusagen ablutsche. Als Löhr seine Cousine betrachtete, erschien ihm diese Interpretation Irmgards sehr plausibel.

»Das freut mich für dich«, antwortete er. »Und selbstverständlich bleibt das unter uns.«

Er ahnte, dass er damit nicht aus der Sache heraus war. Und so war es auch. Chloé rückte seinem Ohr noch ein Stück näher. »Das Problem, bei dem ich dich bitte, mir zu helfen, lieber Jakob, ist: Ich will, dass er mein Liebhaber *bleibt*.«

Löhr schob seinen Stuhl ein wenig zurück und runzelte die Stirn.

»Man müsste doch eigentlich meinen, das liegt allein bei euch beiden, oder? Ich sehe nicht, wie ich dir oder euch dabei helfen könnte.«

»Doch, kannst du!« Lächelnd zwinkerte sie ihm zu. »Und zwar ganz einfach. Ich weiß, dass Waldemar auch eine Geliebte hat. Ich kann es nur nicht beweisen. Aber du bist doch Detektiv, Jakob, oder?«

Löhr war baff angesichts dieser Dreistigkeit. »Tut mir leid. Erstens bin ich nicht *so* ein Detektiv. Da gehst du besser zu einer Detektei. Und zweitens verstehe ich nicht, was dein Liebhaber mit dem Beweis zu tun hat, dass Waldemar auch eine Freundin hat.«

»Das ist doch ganz einfach«, zwitscherte sie. Sie hatte die Hoffnung keineswegs aufgegeben. »Wenn ich ihm beweisen kann, dass er auch eine Geliebte hat, lässt er mich mit meinem Liebhaber in Ruhe. Ein dauerhaftes Arrangement, wenn du verstehst, was ich meine …«

Wenn das Wort »Fremdscham« für Löhr bislang noch keine Bedeutung gehabt hätte, so hätte es sie in diesem Augenblick bekommen. Löhr nahm sich zusammen. Er schob den Tisch ein paar Zentimeter von sich weg, um die Distanz zu Chloé zu vergrößern.

»Nein«, sagte er. »Mir ist es vollkommen egal, was du so treibst. Aber mach mich nicht zu deinem Handlanger. Vergiss es.«

»Ach, Jakob!« Sie versuchte es noch einmal, diesmal mit einem schmachtenden Augenaufschlag. »Überleg es dir bitte noch einmal. Hier.« Sie zauberte eine Visitenkarte aus ihrer Handtasche und reichte sie ihm über den Tisch. »Das ist die Karte von Waldemars Firma. Seine Freundin arbeitet auch da …«

»Nein!«, sagte Löhr noch einmal und wusste nicht, warum er trotzdem einen Blick auf die Visitenkarte warf, sie nahm und einsteckte.

21

Die Hotelleitung war auf die fortschrittliche und dem Klimawandel angemessene Idee gekommen, in die Zimmer Deckenventilatoren einzubauen. Das verschaffte zwar keine Kühle, doch verlieh es dem ohnehin schon trostlosen Ort das Flair eines noch tristeren amerikanischen Motelzimmers, wie Löhr es aus zahllosen Filmen kannte. Immerhin verschaffte ihm das langsame Kreisen des großflügligen Ventilators Ablenkung. Ließ er seinen Blick einem der Flügelblätter folgen, gelang es ihm, das Denken auszuschalten. Das funktionierte allerdings immer nur so lange, wie er die Augen fest auf das einzelne Blatt gerichtet hielt; weitete er seinen Blick und nahm das komplette Gebilde des Ventilators wahr, setzte augenblicklich das Denken wieder ein. Gegen das Denken an sich war normalerweise nichts einzuwenden. Doch dieses Im-Kreis-Denken hätte Löhr allzu gerne ausgeschaltet. Denn erfahrungsgemäß führte es zu nichts. Auch in diesem Fall machte es ihm nichts weiter als die ausweglose Situation klar, in der er durch die Drohung der Sarden steckte. Entweder der Stick oder das Leben eines Unschuldigen. Stick oder Leben. Stick oder Leben. Stick oder Leben.

Nachdem Chloé davongestöckelt war, war er im Zero geblieben, hatte sich dann doch noch zur Zeitungslektüre gezwungen und auf Lantos gewartet.

Die Entdeckung, dass Lantos ausgerechnet für die Bank arbeitete, die tief in den Kölner Korruptionssumpf verwickelt war und deswegen neben solchen Gestalten wie Gottfried Klenk zuoberst auf seiner privaten schwarzen Liste stand, hatte Löhr schockiert. Seit dieser Entdeckung in der vergangenen Mittwochnacht hatte er sich immer wieder gefragt, ob sich die Freundschaft zwischen ihnen auch hätte entwickeln können, wenn er das von vornherein gewusst hätte.

Er war zu dem Ergebnis gekommen, dass es vielleicht doch möglich gewesen wäre, nach den Umständen jedenfalls, unter denen sie sich kennengelernt hatten und in denen Lantos seine charakterlichen Qualitäten unter Beweis gestellt hatte. Seitdem hatte er Löhr nie Grund für den Hauch eines Zweifels an seiner Aufrichtigkeit, seiner Weisheit und seiner Menschlichkeit gegeben. Lantos besaß für Löhr, mal von seinem unkonventionellen Witz und seiner ebenso unkonventionellen und legeren Lebensweise abgesehen, eigentlich nur Pluspunkte. – Jetzt also kam das Andererseits zum Vorschein. Löhr hatte beschlossen, auf der Hut zu sein, ohne es den anderen merken zu lassen. Noch wusste er ja gar nicht, wie intensiv Lantos mit den undurchsichtigen Geschäften der Saussure-Bank befasst war. Eher sah es ja so aus, dass er bloß in der Vergangenheit damit zu tun gehabt hatte. Und insofern konnte diese dunkle Seite seines Schachfreundes durchaus auch Vorteile für ihn haben.

Als Lantos wie immer um drei Uhr nachmittags und wie immer in Bermudashorts und Hawaiihemd erschien und sich zu ihm setzte, schob Löhr ihm unterm Tisch die Aktentasche mit der Smith & Wesson zu.

»Da ist dein Wyatt-Earp-Spielzeug. Mit bestem Dank zurück.«

Lantos grinste. »Konntest wohl nichts damit anfangen?«

Löhr grinste zurück. »Ich glaube, das Einzige, was man damit noch machen kann, ist, sich umzubringen. So weit bin ich aber noch nicht.«

»Das hör ich gerne.« Lantos' Blick wurde ernster. »Es ist doch nichts weiter passiert?«

Löhr zuckte die Schulter. Warum hätte er Lantos in seine Zwickmühle hineinziehen sollen? »Nichts, außer dass die Typen nach wie vor glauben, ich hätte diesen verdammten Stick, und sie ihn von mir haben wollen.«

»Mit Gewalt? Bedrohen sie dich?«

»Ich seh mich schon vor.«

Lantos schwieg eine Weile, blickte in seinen Espresso, rührte darin und trank ihn dann in einem Zug. »Eine Möglichkeit, an die ich gedacht habe«, sagte er schließlich, »ist, dass ich weiter rauszufinden versuche, was es mit dem Schließfach und dem Konto auf sich hat. Vielleicht geben sie sich dann mit diesen Informationen zufrieden.«

»Hast du's denn schon mal versucht?«

Lantos holte Luft. »Bin nicht wirklich weitergekommen. Ich hab's dir ja schon gesagt. Ist ein vermintes Gelände.«

Löhr erinnerte sich an Lantos' Satz in der Saussure-Bank, dass den Bankern wohl auf ihrem eigenen Terrain der Boden zu heiß geworden sei, und auch daran, dass sein Freund auf die Frage, was er damit meinte, nur ausweichend geantwortet hatte.

»Vermintes Gelände«, sagte er, »sind das immer noch die Geschäfte, die Saussure mit der Stadt macht?«

Lantos blickte ihn aufmerksam an, schüttelte dann leicht den Kopf. »Ich habe keine Ahnung, Jakob. Bin zu lange aus diesem Geschäft raus und viel zu weit weg von dem, was da jetzt in der Bank passiert.«

»Aber du könntest mal die Fühler ausfahren?«

»Das tu ich. Und sobald ich was weiß und dir damit helfen kann, lass ich es dich wissen.«

Wieder dieses Ausweichen! Löhr beobachtete Lantos' Miene ein paar Augenblicke lang und suchte nach irgendwelchen verborgenen Hinweisen; als er nicht fündig wurde, entschloss er sich, ihn in Ruhe zu lassen.

»Ich hab kürzlich ein Interview mit einer amerikanischen Musikerin gehört, Laurie Anderson«, sagte Lantos nach einer Weile und legte behutsam sein rechtes über sein linkes behaartes Bein. »Sie wurde gefragt, was wäre, wenn man in der String-Theorie das Gottesteilchen gefunden hätte und damit alle großen Fragen beantwortet wären, die uns jetzt noch beschäftigen und derentwillen Kunst entstehe.«

»Und?«, fragte Löhr.

»Sie hat gesagt, dass man dann alle Museen schließen und aufhören könnte mit der Kunst und den Konzerten. Dann könnten wir endlos rumhängen. Was denn schon so groß dabei sei, sich an all den Sinnfragen abzuarbeiten? Vielleicht sind wir dann Gott und kriegen es dann endlich hin, dieses Chill-Ding durchzuziehen. Dann könnten wir das Leben würdigen, statt immer nur danach zu suchen.«

Löhr dachte eine Weile nach. »Und wie kommst du jetzt darauf?«, fragte er schließlich.

»Keine Ahnung«, sagte Lantos und stand auf. »Vielleicht, weil ich auch das Bedürfnis hab, endlich dieses Chill-Ding durchzuziehen.«

Lantos war mit einem aufmunternden Lächeln in sein Büro verschwunden, und Löhr hatte sich auf den Weg in seine Wohnung gemacht, um nachzuschauen, wie weit die beiden Russen mit deren Instandsetzung waren. Er traf Wladimir im Schlafzimmer dabei an, wie er fachmännisch den zerstörten Kleiderschrank zusammenleimte, und Olga, wie sie die bereits wieder hergerichtete Küche wienerte. Fertig mit allem würden sie aber erst morgen werden, sagte ihm Olga. Das mache nichts, hatte Löhr geantwortet und ihr schon die vereinbarten dreihundert Euro für ihre Arbeit gegeben. Dabei zog Olga einen kleinen blauen Zettel aus ihrer Schürzentasche und reichte ihn Löhr.

»Was ist das?«

»Ich habe auf dem Boden im Schlafzimmer ein Jackett gefunden. Schönes, teures Jackett …«

»Ach ja«, sagte Löhr. Er erinnerte sich daran, dass er das Jackett, das er während des Kampfes im Zero angehabt hatte und das danach völlig verdreckt gewesen war, einfach auf den Boden geworfen hatte, als er an dem Abend nach Hause gekommen war.

»Ich hab es in die Reinigung gegeben. Hoffe, es ist Ihnen recht?«

»Sehr recht sogar«, sagte Löhr. »Es ist mein Lieblingsjackett. In welche Reinigung?«

»Vorne um die Ecke, auf der Brüsseler Straße.«

Löhr sah auf den Zettel. Es war die Wäscherei, in der er seit Jahren seine Hemden zum Bügeln brachte und wo man auch Sachen zur Reinigung abgeben konnte.

»Danke«, sagte er und steckte den Zettel ein.

Danach nahm er sich das Telefon im Flur vor und sah auf dem Display, dass er genau einen einzigen Anruf bekommen hatte. Er erkannte die Durchwahl von Esser und rief ihn an.

»Das ist ein absolut inoffizielles Gespräch«, begann Esser, und Löhr konnte durchs Telefon sehen, wie sich sein Kreuz zu einem Stock formte.

»Trotzdem nett, dass du mit mir sprichst.«

»Es ist das letzte Mal, dass ich was für dich tun kann. Als alter Kollege.«

Löhr hatte keine Lust, sich noch einmal zu bedanken, deshalb sagte er bloß: »Und?«

»Die Internen sind schon dabei, gegen dich zu ermitteln. Du müsstest schon eine Vorladung im Briefkasten haben. Und soweit ich erfahren hab, versucht Paluchowski gerade, einen Haftbefehl gegen dich zu erwirken.«

»Und weswegen?«

»Weil dein Alibi für die Zeit, in der diese Sofia Fava getötet wurde, geplatzt ist. Du hast angegeben, zwischen dreiundzwanzig und vierundzwanzig Uhr bei einem Hubert Lantos gewesen zu sein. Aber es gibt Videoaufzeichnungen, auf denen du kurz vor vierundzwanzig Uhr das Polizeipräsidium betrittst.«

22

Als er wach wurde, füllte milchiges, durch die geschlossenen Vorhänge sickerndes Licht das Hotelzimmer. Löhr sah auf die Uhr. Ein paar Minuten nach sechs. Zeit, zu duschen und sich dann an die Vorbereitungen zu machen, die er sich während der vergangenen schlaflosen, von wenigen Dösphasen unterbrochenen Nacht ausgedacht hatte. Er hatte dazu etwas mehr als eine halbe Stunde Zeit. Um sieben waren die sechsunddreißig Stunden zu Ende. Und er hatte das Gefühl, die Sarden würden wieder pünktlich sein. Daran, dass sie ihn finden würden, hatte er auch keinen Zweifel. Denn er war sich sicher, dass sie ihn ununterbrochen beschatteten. Nicht so demonstrativ und um ihm zu drohen, wie sie es bis zum Tod Sofias getan hatten, sondern um ihn unter Kontrolle zu halten. Schließlich wollten sie etwas von ihm.

Unter der Dusche ging er noch einmal seine Optionen durch. Es gab eigentlich nur die eine, die, die er sich in der Nacht überlegt und auf die er sich vorbereitet hatte. Die Hochrisikooption. Die zweite war bloß theoretisch. Sie bestand darin, dass er ohne den Stick an den Inhalt des Schließfachs käme, dass entweder Fischenich oder Hubert Lantos ihn ihm lieferten. Dass das irgendwann einmal geschehen konnte, war zwar nicht auszuschließen. Aber dass es bis sieben geschähe, war unmöglich. Während der warme Duschstrahl auf seine inzwischen einigermaßen verheilte Kopfwunde prasselte, versuchte Löhr sich vorzustellen, welche Möglichkeiten Fischenich oder Lantos überhaupt haben konnten, an Informationen zu kommen, die im Computer der Saussure-Bank komplett gelöscht waren. Ihm fielen keine ein.

Um sieben trat er aus dem Hotel auf die Flandrische Straße. Nur wenige Menschen waren unterwegs, kein Auto fuhr, bloß von der Aachener Straße her waren Verkehrsgeräusche zu hören, die Stadt erwachte gerade.

Löhrs Ziel war der Aachener Weiher, ein übersichtliches und, wie er hoffte, zu dieser Zeit noch menschenleeres Gelände. Er kam nur bis zu der Stelle, an der die Moltkestraße die Aachener kreuzte. Plötzlich war er neben ihm, wie ein aus dem Nichts entsprungener Schatten. Derselbe teiggesichtige Typ in der Windjacke wie vor zwei Tagen, der, der Sofia und die Frau mit dem Kinderwagen ermordet hatte. Obwohl sein plötzliches Erscheinen ihn erschreckt hatte und er sein Herz bis in die Halsschlagadern bei der nervösen, holprigen Arbeit spürte, tat Löhr so, als wenn nichts wäre, ging weiter geradeaus, beide Hände tief in den Taschen seiner alten und längst außer Gebrauch gekommenen Lederjacke vergraben, die er, nachdem er seinen Plan gefasst hatte, in der Nacht aus seiner Wohnung in der Mozartstraße geholt hatte.

»Und? Haben Sie ein bisschen nachgedacht?«, fragte der andere. Löhr blickte ihn kurz an und sah sein sardonisches Grinsen.

»Hab ich«, antwortete er. »Das war ja schließlich eine beeindruckende Lektion am Mittwochabend auf dem Rathenauplatz.«

»Das hab ich mir gedacht. Wer da als Mitteleuropäer nicht beeindruckt ist, dem kann man wohl nicht mehr helfen.«

Löhr sah noch einmal, diesmal etwas aufmerksamer zu dem Kerl hinüber. So, wie er sich ausdrückte, gehörte er wohl doch nicht zu der Sorte von Typen, die man für einen Killerjob kurz mal für ein, zwei Tage einflog. Der musste eine längere Karriere in Deutschland hinter sich haben. Sonst hätte er die Sprache nicht so beherrscht, dass er mit ironischen Feinheiten jonglieren konnte.

»Trotzdem habe ich da noch die eine oder andere Schwierigkeit, *Ihnen* zu helfen«, sagte Löhr. Sie hatten die Eisenbahnunterführung passiert und waren an der Stelle angekommen, an der man die stadtauswärts führenden Straßenbahngleise in Richtung Aachener Weiher überqueren konnte. Er wartete einen vorüberfahrenden Lastwagen ab, dann ging er über die Straße und anschließend übers Gleis. Der Sarde schien akzeptiert zu haben, dass Löhr die Richtung bestimmte, blieb aber exakt auf gleicher Höhe neben ihm und achtete darauf, dass er sie hielt.

»Jetzt sagen Sie bloß nicht, Sie haben den Stick immer noch nicht gefunden.«

»Sagen wir so: Ich bin auf einem sehr guten Weg und eigentlich zuversichtlich, Ihnen bald helfen zu können.«

»Das freut mich zwar, entspricht aber nicht unserer Vereinbarung.«

Sie waren am Aachener Weiher angekommen. Löhr fluchte innerlich. Fast ein halbes Dutzend Jogger war rund um den rechteckigen Teich unterwegs.

»Soweit ich mich erinnere, haben wir keine Vereinbarung.«

»Sie können es von mir aus auch Deal nennen. Sie liefern, und ich schenke Ihnen etwas.«

»Die Schwierigkeit ist die«, sagte Löhr, während er den Weg an der kürzeren Seite des Weihers entlang einschlug, »dass ich immer noch nicht begreife, wie Sie darauf kommen, dass ich im Besitz des Sticks sein könnte, wo ich doch diese Sofia Fava überhaupt nicht kannte.«

»Jetzt hören Sie auf, mir ständig dasselbe Zeug vorzukauen.« Der Sarde wurde zwar nicht lauter, seine Stimme aber schärfer. »Ich hab Ihnen gesagt, dass es uns egal ist, ob Sie sie kannten oder nicht. Jedenfalls sind Sie der Richtige, den Stick jetzt zu finden. – Also?«

»Was also?«

»Verarschen Sie mich nicht! Sie haben gestern genau die Leute getroffen, die Ihnen bei der Suche helfen können. Dabei muss doch etwas rausgekommen sein.«

»Sie sind gut informiert«, sagte Löhr.

Der Sarde blieb abrupt stehen. Er war jetzt sauer. Das erste Mal, dass Löhr ihn so sah. Und er sah auch, dass seine rechte Hand in der Windjacke steckte.

»Sie haben's immer noch nicht kapiert«, sagte er leise zwischen zusammengepressten Zähnen. »Wir haben keine Zeit mehr. Ich. Will. Den. Stick. Jetzt!«

»Kommen Sie zur Vernunft«, sagte Löhr. »Sie wissen ganz genau, dass ich das Ding nicht habe. Sie können doch nicht die komplette Kölner Bevölkerung ausrotten, um mich dazu zu zwingen …«

Der Typ hatte, während Löhr sprach, mit einem kurzen, kaum wahrnehmbaren Blick die unmittelbare Umgebung gecheckt und wahrscheinlich denselben Jogger registriert, den Löhr jetzt seitlich auf sie zulaufen sah. Doch bevor der Sarde seine Kanone aus der Windjacke gezogen hatte, drückte Löhr ab. Die Beretta mit dem aufgeschraubten Schalldämpfer unter der alten Lederjacke war die ganze Zeit, während sie miteinander sprachen, auf die Herzgegend des Killers gerichtet gewesen. Dazu hatte er am frühen Morgen die Innentaschen der Jacke aufgeschnitten.

Der Schuss machte ein Geräusch, wie es beim sanften Öffnen einer Champagnerflasche entsteht. Die Energie des aufprallenden Geschosses schleuderte den Sarden einen Viertelmeter zurück, doch er fiel nicht um, weil er den Schlag durch einen reflexartigen Rückwärtsschritt auffangen konnte. Er blickte Löhr erstaunt an. Löhr sah ihm in die Augen. Es war so, wie er es sich in der

Nacht vorgestellt hatte. Er empfand nichts. Doch. Er empfand Genugtuung. Nämlich als er aus den Augenwinkeln feststellte, dass der Jogger sie passiert hatte, ohne zu bemerken, was da gerade vor sich gegangen war. Löhr wartete nicht ab, bis der Sarde zusammenbrach, machte einen Bogen um ihn und ging, nicht allzu eilig, weiter. Seine gute alte, aber jetzt leider durchlöcherte Lederjacke entsorgte er in einen Müllcontainer auf der Richard-Wagner-Straße.

23

Esser. Esser, der ewige Rechthaber, Paragrafenreiter, Nörgler, Esser, der Anzug- und Krawattenträger, der verdruckste Fremdgänger, parfümierte Spießer, Esser, sein alter Kollege aus der Mordkommission, hatte mal wieder recht gehabt. Im Briefkasten in der Mozartstraße steckte die Vorladung der Internen Ermittlungen zum Verhör. Die beiden Male, die er gestern in der Wohnung gewesen war, hatte er nicht daran gedacht, nachzuschauen. Sie musste schon seit gestern im Briefkasten sein, denn der Termin war auf heute, Freitag, zehn Uhr, im Polizeipräsidium angesetzt.

Obwohl Löhr seit Längerem schon das Bedürfnis nach sentimentalen Anwandlungen abhandengekommen war – eine kleine, traurige, rückwärtsgewandte Regung spürte er doch, als er die Vorladung zurück in den Umschlag schob und dabei an Essers Anruf vom Vortag denken musste. Esser hatte keinerlei kollegiale, freundschaftliche oder gar moralische Verpflichtungen mehr gegenüber Löhr. Es war seine spontane und ganz und gar freiwillige Aktion gewesen, Löhr zu warnen. Und eine vorausschauende dazu. Denn wenn Löhr den Briefkasten nicht aufgemacht hätte und nicht zum anberaumten Termin erschienen wäre, wäre er automatisch per Haftbefehl gesucht worden. Wenn nicht ohnehin schon auf Paluchowskis Betreiben hin ein Haftbefehl ausgestellt war. Auch von dieser Seite konnte Löhr sich nicht über mangelnden Druck beklagen.

Zum Frühstück im Zero verschlang er einen Käse-Schinken-Toast und stürzte einen Milchkaffee hinunter. Die schlaflose Nacht hatte ihn hungrig gemacht, und dass er danach in vollem Bewusstsein und mit kalkulierter Absicht einen Menschen erschossen hatte, hatte seinem Appetit erstaunlicherweise nicht geschadet. Irgendwie hatte er die ganze Zeit darauf gewartet, dass sich Skrupel, so etwas wie ein schlechtes Gewissen melden würden. Aber er verspürte nichts dergleichen, die übergeordneten, kontrollierenden Bewusstseinsinstanzen verhielten sich ruhig. Seine Sorge war bloß, jemand könnte ihn am Aachener Weiher so genau beobachtet haben, dass er eine exakte Beschreibung von ihm liefern könnte. Doch der Einzige, der ihm nahe gekommen war, war der Jogger gewesen, dessen Leben er gerettet hatte. Und dessen Blick war, wie sich Löhr zu erinnern meinte, so leer und nur in das eigene Innere und den offenbar kurz bevorstehenden Endorphinausstoß gerichtet gewesen, dass er in der Außenwelt kaum etwas wahrnehmen konnte. – Aber wer weiß?

Wer weiß, überlegte er, während er dem Milchkaffee einen doppelten Espresso folgen ließ, wie hoch die Chancen stehen, dass sie ihn gleich nach dem Verhör in die Zelle steckten. Aber falls ihr einziges Verdachtsmoment darin bestand, dass sein Alibi für den Tatzeitpunkt des Mordes an Sofia nicht hundertprozentig stimmte, hatten sie eigentlich keinen echten Grund, ihn festzunehmen. Die Tatzeitbestimmungen der Gerichtsmediziner schwankten, und mit seiner Aussage, wann er bei Lantos gewesen war, hatte er sich, wenn er sich recht erinnerte, auch nicht richtig festgelegt. Sie mussten schon mehr haben, wenn sie ihn einbuchten wollten. Aber das war immerhin gut möglich. Sie brauchten schließlich nur einen Fingerabdruck von ihm in Sofias Pensionszimmer gefunden zu haben. Wer weiß.

In der Bahn der Linie 1, in die er am Rudolfplatz stieg, saßen nur zwei Dutzend Passagiere. Die morgendliche Hauptstoßzeit war vorbei. Löhr hatte Gelegenheit, die Gestalten, die mit ihm in die Bahn eingestiegen waren, zu checken. Aber er fand niemanden darunter, der so aussah, als wenn er ihn beschatten würde. Doch vermutlich hatte er nicht den Blick für so etwas.

Unwahrscheinlich, dass der Killer, dessen Karriere er am Morgen am Aachener Weiher beendet hatte, alleine unterwegs gewesen war. Diese Typen sicherten sich immer durch einen zweiten Mann ab. So wie im Zero am letzten Montag. Wo war der zweite Mann abgeblieben? Warum hatte er nicht eingegriffen, als er sah, was Löhr mit seinem Kumpel gemacht hatte? Egal. Aber irgendwann würden sie wieder auftauchen. Dass einer von ihnen umgelegt worden war, würden sie nicht einfach so hinnehmen. Und außerdem hatten sie immer noch nicht das, was sie wollten. Er musste aufpassen. Das Spiel fing gerade erst an.

Zwanzig Minuten später, als er wieder einmal aus der U-Bahn-Station Kalk Post hochstieg, hatte er immer noch keine Ahnung, ob die Sarden ihn weiter im Auge hatten oder nicht. Dafür aber stand jetzt seine Strategie gegenüber den Bullen von den Internen Ermittlungen. Statt sich von ihnen vorführen zu lassen, würde er sie auskontern und so viel wie möglich über den Stand der Ermittlungen im Fall Sofia herauszubringen versuchen.

Er ging auf der Kalker Hauptstraße am Einkaufscenter der Köln Arcaden vorbei, schaute in die Eingänge, beobachtete die Leute, die sich darin aufhielten, beobachtete die, die ihm entgegenkamen, und versuchte gleichzeitig, ab und zu einen Blick hinter sich zu werfen. Es gab niemanden, der den Anschein erweckt hätte, ihn zu beschatten. Das Einzige, was ihm auffiel, war, wie viele Menschen in diesem Stadtteil und im und um das monströse Einkaufscenter herum unterwegs waren, denen man ihre Armut ansehen konnte. Nicht so wie den Bettlern und Pennern in der Innenstadt, Einzelnen in einem Heer rosiger, gut gekleideter Passanten. Hier bettelte niemand, aber alle trugen sie billige Klamotten, hatten schlaffe, müde Gesichter, eine ungesunde Hautfarbe. Wieso war ihm bisher noch nie aufgefallen, dass er sich in Kalk nicht nur in einem anderen Stadtteil, sondern auch in einer anderen Welt bewegte? War er bisher immer mit Scheuklappen seinen Weg von der U-Bahn ins Präsidium gelaufen? Es kam ihm so vor, als wäre er aufgewacht, als seien seine Augen, Ohren, sein ganzer Sinnesapparat schärfer geworden seit dem frühen Morgen, dem Morgen, an dem er sich zum Scharfrichter gemacht hatte.

Das Stück Kalker Hauptstraße, das zwischen den Köln Arcaden und dem Polizeipräsidium lag, wurde von einer Art Brachland gesäumt. Städtische Rasenflächen, nachlässig gemäht, ungepflegt. Das Geld der Stadt wurde für die Mieten der den Pietsch-Fonds gehörenden Immobilien gebraucht. Die schmalen Blumenrabatten mit Frühlingsblumen waren schon seit Wochen verwelkt und durch nichts Frisches ersetzt worden. Man fühlte sich wie in einer innerstädtischen Steppe. Auf Steppen konnte man weit sehen. Als Löhr bis auf zweihundert Meter an der gläsernen Front des Polizeipräsidiums heran war, hinter der sich die Kantine befand, sah er, wie eine Frau um die Ecke bog. Offensichtlich kam sie gerade aus dem Haupteingang, der hinter dem durch die Kantine gebildeten Vorsprung lag. Die Frau ging ihm entgegen, genau auf ihn zu, vielleicht war sie jetzt noch hundertfünfzig Meter von ihm entfernt. Die Frau kam Löhr bekannt vor, und je näher sie ihm kam, umso bekannter erschien sie ihm. Ihr Körperbau, ihre Größe, ihr Gang, die Form ihrer Brüste, ihre Haare, ihr Haaransatz, ihre eckige Gesichtskontur. Jetzt waren sie höchstens noch zwanzig Meter voneinander entfernt.

Löhr verlangsamte seinen Schritt. Jetzt erkannte er die Frau. Es war Sofia.

24

Okay, er hatte ihr in der Nacht nicht den Puls gefühlt, hatte nicht ihre Augenreflexe überprüft, hatte ihren Körper nicht auf beginnende Leichenflecke untersucht. Aber er hatte in seinem Berufsleben schon Dutzende von Toten gesehen. Und deswegen brauchte er nicht zweimal hinzuschauen, um zu erkennen, dass sie tot war.

Sie war jetzt noch höchstens zwanzig Meter von ihm entfernt, und Löhr konnte ihre Sommersprossen erahnen, den rötlich schimmernden Ton ihrer dichten Haare sehen, ihre weit auseinanderstehenden dunklen Augen, die etwas zu kurze Nase erkennen. Es gab keinen Zweifel, dass sie es war. Unverletzt, lebendig, mit ausholenden Schritten kam sie ihm entgegen, war jetzt zwei Meter vor ihm, nahm ihn kurz, ohne erkennbares Interesse oder ein Anzeichen von Wiedererkennen, in Augenschein, und dann war sie an ihm vorbei.

Löhr blieb stehen, drehte sich um, sah ihr nach und wunderte sich, dass sie nicht plötzlich auf dem Kopf lief oder sich die Kalker Hauptstraße in eine Dschungellandschaft verwandelte. Irgendetwas mit seinem Verstand konnte nicht mehr in Ordnung, zumindest musste sein Wahrnehmungsapparat schwer gestört sein. Solche Erscheinungen waren in der physikalischen Welt nicht möglich. Die letzte Wiederauferstehung eines Toten lag über zweitausend Jahre zurück, und auch die war lediglich von ein paar hysterischen Sektierern bezeugt worden. Da Löhr aber keine weiteren Anzeichen von Geistesstörung oder Wahrnehmungsbeeinträchtigung an sich feststellen konnte, beschloss er, nicht an ein neues Wunder oder eine paranormale Erscheinung zu glauben und der Sache auf den Grund zu gehen. Er löste sich aus der Erstarrung, in die er beim Anblick Sofias verfallen war, setzte sich in Bewegung und folgte ihr.

An der U-Bahn-Station Kalk Post fuhr sie die Rolltreppe zum Bahnsteig hinunter. Löhr sorgte dafür, dass immer ein paar Passanten vor ihm waren, falls sie sich einmal umdrehen sollte. Aber sie drehte sich nicht um. Als die Bahn Richtung Innenstadt einfuhr, stieg sie im vorderen Teil ein. Löhr kletterte in den hinteren Teil, kauerte sich auf einen Sitzplatz und beobachtete, wie sie am Fahrscheinautomaten ein Ticket zog. Danach suchte sie sich einen Sitzplatz in Fahrtrichtung. Womit die Gefahr, dass sie ihn sehen konnte, vorläufig gebannt war. Doch Löhrs Vorsicht erwies sich als überflüssig. Auf ihrem ganzen Weg mit der U-Bahn quer durch die Stadt, auf dem er immer in sicherem Abstand hinter ihr blieb, drehte sie sich kein einziges Mal um, blickte nicht einmal auch nur zur Seite, sodass sie ihn vielleicht aus den Augenwinkeln hätte sehen können. Zielstrebig und so, als habe sie die Strecke schon oft zurückgelegt, stieg sie am Rudolfplatz aus, rollte hinab in die nächste U-Bahn-Station, fuhr mit der 15 zum Ebertplatz, stieg dort aus, ging ein Stück den

Hansaring zurück und verschwand schließlich in einem Hotel auf der Ecke Hansaring und Lübecker Straße.

Gegenüber dem Hotel gab es ein Kino und neben dem Kino ein spießig wirkendes Café, das den sprechenden Namen »Café Schmitz« trug. In das setzte sich Löhr so, dass er den Hoteleingang beobachten konnte, bestellte ein Mineralwasser und versuchte, seinen Verstand zu sortieren. Das Erste, was er überprüfen musste, war natürlich, ob es sich bei der Toten, die Esser und seine Kollegen im Pensionszimmer Auf der Ruhr gefunden hatten, tatsächlich um Sofia gehandelt hatte. Die Fotos vom Leichnam, die Esser ihm gezeigt hatte, hatte er nicht genau anschauen wollen und es auch nicht getan. Es konnte also auch jemand anders gewesen sein. Aber dazu hätte Sofia, nachdem er ihr Zimmer verlassen hatte, aufstehen, weggehen und vorher eine andere Leiche auf ihr Bett legen müssen. Oder jemand anders hätte das tun müssen. Obwohl die eine Vorstellung so absurd war wie die andere, musste er diese Möglichkeit ausschließen. Das heißt, er musste an die Akte zum Mordfall Sofia Fava in Essers Büro heran.

In dem Augenblick, in dem ihm Esser einfiel, fiel ihm auch ein, dass er den Verhörtermin bei den Internen verpasst hatte. Er sah auf die Uhr. Es war elf Uhr durch, mehr als eine Stunde drüber. Löhr zog die Vorladung aus seiner Jackettasche, suchte die Telefonnummer der Dienststelle und kramte aus der anderen Jackettasche sein Handy. Als er die ersten Ziffern eingetippt hatte, hielt er inne. Was würde passieren, wenn er sich entschuldigte und um einen neuen Termin bat? Sie würden ihm natürlich einen neuen Termin geben, sehr bald schon, schon heute, und dann würde er stundenlang bei ihnen sitzen und sich ihren Quatsch anhören müssen. Dazu hatte er keine Lust. Und auch keine Zeit. Außerdem war er dann dem Risiko ausgesetzt, dass sie ihn länger festhielten oder vielleicht sogar verhafteten. Er tippte die Nummer zu Ende ein, jemand meldete sich, dessen Namen er nicht verstand. Löhr sagte ihm, er könne nicht kommen, säße beim Arzt, die Krankmeldung gebe er heute noch auf die Post. Er wollte das Gespräch wegdrücken, doch da war plötzlich jemand anders am Apparat. Paluchowski.

»Krank sind Sie also, Löhr?«

»Sie haben es gehört.«

»Sie denken, Sie kommen damit durch?«

»Warum nicht?«

»Sie werden sich noch wundern, Löhr.«

»Ich bin gespannt.«

Löhr drückte die Verbindung weg und tippte die nächste Nummer ein. Es war die Dienstnummer von Fischenich. Dessen Sekretärin meldete sich und stellte ihn, sobald er seinen Namen gesagt hatte, durch. Offenbar hatte ihr Fischenich eine entsprechende Anweisung gegeben.

»Es gibt ein paar Komplikationen«, sagte Löhr. »Darüber würde ich gerne mit Ihnen sprechen.«

»Wann?«, fragte Fischenich. Er klang ruhig, fast gelassen.

»Sehr bald.«

»Gut. Ich werde meine Verabredung zum Mittagessen absagen. Können Sie um halb eins?«

»Gut.«

»Wir treffen uns vorm Deutzer Bahnhof.«

Löhr zahlte sein Mineralwasser, stand auf, verließ das Café Schmitz, ging die Straße hinüber, stieß die merkwürdig altmodisch anmutende, mit wuchtig geschwungenen Messinggriffen bewehrte Milchglastür zum Hotel »Coellner Hof« auf und befand sich in einer Lobby, in der man seit fünfzig Jahren auf die baldige Ankunft von Peter Frankenfeld, Caterina Valente und Vico Torriani zu warten schien. Die grün-samtig schimmernden Polster der Sessel waren mit goldenen Brokatbordüren eingefasst, Decken und Wände komplett mit Kassetten aus mitteldunkler altdeutscher Eiche getäfelt, Türbeschläge und Tischleuchten durchgehend aus hell poliertem Messing. Das einzige Weiß im Raum war der Hemdkragen des jungen Mannes an der Rezeption. Darüber trug er tatsächlich eine zweireihige dunkelblaue Livree mit dünnem Silber-Revers. Lächelnd sah er Löhr entgegen, und der war vom Stillstand der Zeit hier so beeindruckt, dass er für einen Augenblick die offizielle Rolle, die er sich für seinen Auftritt zurechtgelegt hatte, vergaß und zurücklächelte.

»Was kann ich für Sie tun?«

Löhr ließ sein Lächeln langsam erkalten und streckte dem Rezeptionisten seine Dienstmarke entgegen. »Ich würde gerne mal einen Blick in Ihr Gästebuch werfen.«

Das Lächeln verschwand keineswegs aus der gut dressierten Miene des jungen Mannes, noch nicht einmal Überraschung zeigte sich.

»Kein Problem. Sehr gerne«, säuselte er. Und so, als würde ihm das ein ganz besonderes Vergnügen bereiten, drehte er den Computerbildschirm auf seiner Theke so herum, dass Löhr einen Blick darauf werfen konnte, hackte ein paar Ziffern in die Tastatur vor sich, und schon erschien eine Liste mit Namen und Daten. Löhr griff über die Theke, schnappte sich die zum Bildschirm gehörende Maus und scrollte die Liste langsam hinunter.

Er hatte nicht erwartet, unter den drei Dutzend Namen der aktuellen Hotelgäste den Namen Sofia Fava zu finden. Doch es gab einen anderen Namen, der ihn interessierte. Er prägte ihn sich samt den übrigen dazu in der Liste vermerkten Daten ein, bedankte sich, schenkte dem Mann an der Rezeption und der stehen gebliebenen Zeit noch einmal ein Lächeln und ging.

25

Ein milder, heiterer Tag, wie gemacht für einen Spaziergang. Am gläsernen Himmel schoben sich freundliche, bauchige weiße Wolken vor die Sonne, so regelmäßig, als hätten sie den Auftrag, es nicht zu heiß werden zu lassen. Vom Rhein kam eine sanfte Brise, und das Grün der Rasenflächen war hier im Rheinpark im Unterschied zu denen in Kalk frisch und gepflegt. Warum auch nicht, dachte Löhr. Die Leute, die hier spazieren gingen, brauchten so was. Die in Kalk gingen ja nicht spazieren. Sie schauten sich die Natur lieber auf ihren Plasmabildschirmen an. Außerdem gingen sie nicht zu Kommunalwahlen. Selber schuld. Sonst gäb's möglicherweise auch in Kalk gepflegtere Grünflächen.

Für einen normalen Freitagmittag war eine Menge von Leuten im Rheinpark unterwegs, und unter ihnen hätte man Löhr und Fischenich, die nebeneinander herschlenderten, für Bürokollegen halten können, die hier ihre Mittagspause verbrachten.

Löhr war als Erster am Deutzer Bahnhof gewesen und hatte fünf oder zehn Minuten neben dem Eingang zur Bahnhofshalle gewartet. Ohne dass er ihn kommen gesehen hatte, war Fischenich plötzlich neben ihm gewesen. Statt einer Begrüßung hatte er Löhr bloß kurz zugenickt und war dann vor ihm her zum Rheinufer hinuntergegangen. Löhr hielt Fischenichs konspiratives Verhalten für übertrieben, machte aber mit und folgte ihm in zwanzig Metern Abstand. Erst nachdem sie die Hohenzollernbrücke unterquert hatten, verzögerte Fischenich seinen Schritt, wartete, bis Löhr zu ihm aufschloss.

»Vor wem haben Sie Angst?«, fragte Löhr.

»Ich bin nur ein bisschen vorsichtig«, antwortete Fischenich. »Es gibt schließlich keinen dienstlichen Anlass, aus dem wir miteinander sprechen könnten. Und bei der Klemme, in der Sie gerade stecken, käme es nicht allzu gut, wenn ich mich mit Ihnen beim Schaulaufen präsentiere.«

»Klemme ist eine nette Umschreibung. Paluchowski und die Internen wollen mich irgendwie in den Mordfall Auf der Ruhr verwickeln und haben mich schon ganz schön am Wickel.«

»Ich weiß. Ich hab den Fall inzwischen an mich gezogen.«

»Sie haben was?« Löhr schaute überrascht zu Fischenich. »Das ist ein Tötungsdelikt, da haben Sie bei den Wirtschaftsstrafsachen doch nichts mit zu tun.«

»Ich habe ihn so weit an mich gezogen und bearbeite ihn auch so weit, wie er meine Zuständigkeiten betrifft.« Um Fischenichs Mund kräuselte sich ein ironisches Grinsen. Er machte eine kurze Pause und setzte dann hinzu: »Und das reicht für die volle Akteneinsicht.«

Löhrs Überraschung war jetzt komplett. Das hatte er Fischenich nicht zugetraut. »Mein lieber Schwan. Aber wie haben Sie es geschafft, da zuständig zu sein?«

»Die Frau, das Opfer, Sofia Fava, wird wegen einer Wirtschaftsstrafsache gesucht. Zwar nur in Italien, aber ich bin auf ein Hilfeersuchen der italienischen Guardia di Finanza gestoßen. Eigentlich eine Lächerlichkeit, eine angebliche Steuerhinterziehung von noch nicht mal fünftausend Euro. Es geht um eine nicht angemeldete kleine Yacht. Aber für mich hat's gereicht, mich da einzuklinken.«

Löhr warf ihm einen langen anerkennenden Blick zu. Fischenich registrierte ihn und deutete ein überlegenes Lächeln an.

»Sie wollten es ja wissen, Löhr. Blieb mir etwas anderes übrig?«

Fischenich hatte sich also auf Löhrs Erpressung nicht nur eingelassen, er schien sie sogar akzeptiert zu haben.

»Dann sind wir also jetzt so was wie ein Team«, sagte Löhr, eher im Ton einer Feststellung als dem einer Frage.

»Kommt immer noch darauf an, was Sie vorhaben, Löhr.«

»Das ist doch wohl klar. Die Hintergründe dieser Mordsache klären, in der ich drinhänge.«

»Warum? Okay, um den rachsüchtigen Paluchowski und die Internen, die er Ihnen auf den Hals gehetzt hat, loszuwerden. Doch da ist ja wohl nichts dran. Paluchowski produziert heiße Luft. – Aber hinter Ihr *eigentliches* Interesse bin ich noch nicht gestiegen.«

Löhr zögerte. Er wollte Fischenich nicht zu weit einweihen. Ein Wissensvorsprung verschaffte ihm mehr Spielraum und machte ihn unabhängiger von ihm. Außerdem war Fischenich intelligent. Wenn er ihm von den Sarden erzählte, würde er ihn sehr schnell mit dem Mord am Aachener Weiher und vielleicht sogar mit dem Mord am Rathenauplatz in Zusammenhang bringen, sobald das KK11 die Untersuchung aufnahm. Und dann wäre er selbst erpressbar.

»Reicht es nicht«, antwortete er schließlich, »dass Paluchowski dabei ist, eine Mordanklage gegen mich zusammenzuschustern?«

Fischenich nickte zuerst, als befriedigte ihn Löhrs Antwort. Dann aber schüttelte er den Kopf: »Wie gesagt. In der Akte gibt es keinen Hinweis darauf, dass Sie als Tatverdächtiger behandelt werden. Sie tauchen da bloß als wichtiger Zeuge auf, der möglicherweise eine Beziehung zu dem Opfer hatte. Ansonsten gibt es *überhaupt* keinen Tatverdächtigen. Das KK11 tappt im Dunkeln. Sie haben gerade mal die Identität des Opfers feststellen können und –«

»Könnten Sie mir eine Kopie der Akte besorgen?«, unterbrach ihn Löhr.

Auf Fischenichs Stirn erschien die Frage »Warum?«. Aber er schluckte sie hinunter, atmete einen Augenblick länger als sonst ein und nickte schließlich. »Okay. Was immer Sie damit vorhaben.«

Löhr hätte ihm schlecht sagen können, dass er vor ein paar Stunden der Toten über den Weg gelaufen war. Deshalb sagte er nichts weiter, schlenderte schweigend neben Fischenich her und versuchte, die Ferienstimmung zu genießen, die vom Rheinpark ausging.

»Soll ich Ihnen einmal verraten, was ich vermute, weshalb Sie so viel Interesse am Fall Fava beziehungsweise an der Geschichte im Café Zero haben?«, begann diesmal Fischenich, nachdem sie eine Weile schweigend nebeneinanderher gelaufen waren, dann einer Schleife gefolgt waren, die der Hauptweg des Rheinparks kurz vor der Zoobrücke machte, und sich jetzt auf dem Rückweg Richtung Hohenzollernbrücke befanden.

»Sie haben doch nicht etwa ins Horoskop geguckt?«, versuchte Löhr einen lahmen Scherz. Fischenich ignorierte ihn. Seine Miene blieb konzentriert, ernst, er schien Löhr jetzt fast ebenso interessiert an der Geschichte wie er selbst.

»Sie hatten mich doch, um es einmal nett auszudrücken, darum gebeten, mich um eine Kontonummer bei der Saussure-Bank zu kümmern.«

»Ja. Hatte ich. Und ich bin Ihnen dankbar für Ihren Humor.«

Auch diese Bemerkung überging Fischenich mit einem schiefen Grinsen. »Sie haben, wie es im Moment aussieht, einen Hauptgewinn aus Ihrem alten Wespennest gezogen. Oder soll ich sagen: aus unserem *gemeinsamen* alten Wespennest?«

»Ich verstehe kein Wort.«

»Die Kontonummer, die Sie mir gegeben haben, passt zu

einem alten, inzwischen stillgelegten Investmentfonds, den seinerzeit Heinz Pietsch aufgelegt und gemeinsam mit der Saussure-Bank betrieben hat.«

26

Die Bedienung im Café Schmitz schien im Unterschied zu ihrem Rezeptionskollegen gegenüber im Hotel Coellner Hof keine gastronomische Ausbildung genossen zu haben. Zumindest keine, in der man abwaschbare Servilität beigebracht bekam. Mürrisch schob sie ihm einen Espresso über den Tisch und hatte noch nicht einmal das inzwischen überall übliche »Gerne« für ihn übrig, als er sich bedankte. Irgendwie war ihm die Frau sympathisch.

Er hatte sich im von ein paar älteren Damen besuchten Café wieder so gesetzt, dass er den Eingang des Hotels gegenüber im Blick hatte, und studierte gleichzeitig das Dossier, das Fischenich ihm mitgebracht hatte. Den Vorgang zu finden, der zur fraglichen Kontonummer passte, sei für ihn kein Problem gewesen, hatte Fischenich ihm im Rheinpark gesagt. Er habe auf sämtlichen nur denkbaren legalen wie nicht ganz so legalen Wegen alles bis hin zur kleinsten Aktennotiz über Pietschs Geschäfte gesammelt, auch über dessen Tod hinaus. Denn Pietschs Geschäft lief weiter, wenn auch unter anderer Regie.

In Fischenichs Dossier ging es um einen schon im Jahr 2002 von Pietsch aufgelegten Immobilienfonds, der von der Saussure-Bank betreut wurde. Zweck des Fonds war der Erwerb einer Straße in der Kölner Innenstadt gewesen. Und zwar des hundertdreiundzwanzig Meter langen Stücks der Straße Gereonshof zwischen der Von-Werth-Straße und der Spiesergasse.

Um das in der deutschen Kommunalgeschichte wohl einmalige Vorhaben umzusetzen, eine vollständig ins Verkehrsnetz integrierte innerstädtische Straße komplett zu privatisieren, waren, auch das ging aus Fischenichs Dossier hervor, eine Menge

Kommunalpolitiker und städtischer Beamter bestochen worden. Die hatten es zwar hingekriegt, einige für solche Entscheidungen wichtige Instanzen zu umgehen, und die Privatisierung des Stücks Gereonshof in einen »Bebauungsplan Altstadt Nord« geschmuggelt. Aber der Coup war geplatzt, weil ein Ratsmitglied der Linken durch einen Zufall darauf gestoßen war. Der Mann hatte die Geschichte von einer nicht öffentlichen Sitzung des Liegenschaftsausschusses, wo die Korruption in Köln traditionell zu Hause war, in eine öffentliche Sitzung des Rates gebracht. Das empörte Echo in der Lokalpresse war zunächst groß gewesen, doch nachdem der Bebauungsplan in einer Schublade verschwand und Pietsch seinen geschlossenen Immobilienfonds dichtmachte, hörte man nichts mehr davon. Das Geld, das Pietsch über die Saussure-Bank dafür eingesammelt hatte, bekamen die Anleger nicht zurück, es versickerte in den Verwaltungskosten, die Pietsch ihnen berechnete. Der übliche Weg allen Geldes in Pietschs erfolglosen Fondsunternehmungen, las Löhr in einer Notiz Fischenichs. Solange die Anleger ihre Verluste steuerlich absetzen konnten, hatten sie stillgehalten. Das änderte sich erst in den beiden Jahren vor Pietschs plötzlichem Tod und hatte dann in der Folge zur Schieflage der Saussure-Bank geführt.

Löhr glaubte aus dem Augenwinkel gesehen zu haben, wie sich die Hoteltür gegenüber bewegte. Er schaute genau hin und stellte fest, dass er sich getäuscht haben musste. Trotzdem beschloss er, sich jetzt ganz aufs Hotel zu konzentrieren, klappte den Deckel des Aktenordners zu und kippte den Rest des inzwischen kalten Espressos, der im Vergleich zu dem im Zero eine geschmacklose dünne Brühe war, hinunter.

Er fragte sich, ob Fischenichs Dossier ihm wirklich weiterhalf. Der Bebauungsplan, der die Privatisierung des Gereonshofs vorgesehen hatte, war beerdigt, der Fonds zum Erwerb der Straße war genauso tot wie das dazugehörige Konto in der Saussure-Bank. Gelöscht. Seit über zehn Jahren. Aber warum kursierte dann immer noch diese Kontonummer, warum gab es immer noch ein dazu passendes Schließfach in der Bank? Und warum regte das einige Leute so auf, dass sie dafür absolut hemmungslos töteten?

Zehn Minuten später zahlte sich Löhrs Geduld aus. Denn eine mögliche Antwort auf all diese Fragen erschien auf der anderen Straßenseite. Sofia Fava oder Carla Sciascia – das war jedenfalls der Name, unter dem sie sich wahrscheinlich eingetragen hatte – trat aus der Milchglastür des Hotels Coellner Hof, blickte zuerst nach links zum Hansaring, dann nach rechts zum Ebertplatz, entschloss sich aber schließlich zu keiner dieser Richtungen, sondern steuerte genau aufs Café Schmitz zu. Löhr erstarrte. Er hatte keine Zeit mehr, sich hinter irgendwas – der Akte, der Getränkekarte, einer Zeitung – zu verstecken. Sofia schien ihn fixiert zu haben und hielt genau auf ihn zu. Aber dann schien sie es sich zu überlegen. Kritisch musterte sie das Café, zögerte kurz, dann entschied sie sich anders und schwenkte nach links in die Lübecker Straße ein. Löhr brauchte ein paar Augenblicke, um sich vom Schock zu erholen und zu begreifen, dass Sofia nicht ihn, sondern ihr Spiegelbild in der Schaufensterscheibe des Cafés betrachtet hatte.

27

Während der nächsten zwei Stunden bekam Löhr Gelegenheit, über den Unterschied zwischen Frauen und Männern nachzudenken. Irgendwo hatte er einmal von einer wissenschaftlichen Studie gelesen, wonach es zwischen dem emotionalen und dem rationalen Zentrum im Hirn von Männern drei, im Hirn von Frauen aber glatte einhundertzwanzig Verbindungen gab. Seitdem hatte er immer wieder darüber gegrübelt, was diese enge Bindung zwischen Gefühl und Verstand bei den Frauen und was deren fast vollständige Trennung bei den Männern eigentlich zu bedeuten hatte. Konnte das heißen, dass Männer beinahe emotionslos dachten und ihre Empfindungen dafür vom kalkulierenden Verstand so gut wie unbehelligt blieben? Dann müsste es bei Frauen doch eigentlich umgekehrt sein; ihre Verstandestätigkeit einerseits müsste stark von Gefühlen beeinflusst, ihre Gefühlswelt andererseits beinahe vollständig unter der Kontrolle des Verstandes, berechnend und kalkuliert sein. Wenn das wirklich stimmte, dürften Frauen ziemlich unheimliche Wesen sein.

In unauffälligem Abstand, sodass immer zehn bis zwanzig Passanten zwischen ihnen waren, folgte Löhr Sofia. Oder Carla Sciascia? Eben um das herauszufinden, folgte er ihr ja. Sie trug ein knielanges schwarzes Kleid aus einem leichten Stoff und mit einem weiten Rundausschnitt, der Saum wie die dreiviertellangen Ärmel schlossen mit verspielten Stickereien ab. Eine mit silbernen Pailletten besetzte Tasche mit langem Riemen über der Schulter tragend, schlenderte sie auf ebenfalls schwarzen, aber nicht besonders hochhackigen Schuhen den Eigelstein Richtung Dom hinunter, den dort herrschenden dichten bunten Betrieb aufmerksam wahrnehmend. Sie blieb mal vor einem Laden mit kreischbunten türkischen Brautjungfernkleidern, mal vor einem mit klotzigem Goldschmuck stehen; selbst die versifften kleinen Animierlokale kurz vor der Bahnhofsunterführung waren ihr ein paar längere Blicke wert, denn sie hatten bei dem beinahe hochsommerlichen Wetter die Türen weit offen stehen, sodass ihre an den Theken aufgereihte Ware zu besichtigen war. Auf der linken Straßenseite räkelten sich kleinwüchsige blondierte rumänische, auf der gegenüberliegenden Straßenseite übergewichtige afrikanische Huren.

Hinter der Unterführung, in der Marzellenstraße, warf Sofia einen Blick auf die Speisekarte des »Luciano«, eines Italieners, der seit Jahrzehnten seine absurd hohen Preise mit dem Ruf rechtfertigen konnte, an seinen Tischen würden beim Mittagessen die Geschäfte verabredet, die den Wirtschaftsstandort Köln im Innersten zusammenhielten. Dann überquerte sie die Komödienstraße, bog vom Wallrafplatz auf die Hohe Straße ein, wo das Gedränge der Passanten zunahm und Löhr näher an ihr dranbleiben musste, um sie im Fall eines plötzlichen Abbiegens nicht aus den Augen zu verlieren. Einige Male kam er ihr dabei so nahe, dass er ihre sich im Nacken kräuselnden Haare zu erkennen und ihren Duft zu riechen glaubte. Die Erinnerung an sein Begehren wurde wach.

Als er in der Nacht ihres Todes mit Sofia schlief, war er

erotisch überwältigt gewesen, sein Verstand quasi ausgeschaltet bis auf die wenigen Funktionen, deren es bedarf, einen Liebesakt technisch zu bewältigen. Obwohl Sofia ganz den Anschein erweckt hatte, dass es um sie genauso bestellt war, musste die Einleitung dieses Akts mit größter Wahrscheinlichkeit rational gesteuert gewesen sein. Sie wollte schließlich etwas von Löhr und hatte, was immer es auch gewesen sein mochte, geglaubt, auf diese Art und Weise am ehesten daranzukommen. Ein typisches Beispiel also dafür, wie sehr bei Frauen der Verstand die Gefühle kontrollierte. Doch je länger Löhr ihr weiter durch die Straßen der Kölner Innenstadt hinterhertrabte, ihre dunkelroten Haare, ihren gut proportionierten Hintern, ihre kräftigen Beine im Blick, desto stärker wurden seine Zweifel an dieser Theorie. Denn er stellte sich die Frage, ob er selbst zu einer ähnlich taktischen Handlung imstande wäre, und kam überraschend schnell zu dem Befund, dass er keinerlei Probleme damit haben würde, vorausgesetzt natürlich, die Frau wäre hinreichend attraktiv. Und was blieb dann vom Unterschied zwischen Mann und Frau, die verschiedenen Hirne einmal geschenkt? – Über die Enttäuschung, wieder einmal nichts über das wirkliche Wesen der Frau in Erfahrung gebracht zu haben, half Löhr nur der plötzlich auftauchende schmeichelhafte Gedanke hinweg, dass, wenn Sofia tatsächlich so ähnlich gestrickt sein sollte wie er, er für sie ja nicht nur ein taktisches Zielobjekt gewesen war, sondern auch eine gewisse erotische Anziehungskraft gehabt haben musste. Oder war er da schon wieder auf dem Holzweg, was die Frage nach dem wirklichen Wesen der Frau anging?

Über die Schildergasse ging sie Richtung Neumarkt, überquerte die Zeppelinstraße und dann die Richmodstraße. Je länger Löhr ihr folgte und je intensiver er sie dabei beobachtete, desto stärker wurde seine Überzeugung, dass es sich bei dieser Frau tatsächlich um niemand anderes als um Sofia handeln konnte. Auch wenn er dabei gewesen war, wie sie umgebracht wurde, und auch wenn er dann ihre Leiche gesehen hatte: Es musste Sofia sein. Es war Sofia. Er hatte sie auf der langen Rallye durch die Kölner Innenstadt ja nicht nur von hinten gesehen, hatte ihren stolzen, energischen, weit ausholenden Gang wiedererkannt.

Dutzende Male hatte er ihr Profil sehen können, war ihr manchmal so nahe gekommen, dass er ihren Haaransatz, ihre Stupsnase, die Sommersprossen darauf identifizieren konnte. Es gab keinen Zweifel, und seine Aufgabe war ganz einfach. Er brauchte bloß herauszufinden, warum eine Frau, der er quasi beim Sterben zugeschaut hatte, so lebendig durch die Stadt laufen konnte.

Sie passierte die rechts von ihr liegenden Läden, ohne die Schaufenster eines Blickes zu würdigen, und bog dann in die Passage ein, durch die man vom Neumarkt aus zum Käthe Kollwitz Museum gelangen konnte. Löhr verlangsamte seinen Schritt und näherte sich dem Eingang zu dieser Passage, der mit zwei Reihen von Kaffeehaustischen und -stühlen fast zugestellt war. Er umkreiste die Tische und Stühle, trat dann vorsichtig aus der Sonne in den Schatten der Passage. Und dann stand sie plötzlich vor ihm. Sofia.

»Jetzt sagen Sie mir auf der Stelle, warum Sie mich seit drei Stunden verfolgen!«

28

»Ich? Sie? Hab ich das?« Löhr spürte, wie er rot wurde, trat von einem Bein aufs andere und kam ins Stottern wie ein Messdiener beim Beichten sündiger Gedanken. Gleichzeitig zog ihn ihre Schönheit vollständig in den Bann. Der harte, berechnende Zug um den Mund, den er in jener Nacht in der Pension entdeckt zu haben glaubte und der bis auf die Tatsache, dass sie ihn belog, das Einzige war, was ihn an ihr gestört hatte, war verschwunden; sie war vollkommen, sie war wie diese Schauspielerin, in die er sich als Jugendlicher unsterblich verliebt und deren Bild sich in seinem Erinnerungsapparat für alle Zeiten konserviert hatte, sie war die Frau, deren Duft ihn im Café Zero überwältigt und mit der er leidenschaftlich geschlafen hatte. Sie war Sofia.

»Natürlich haben Sie das! Glauben Sie, ich hätte Sie nicht bemerkt?«

Ihr Zorn schien echt, jedenfalls verlieh er ihrer Schönheit eine zusätzliche wilde Glut. Löhr blieb nichts anderes, als zu kapitulieren und sich komplett zum Narren zu machen. »Ja«, sagte er zerknirscht und mit niedergeschlagenem Blick. »Es stimmt. Ich bin Ihnen gefolgt. Ich wollte Sie ansprechen, aber ich hatte nicht den Mut. Ich war mir nicht sicher, ob Sie die Frau sind, die ich kenne und mit der ich —«

»Jetzt machen Sie sich doch nicht auch noch mit diesem uralten Trick lächerlich! Also bitte, lassen Sie mich jetzt augenblicklich in Ruhe!«

Damit drehte sie sich von ihm weg und wandte sich dem Eingang in die Passage zu. Löhr zögerte einen Augenblick, wog kurz das Risiko ab, einen Tumult zu verursachen, entschied sich dafür, es einzugehen – was konnte ihm denn noch groß passieren –, und ging ihr hinterher. Nach drei Schritten hatte er sie eingeholt, war neben ihr, sah sie an und sagte: »Sofia! Sofia Fava?«

Er hatte erwartet, dass sie weiter ihre Show abziehen, ihre Identität und ihre Beziehung zu ihm leugnen und jetzt tatsächlich eine Szene machen, laut kreischen und um Hilfe rufen würde. Doch stattdessen breitete sich ein überraschtes Staunen in ihrer Miene aus.

»Sagten Sie Sofia Fava?« Sie hauchte den Namen mehr, als dass sie ihn aussprach.

»Das ist doch Ihr Name, das sind doch Sie, oder?«

Sie starrte ihn an, den ungeschminkten Mund leicht geöffnet, ohne etwas zu sagen, ungläubig, fassungslos.

»Jetzt werden Sie mir gleich mit dem uralten Trick kommen und sagen, Sie sind nicht Sofia Fava, sondern die Schwester von Sofia Fava!«

Sie antwortete nicht, aber ihrer Miene war abzulesen, dass er ins Schwarze getroffen hatte. Ihre Augen wurden feucht, und aus deren Winkel traten zwei schimmernde Tränen.

»Na schön.« Löhr seufzte resigniert und deutete auf einen freien Tisch. »Dann schlage ich vor, Sie erzählen mir Ihre Geschichte …«

Von außen gesehen war das eine Story, wie sie für eine Vorabend-Seifenoper hätte erfunden sein können, und sowohl Löhrs Verstand als auch sein aufgrund seines Mannseins nur unzureichend damit verbundenes Gefühl sträubten sich, ihr Glauben zu schenken. Carla, so nannte sich die Frau, die er, seit er sie zum ersten Mal gesehen hatte, für Sofia hielt, behauptete, die Schwester Sofias zu sein, trug allerdings, da zwischenzeitlich verheiratet, einen anderen Namen, Sciascia, ebenjenen, unter dem sie in ihrem Hotel eingecheckt hatte. Die Polizei hatte sie von der Ermordung ihrer Schwester benachrichtigt, und sie war von Pistoia, der toskanischen Stadt, in der sie lebte und als Deutschlehrerin an einer Sprachenschule arbeitete, nach Köln gefahren, um morgen ihre tote Schwester zu identifizieren. Obwohl sie sich sehr verbunden gewesen seien, erzählte sie stockend und mit von Trauer getränkter Stimme, hätten sie aufgrund der Entfernung – Sofia lebte in Turin – keinen allzu häufigen Kontakt gehabt, seien sich in den letzten Jahren nur noch anlässlich von Familienfeiern in Rom begegnet, wo ihre Eltern, eine deutsche Mutter und ein italienischer Vater, lebten.

»Wussten Sie denn, weshalb sie hier in Köln war?«, fragte Löhr.

»Nein! Ich hatte keine Ahnung, dass sie überhaupt verreist war. Und erst recht nicht, dass sie nach Köln gefahren ist. Weder sie noch ich sind je hier gewesen. Und ich habe auch keine Ahnung, was sie hier gewollt haben könnte.« Sie breitete beim Sprechen beide Hände aus, um ihre Ahnungslosigkeit zu unterstreichen. Löhr glaubte ihr schon deswegen kein Wort. Andererseits, und das wurde ihm jetzt erst richtig klar, war er ihr zum ersten Mal begegnet, als sie offensichtlich gerade aus dem Polizeipräsidium kam. Und da das ebenso offensichtlich nicht inszeniert gewesen war, musste zumindest ihre Version stimmen, dass sie hier war, um die Tote aus der Pension zu identifizieren.

»Aber die Kriminalpolizisten heute Morgen werden Ihnen doch gesagt haben, wie sie umgekommen ist?«

»Ja. Jemand ist in ihr Pensionszimmer eingedrungen«, ihre Stimme stockte, wurde brüchig, sie kämpfte mit den Tränen, »hat sie vergewaltigt, gequält, gefoltert …« Sie brach ab, senkte den Kopf, ihre Schultern bebten, sie griff in ihre Handtasche, die sie an der Stuhllehne aufgehängt hatte, holte ein Taschentuch hervor und führte es an ihre Augen.

Doch statt sein Mitleid zu erregen, verstärkte sie damit nur Löhrs Misstrauen und provozierte eine allmählich wachsende Verachtung. Was für eine geschmacklose Szene! Welch verlogene Schauspielerei! Warum machte sie das mit ihm? Warum machte Sofia das mit ihm? Denn er war inzwischen felsenfest davon überzeugt, dass vor ihm Sofia saß, diese schöne und selbstbewusste Frau, deren Leben er gerettet hatte, dieses leidenschaftliche Weib, mit dem er geschlafen hatte, das sich gegen seine Folterer und Mörder zur Wehr gesetzt hatte. Letzteres musste ein böser Traum oder ein Fake gewesen sein. Denn mit jedem Wort, jedem Blick, die er mit ihr wechselte, war ihm deutlicher geworden, dass sie nicht tot sein konnte, sondern hier vor ihm saß. Und ihn nach Strich und Faden belog. Wenn er wirklich mutig wäre, wäre er aufgestanden und hätte ihr zuerst ihr schwarzes Kleid und dann den BH heruntergerissen und auf das winzige Muttermal unter ihrer rechten Brust gezeigt, an das er sich ziemlich genau erinnerte. Aber weil er eben so mutig nicht war und weil sie ihn ausgelacht hätte, wenn er ihr gesagt hätte, dass sie nicht Carla, sondern Sofia sei, verordnete Löhr sich eisige Ruhe.

»Sie haben mich bisher noch nicht gefragt«, sagte er mit seinem charmantesten Lächeln, »in welcher Beziehung ich zu Ihrer Schwester stehe.«

Ihre Tränen waren inzwischen getrocknet. Jetzt riss sie die Augen auf und sah Löhr verdutzt an.

»Ja natürlich! Sie sagten ja, dass Sie mich für Sofia gehalten und mir deswegen hinterhergelaufen seien. Entschuldigen Sie bitte. Sie können sicher verstehen, dass ich ziemlich durcheinander bin. Es tut mir leid. Ich hätte Ihnen keine Szene machen dürfen ...«

»Und immer noch nicht haben Sie mich danach gefragt, woher ich Sofia kenne.«

»Das werden Sie mir sicher gleich sagen.« Plötzlich war es wieder da, blitzte auf, wenn auch nur für Sekunden, das, was er Dienstagnacht bei Sofia erlebt hatte. Das kalte Lächeln und der harte Zug um die Mundwinkel. Jetzt gab es keinen Zweifel mehr.

Löhr senkte den Blick und seufzte in sich hinein. »Sie erinnern sich also tatsächlich nicht?«

»Wie bitte?«

Unverständnis zu spielen, dachte Löhr, ist ziemlich schwer, auch für gute Schauspieler. Sofia oder Carla musste eine überragende Schauspielerin sein.

»Ach, Sofia und ich sind uns nur vor ein paar Tagen zufällig in einem Café begegnet«, sagte er mit einem Hauch von Wehmut in der Stimme. »Das war eigentlich alles.«

»Ach ja?« Sie sah ihn aufmerksam an.

Löhr hob die Hand. »Ich muss jetzt leider los. Aber wenn Sie mögen, erzähle ich es Ihnen später genauer.«

»Ja, gerne«, sagte sie.

»Was halten Sie davon, wenn wir uns morgen zum Mittagessen treffen? Sagen wir im Luciano? Das kennen Sie doch?«

»Luciano?«, sagte Carla oder Sofia mit einem unschuldigen Lächeln.

29

Vier Stationen westlich vom Neumarkt stieg Löhr aus der Linie 1 und ging den Melatengürtel Richtung Weinsbergstraße hinunter. Die Sonne schickte sich gerade an, hinterm Müngersdorfer Stadion, jedenfalls hieß es früher einmal so, unterzugehen, obwohl es schon kurz vor zehn am Abend war. Sommerzeit. Und ein paar Tage vor der Sommersonnenwende, dem längsten Tag des Jahres. Danach würde es bergab gehen. Für Löhr, der sonst mit der Meteorologie nichts am Hut hatte, ein seltsam bedeutungsschwerer Tag. Bald kamen die Tage des abnehmenden Lichtes.

Eigentlich hätte er nicht so abrupt aufbrechen müssen; aber er hatte es nicht mehr ausgehalten in Gegenwart dieser Frau, deren Identität sich alle paar Augenblicke vor seinen Augen auflöste wie ein Spiegelbild auf einer zitternden Wasseroberfläche. Er musste sich Klarheit verschaffen, konnte nicht mehr darauf warten, bis Fischenich ihm eine Kopie der Fava-Akte gab. Den darin enthaltenen Fotos hätte er sowieso nicht geglaubt. Er musste die Leiche mit eigenen Augen sehen. Und da Carla oder Sofia ihm gesagt hatte, dass sie für morgen früh zur Identifikation der Leiche ins Rechtsmedizinische Institut der Kölner Universität bestellt war, wusste er, wo die Leiche zu finden war.

Trotzdem rief er auf dem Weg Fischenich unter der Handynummer an, die der ihm bei ihrem Treffen im Rheinpark gegeben hatte. Seit es vor ein paar Jahren in der Rechtsmedizin einen Skandal gegeben hatte, weil mehr als achtzig zum Teil nicht mehr zuzuordnende Leichen aufgelaufen waren und in den Kühlräumen einen Stau verursacht hatten, achtete man dort mehr auf Ordnung als in den Jahren zuvor; da konnte es nicht schaden, wenn Löhr nicht nur seinen Kripoausweis vorzeigte, sondern auch noch die Aktennummer des Todesermittlungsverfahrens kannte, denn danach wurden hier die von der Mordkommission überstellten Leichen einsortiert.

Beim zweiten Klingeln ging Fischenich dran, und Löhr sagte ihm, was er von ihm wollte. Entweder hatte Fischenich die Akte neben sich liegen, oder er verfügte tatsächlich über das phänomenale Gedächtnis, das man ihm im Präsidium nachsagte; jedenfalls spuckte er das Aktenzeichen so aus, als wüsste er es auswendig. Neben dem Namen der Toten bestand es aus einer Kombination von insgesamt elf Zahlen und Buchstaben; Löhr musste stehen bleiben, seinen Notizblock herausziehen und sie aufschreiben.

»Was haben Sie damit vor, wenn ich fragen darf?«

»Ich will mir mal die Leiche anschauen«, sagte Löhr.

»Gibt's einen Grund dafür? Hat sich irgendwas entwickelt?«

»Weiß noch nicht.« Löhr blieb dabei, Fischenich nicht in alles einzuweihen.

»Aber die Akte brauchen Sie noch, oder?«

»Sicher. Aber das hat jetzt erst mal Zeit.«

»Ich würde Sie trotzdem gerne bald noch mal sprechen, Löhr; kann sein, dass ich was Neues habe.«

»Machen Sie einen Vorschlag.«

»Was halten Sie von morgen früh?«

»Einverstanden. Und wo? Wieder im Rheinpark?«

»Kennen Sie die Fähre, die vom Weißer Knie nach Zündorf geht?«

»Ist das nicht ein bisschen weitab vom Schuss?«

»Eben. Und deshalb sicher.«

In Filmen wirkten die rechtsmedizinischen Kühlräume steril. Den Unterschied zwischen einem Film- und einem wirklichen Kühlraum machte der Geruch. Gerüche waren nicht steril. Auch wenn sie dezent waren. Es stank natürlich nicht. Aber wenn man wusste, woher der Geruch kam, konnte einem schon mal übel werden.

Löhr hatte während seiner Zeit bei der Mordkommission nicht sehr oft in diesem rundum verfliesten Räumen mit den Fächern hinter Edelstahltüren zu tun gehabt. Deshalb hob sich ihm die Magendecke, als er hinter der weiß bekittelten, schläfrigen jungen Frau herging, die heute Nacht hier unten Stallwache schob; er schluckte, atmete ausschließlich durch den Mund und unterdrückte den Brechreiz. Im dritten der hintereinanderliegenden Kühlräume steuerte sie auf eine der Türen zu, zog den Riegel nach unten und sperrte die Tür auf. Dahinter verbargen sich vier Fächer. Zielstrebig zog sie das zweite von unten auf, und vor Löhr erschien der nackte Körper der Frau, mit der er vor drei Tagen sehr viel Spaß gehabt hatte.

Es war unzweifelhaft Sofia. Er erkannte sie sofort. Schöne Leichen gab es nicht. Und die Sektion, der sie, wie die meisten Mordopfer, die in der Rechtsmedizin landeten, unterzogen worden war, machte sie auch nicht eben schöner. Der Schnitt zur Entnahme der Innereien begann meist unmittelbar unter dem Brustbein, endete zehn Zentimeter unterhalb des Bauchnabels und wurde anschließend mit wenigen groben Stichen und einem nicht eben feinen Faden zusammengenäht. Löhr beugte sich über den Leichnam und war froh, ihn nicht berühren zu müssen, um das sehen zu können, was er sehen wollte, denn Sofias Brüste waren eher klein, und der Tod hatte sie noch weiter schrumpfen lassen. Das Muttermal unter der rechten Brust hätte also einwandfrei zu sehen sein können, ohne dass er die Brust anhob. Es hätte zu sehen sein müssen. Dem Pathologen, der Sofia nach der Obduktion wieder zusammengenäht hatte, war es allerdings gelungen, mit einem seiner Stiche genau dieses Muttermal beziehungsweise die Stelle zu treffen, an der es einmal gewesen war. Löhr beugte sich noch näher hinunter. Da die Haut um den Einstich nicht weiter verletzt war, gab es keinen Zweifel. Das Muttermal war nicht mehr zu erkennen.

Zu den Dingen, mit denen Löhr nach dem Ende der Germania-schänke und dem Abbruch der ihm darin drohenden Säuferkar-riere sein Leben neu zu ordnen versucht hatte, gehörte neben der Wahl des Café Zero zu seinem Hauptquartier ein Fahrrad. Die Überlegung dabei war, dass körperliche Bewegung nie schaden konnte und dass Fahrradfahren außerdem oftmals schneller und bequemer war, als sich in überfüllte KVB-Waggons zu quetschen oder sich bei endlosen Wartezeiten die Füße auf Bahnsteigen platt zu stehen. Also hatte Löhr sich ein nicht allzu sportliches, aber auch nicht allzu lahmes gebrauchtes Fahrrad zugelegt, um mit den alten Gewohnheiten der Fortbewegung zu brechen. Bei diesem Vorhaben war es geblieben. Ein halbes Jahr lang benutzte er das Rad tatsächlich ab und zu, verlor aber immer mehr die Lust daran und kehrte zu seiner bewährten Gewohnheit des Zufußgehens zurück. Danach rostete das Rad ein weiteres halbes Jahr lang im Vorgarten auf einem Fahrradständer vor sich hin, bis Löhr es schließlich im Keller abstellte.

Auf die Idee, es noch einmal mit dem Fahrradfahren zu ver-suchen, hatte ihn Fischenichs Vorschlag gebracht, sich mit ihm an der mit Nahverkehrsmitteln nicht zu erreichenden Fähre im ohnehin weit abgelegenen südlichen Vorort Weiß zu treffen. Also stieg er auf der Aachener Straße in die Bahn, fuhr zurück bis zur Moltkestraße, ging zu seinem Wohnhaus in der Mozartstraße, stieg gleich in den Keller hinunter, fand in dem Verschlag, in dem das Fahrrad stand, eine Luftpumpe, gab ordentlich Luft auf die Reifen, kontrollierte, ob das Rad ansonsten auch in einem fahrbereiten Zustand war, und trug es dann hinauf.

Draußen war es inzwischen stockdunkel. Er hatte einige Mühe, den Dynamo in die richtige Position zu bringen, setzte sich dann aufs Rad, fuhr ein paar Meter, um zu sehen, ob das Licht auch funktionierte, was es natürlich nicht tat, weder vorne noch hinten. Also kehrte er zum Haus zurück, weil genau vor der Haustür eine Straßenlaterne für genügend Licht sorgte, damit er nachsehen konnte, woran es lag. Er stieg ab, lehnte das Rad an die Laterne und wollte sich gerade bücken, als sich eine Hand auf seine Schulter legte. Er fuhr herum, und seine Rechte griff zur Beretta im Gürtelhalfter.

»Jakob Löhr?«

Es war eine Beamtenstimme in Dienstausübung, offiziöser Stentor. Vor ihm standen zwei Typen von der Internen Ermittlung, beide in Lederjacken, die er vom Sehen kannte. Seine Hand löste sich von der Beretta.

»Was liegt an?«

»Wir haben einen Haftbefehl gegen Sie, Herr Löhr.«

Der Typ, der ihn beim Namen angeredet hatte, senkte die Stimme, klang jetzt fast höflich. Doch sein breites, stumpfsinniges Gesicht und sein Stiernacken hätten auch zu einem Türsteher passen können. Ein Feingeist jedenfalls schien er nicht gerade zu sein. Löhr sah ihm in die Augen, dann ließ er seinen Blick zum anderen wandern. Beide waren im selben Alter, Ende zwanzig, Anfang dreißig, beides ziemliche Brocken, ihm körperlich überlegen. Wie weit überlegen, darauf könnte er es ja mal ankommen lassen, ging ihm durch den Kopf; und um ein paar Augenblicke mehr Zeit zu bekommen und darüber nachzudenken, fragte er, ebenso höflich wie der andere, aber natürlich völlig überflüssigerweise: »Und den wollen Sie jetzt vollstrecken, den Haftbefehl?«

Die zwei nickten bedächtig und fast synchron, und Löhr sah, dass sie beide ihre Blicke auf seine Hand gerichtet hielten, die eben noch die Beretta umfasst hatte. Eine Schießerei war das Letzte, was er riskieren würde, da war er sich sicher; ebenso sicher war er aber auch, dass er sich von diesen Typen keine Handschellen anlegen lassen und die Nacht in einer Zelle verbringen würde.

»Es tut mir leid«, sagte er, weiter sehr höflich. »Aber das

geht im Augenblick nicht. Ich hab noch eine Menge Dinge zu erledigen, bevor ich mich mit Herrn Paluchowski unterhalten kann.«

»Sie wissen, dass wir Sie nicht laufen lassen können, Herr Löhr«, sagte derjenige, der ihn angesprochen hatte.

»Aber könnten Sie es nicht einfach mal versuchen?«, fragte Löhr und lächelte ihn mit der freundlichen Verbindlichkeit eines Herrenausstatters an. Unverständnis zeigte sich in dessen Miene; er sah zu seinem Kollegen hinüber, die beiden blickten sich ratlos an. Genau der richtige Zeitpunkt für Löhr, seinen Sprint zu starten.

30

Auf den Vorsprung kommt es an! Auf den Vorsprung kommt es an! Wie aus einer Spieluhr hämmerte der Satz in Löhrs Kopf. Gleichzeitig zählte er seine Laufschritte und dachte daran, dass er in der Schule ein gar nicht so übler Mittelstreckler gewesen war. Pfeifen im Walde. Schon nach sechzehn oder siebzehn Schritten brannte es in seinen Lungen, glühten die Oberschenkelmuskeln. Achtzehn, neunzehn, zwanzig. *Auf den Vorsprung kommt es an!*

Den Vorsprung hatte er sich damit erarbeitet, dass er den Bullen sein Fahrrad entgegengeschleudert hatte; die waren vom Aufprall so überrascht, dass sie ins Straucheln gerieten, sich im Rad verhedderten, übereinander stolperten. Aber jetzt waren sie hinter ihm. Er hörte ihren Atem. Einundzwanzig, zweiundzwanzig, dreiundzwanzig. Obwohl er die Engelbertstraße hinunterlief, erschien Löhr wie eine Fata Morgana der Adenauer Weiher, der Teich hinter der Jahnwiese. Er sah den holprigen, mit tückischen Baumwurzeln gespickten Pfad um den Teich vor sich. Genau tausend Meter lang. Austragungsort Dutzender Schüler-Wettbewerbe, an denen er teilgenommen hatte. Er war immer vorne mitgelaufen. Aber Erster war er nie geworden. Heute musste er Erster werden.

Er drehte sich nicht um. Zeitverschwendung. Kräfteverschwendung. Vierundzwanzig, fünfundzwanzig, sechsundzwanzig, siebenundzwanzig. Die Lindenstraße hatte er überquert, kurz vor einem mit mindestens achtzig Sachen auf ihn zuröhrenden BMW-SUV. Für die Bullen hinter ihm ein Hindernis. Könnte vielleicht seinen Vorsprung vergrößern. Er sah das letzte Stück Engelbertstraße vor sich. Jetzt waren es höchstens noch zwanzig Meter bis zum Ziel. Vierunddreißig, fünfunddreißig, sechsunddreißig.

»Bleiben Sie endlich stehen, Löhr!«

Die Beamten-Stentor-Stimme war fünf Meter hinter ihm. Neununddreißig, vierzig, fünfzig, einundfünfzig. Vor dem »Brauhaus Pütz« waren Stehtische aufgebaut, an denen standen die letzten Raucher. Löhr war dran, war am Ziel, packte den dem Eingang am nächsten stehenden Tisch und warf ihn hinter sich um, sprang in den schmalen Durchgang, rannte fünf, sechs Treppenstufen hinunter auf die Tür zum Kühlraum zu, in dem die Fässer lagerten, schob einen der blau bekittelten Köbesse, der davorstand, zur Seite, war drin, knallte die Tür hinter sich zu. Kein Schlüssel, dafür ein schwerer eiserner Riegel. Löhr legte ihn um. Er keuchte, musste sich auf seinen zitternden Oberschenkeln abstützen, um Luft in sich hineinzupumpen. Ein, zwei Sekunden verharrte er in dieser Stellung, starrte ins Dunkle. Dann sah er zwischen den bis zur Decke gestapelten Fässern einen Lichtfleck. Er ging darauf zu.

Das Licht fiel durch ein paar Schlitze in einer eisernen Falltür, durch die die Fässer von der Straße in den Keller gerollt wurden. Löhr zog ein leeres Fass heran, stellte sich darauf und stemmte beide Hände gegen die Tür. Sie bewegte sich nicht. Im Dunkeln tasteten seine Hände an den Rändern der Falltür entlang. Sie entdeckten zwei Riegel, schoben sie zur Seite, noch einmal stemmte er sich gegen die Tür, sie bewegte sich, er klappte sie auf, klammerte sich an den Rand der Einlassung, zog sich ein Stück hoch, seine Füße suchten nach etwas, wovon er sich abstoßen konnte, doch er baumelte im Leeren.

In dem Augenblick hörte er, wie sie gegen die Kellertür donnerten. Er versuchte, sich hochzuziehen, aber schon beim ersten Versuch war klar, dass ihm die Kraft dazu fehlte. Er ließ sich wieder auf das Fass hinunter. Hinter der Tür hörte er Stimmen und das Wort »Vierkantschlüssel«. Das war offenbar der Schlüssel, mit dem sich der Riegel von außen bewegen ließ. Im fahlen Licht, das von der Straße kam, entdeckte er noch andere leere Fässer. Er zerrte zwei heran, stellte eines davon so neben das erste, dass er das andere daraufstellen konnte wie die Spitze einer Pyramide, und gelangte darüber ins Freie.

Die Engelbertstraße war leer, die Raucher vor dem Eingang verschwunden, vom zu erwartenden Showdown ins Innere der Kneipe gelockt. Auf den Vorsprung kommt es an.

Mit Klingeln versuchte Löhr es gar nicht erst. Er hätte das ganze Haus geweckt. Wobei der Ausdruck »das ganze Haus« eine ziemliche Übertreibung war. Die Häuser in diesem Teil der Ehrenfelder Rothehausstraße besaßen ein kümmerliches Bonsai-Format, waren so schmal, dass gerade die Eingangstür und ein kleines Fenster in die Parterrefront passten, und maßen so eben mal zwei Stockwerke mit niedrigen Decken. Drei Mietparteien quetschten sich in jedes Zwergenhaus. Zum Glück wohnte Onkel Heinz auf Parterre, aber natürlich schlief er nicht zur Straße hinaus, sodass Löhr ausdauernd gegen die Fensterscheibe klopfen musste, bis er in der Tiefe der Wohnung ein trübes Licht angehen sah.

Er war mit seinem Fahrrad von der Mozartstraße nach Ehrenfeld geradelt. Ohne Licht und immer quer, abseits der Ausfallstraßen, über die er die hektischen Blaulichter eines halben Dutzends Streifenwagen huschen sah. Ein Anblick, der ihn mit einem gewissen Stolz erfüllte. Merkwürdiges Gefühl für einen Bullen. Beziehungsweise Ex-Bullen. Denn das war er wohl jetzt.

Das musste er erst mal sacken lassen. Keine leichte Sache, schließlich handelte es sich um so etwas wie eine Identität, Bulle sein oder nicht sein. Aber er machte schon Fortschritte. Denn für einen Ex-Bullen hatte er angesichts der ihn vergeblich suchenden anderen Bullen dann eigentlich doch ein gutes Gefühl. Zuerst hatte das Geräusch der herannahenden Martinshörner seinen Adrenalinspiegel noch eine ganze Weile ziemlich in der Höhe gehalten, doch das war jetzt vorbei. Er stand mit einem halben Fuß im Asyl.

Onkel Heinz öffnete die Tür und machte keinen Hehl daraus, dass er gerade an einem akuten Frohsinnsmanko litt. Was zweifellos auch daran lag, dass er Löhr nicht gleich erkannte. Daran mochten die schlechten Augen von Onkel Heinz schuld sein, möglicherweise aber auch der Rausch, den der Alte gerade dabei war auszuschlafen.

»Ich bin's. Jakob.«

»Jakob?«

»Jakob Löhr.«

»Jakob. Aha. Jetzt?«

»Besser jetzt als nie.«

»Ja, dann komm mal rein.«

Zögernd ließ der Alte ihn in die Wohnung. Er war alt geworden, seit Löhr ihn das letzte Mal gesehen hatte, die Haltung gebeugt, der Gang tattrig, obwohl es gerade anderthalb Jahre her war, dass sie sich bei der Beerdigung von Heinz' Frau Trudi, der Schwester von Löhrs Mutter, die Hand geschüttelt hatten. Sein Leben lang hatte Heinz seine Frau und ihren Ordnungs- und Sauberkeitswahn verflucht und war ihr und der gemeinsamen Wohnung ferngeblieben, so oft er nur konnte, hatte sich bevorzugt auf die Rennbahn, in Wettbüros oder Zockerkneipen wie die Germaniaschänke absentiert. Jetzt aber schien es Löhr, als habe Heinz' plötzlicher Alterungsschub vielleicht mit seinem erzwungenen Alleinsein zu tun. Das Wohnzimmer, in das der Alte ihn führte, war eine versiffte Messie-Bude, jeder Quadratzentimeter vollgestellt mit schmutzigem Geschirr und undefinierbarem Zeugs, das man normalerweise als Müll bezeichnete.

»Setz dich«, sagte Onkel Heinz.

Löhr räumte einen Jahrgang zerlesener Galoppzeitungen und ein paar Pappboxen mit verschimmelten Hamburger- und Frittenresten von einem Sessel und nahm Platz. Heinz blieb unschlüssig vor ihm stehen, zupfte abwechselnd an den Ärmeln und am Revers seines blau-lila-weiß gestreiften Schlafanzugs. Sein graues Haar war zerzaust, die früher breiten Schultern hingen herunter, und sein trüber Blick verriet, dass er mit der Situation nicht klarkam.

»Ich brauch für ein paar Nächte ein Zimmer, Onkel Heinz. Kann im Moment nicht in meine Wohnung.«

»Stress mit dä Ahl. Verstonn ich. Dat kenn ich och«, sagte Onkel Heinz, obwohl er eigentlich wissen müsste, dass Löhrs Frau sich schon vor etlichen Jahren aus der gemeinsamen Wohnung verdrückt hatte.

»Na siehst du«, sagte Löhr. »Hättest du denn vielleicht ein Zimmerchen für mich?«

»Ich hab dich lange nicht mehr in der Germaniaschänke gesehen«, murmelte Onkel Heinz, blieb vor Löhr stehen und starrte ihn an wie einen Fremden.

»Die Germaniaschänke hat vor einem Jahren dichtgemacht«, sagte Löhr. »Ein halbes Jahr nachdem Trudi gestorben ist.«

Heinz antwortete nicht gleich, überlegte, schien in seinen Erinnerungen zu kramen. »Scheiße«, sagte er schließlich, »hab ich irgendwie vergessen, dass du da nicht mehr hinkommst. Du trinkst ja nicht mehr, oder?«

Löhr stemmte sich aus dem Sessel hoch. »Was ist jetzt mit 'nem Bett? Ich müsste mich unbedingt mal aufs Ohr legen.«

»Klar, mache mer. Ävver eets nemme mer noch ene Schluck. Do sin noch e paar Fläsche Kölsch opem Iis.«

31

Die Sonne strahlte im Osten vom anderen Rheinufer herüber, die Luft war frisch, und das Rad lief wie von selbst. Ein am Morgen völlig verwandelter Onkel Heinz hatte sich seiner angenommen, hatte die Kette geschmiert, die Bremsen nachgezogen und auch den Dynamo so angeschlossen, dass das Licht vorn und hinten wieder funktionierte.

Heinz musste lange vor Löhr aufgewacht sein, der in einem Gästezimmer geschlafen hatte, das von der Vermüllung der Wohnung noch nicht ganz eingeholt war. Frisch rasiert und sowohl körperlich wie geistig wieder halbwegs der Alte, hatte er Löhr einen großen Milchkaffee ans Bett gebracht.

»Na, gut geschlafen?«, trompetete er wie eine aufgekratzte

Pensionswirtin und schien sich wohlzufühlen in dieser Rolle. Entweder war er in der Nacht tatsächlich noch betrunken gewesen, oder ihn hatte gerade ein Demenzschub erwischt. Löhr konnte sich, auch nachdem sie gemeinsam gefrühstückt hatten, noch keinen Reim darauf machen. Jedenfalls erschien ihm Onkel Heinz jetzt vollkommen alltagstauglich zu sein, und er war froh, dass er sich um ihn nicht auch noch Sorgen zu machen brauchte. Über die Gründe, weshalb er bei ihm untertauchte, ließ er Heinz im Unklaren, griff bloß dessen erste Vermutung auf und deutete an, er habe Stress mit einer Frau, eine Erklärung, die Heinz vollkommen ausreichte. Er schien sogar froh über den unerwarteten Besucher und versprach Löhr, nachdem er sich um dessen Fahrrad gekümmert hatte, sich im Laufe des Tages die Wohnung vorzunehmen: »Jetzt, wo ich endlich ens ene Grund han, e bessche opzuröme.«

Blieb man konsequent auf dem Pfad, der in Rodenkirchen am Rheinufer entlang Richtung Süden führte, kam man, nachdem man den Ruderklub und einen wie eine Schrebergartenkolonie angelegten Campingplatz hinter sich gelassen hatte, in einen Auwald. Hier teilte sich der Weg; folgte man dem dem Rhein am nächsten liegenden Pfad, geriet man immer weiter in den Auwald hinein, die Bäume wurden größer, das Unterholz höher und dichter, es wurde dunkler, die Gesänge und Schreie der Vögel bekamen einen merkwürdigen Hall, und je tiefer man in den Wald hineinfuhr, desto mehr verstärkte sich das Gefühl, man befände sich in einem Dschungel fernab der gewohnten Vegetation.

Löhr, der sich in Köln in seinem Leben kaum außerhalb der Innenstadt bewegt hatte und dem das Fahrradtouren und erst recht das dadurch zu erlangende Naturerleben zeitlebens fremd geblieben waren, war zum ersten Mal hier und beeindruckt von der seltsamen Exotik der Umgebung. Außerdem machte ihm das Fahrradfahren Spaß. Es war mit sehr viel weniger Anstrengung verbunden, als er in Erinnerung hatte, und hätte ihn nicht die Beretta, die er sich, statt das Gürtelhalfter anzulegen, am Morgen einfach in die Hosentasche gesteckt hatte, beim Treten behindert, wäre es sogar ein reines Vergnügen gewesen. Außerdem erschien ihm das Fahrrad in seiner momentanen Situation, wo er auf eine ebenso schnelle wie unauffällige Fortbewegungsweise angewiesen war, als das nahezu ideale Fahrzeug.

Der Rodenkirchener Dschungel lichtete sich, auf der linken Seite wurde der Blick auf den bei Niedrigwasser träge dümpelnden Rhein frei, rechts gab es durch Baumreihen und Hecken gesäumte Felder, dahinter zeichneten sich die Konturen von Weiß ab, eines Vorortes, den Löhr auch noch nie in seinem Leben betreten hatte. Unterhalb des jetzt dicht am Rhein entlangführenden Pfades konnte Löhr zwei am Ufer vertäute Schiffe erkennen, von denen eines offensichtlich als eine Art Hausboot benutzt wurde. Oberhalb der Schiffe gab es einen Landungssteg, an dem die Fähre festgemacht hatte, die Weiß mit dem gegenüberliegenden Vorort Zündorf verband. Fischenich stand am landwärtigen Ende des Stegs. Er war allein. Als er Löhr sah, deutete er ein Kopfnicken an und ging über den Steg auf die Fähre. Löhr lehnte das Fahrrad an einen Baum, schloss es ab und folgte ihm.

»Bemerkenswerter Anblick, Sie auf einem Fahrrad, Löhr.«

»Das ideale Fortbewegungsmittel für abgetauchte Bullen. Hoffe ich wenigstens.«

»Ich hab schon davon gehört. Ist übrigens ein Straftatbestand, sich einer richterlich angeordneten Verhaftung zu entziehen. Ich rede also mit einem Kriminellen.«

»Ist mir eine Ehre«, sagte Löhr und grinste Fischenich an. Der grinste zurück und deutete auf die Baseballkappe mit den Buchstaben »NY«, die Löhr sich neben einem abgetragenen und an den Ärmeln leicht speckigen ockerfarbenen Wildlederblouson von Onkel Heinz ausgeliehen hatte.

»Ob Sie aber mit der Tarnung weit kommen, wage ich zu bezweifeln«, sagte Fischenich.

»Ich glaub schon«, antwortete Löhr. »Jedenfalls würde keiner, der mich kennt, mir so eine Geschmacklosigkeit wie diese Kappe zutrauen.«

Sie waren die einzigen Passagiere und standen am von einem Blechdach überspannten Bug der Fähre, eines flachen kleinen

Kahns, auf dem Platz für höchstens zwanzig Personen und vielleicht ein Dutzend Fahrräder war. Der Führerstand befand sich ebenfalls unter dem Blechdach und wurde von einem grauhaarigen, struppigen Kerl undefinierbaren Alters bedient, der Löhr kurz zugenickt hatte, als er an Bord ging, und sich darauf dem Drehen einer Zigarette widmete. Als er sie sich ansteckte, warf er Löhr und Fischenich einen fragenden Blick zu. Offenbar setzte er seine Fähre je nach Bedarf in Gang.

Mit einem Handzeichen signalisierte Fischenich ihm, dass sie keine Eile hätten. Er nahm Löhr beim Arm und ging mit ihm zum offenen Heck des Bootes, wo es eine hölzerne Sitzbank gab und sie sich außerhalb der Hörweite des Fährmanns befanden. Fischenich setzte sich, und Löhr tat es ihm nach.

»Sie haben gestern am Telefon angedeutet, dass Sie was Neues haben«, sagte Löhr.

»Der Typ, den Sie im Zero erledigt haben, konnte identifiziert werden.«

»Und?«

»Keine große Überraschung. Ein Sarde – den Namen finden Sie in der Akte …« Fischenich klopfte auf eine dünne lederne Aktenmappe, die er neben sich auf die Holzbank gelegt hatte. »Der Kerl hat sein halbes Leben lang in Italien wegen Mord und Zugehörigkeit zu einer kriminellen Organisation im Knast gesessen.«

»Dafür sprach er aber ganz gut Deutsch.«

»Er hat die letzten vier Jahre in Deutschland gelebt und für seinen Bruder gearbeitet. Der betreibt schon seit acht Jahren ein Restaurant in Remscheid. Offenbar hat die Cosa Nostra oder Sacra Corona Unita oder für wen auch immer die in Italien unterwegs waren, die beiden da geparkt.«

»Und jetzt reaktiviert.«

»Vielleicht. Möglich. Jedenfalls hätte das KK11 da eine Spur gehabt, auf der sie an die Auftraggeber für die Aktion im Zero gekommen wären.«

»Hätte? Wären?«

»Der Bruder ist jetzt auch tot. Wurde gestern mit einem Loch in der Brust am Aachener Weiher gefunden.«

»Oha«, sagte Löhr. Er blickte den träge fließenden Rhein hinunter und stellte fest, dass man den Dom nicht sehen konnte, weil der Fluss hier einen Knick machte. Jetzt wurde ihm klar, warum der Teiggesichtige so einen Hass auf ihn gehabt hatte. Er hatte im Zero seinen Bruder erschossen. Durch das domlose Rheinpanorama hindurch sah er ihn vor sich, sah das Erstaunen in seiner bleichen Fresse, nachdem das Beretta-Projektil seine Herzwand durchschlagen hatte. Und noch einmal verspürte er die gleiche Genugtuung wie gestern Morgen am Aachener Weiher. Und immer noch keine Spur von einem schlechten Gewissen.

»Haben die vom KK11 schon eine Ahnung, wer ihn umgelegt hat?«, fragte er.

»Nein. Aber die werden sich vermutlich das unmittelbare Umfeld des Kerls vornehmen.«

Löhr nickte bloß und vermied es, Fischenich seine Erleichterung darüber zu zeigen, dass seine Ex-Kollegen jetzt erst einmal für eine Weile damit beschäftigt waren, in der falschen Richtung nach dem Mörder zu suchen, bevor sie den Fall dann hoffentlich ad acta legten.

Der Fährmann hatte seine Zigarette zu Ende geraucht, schnippte die Kippe in den Rhein, nickte seinen beiden Passagieren kurz zu und legte den Rückwärtsgang ein. Ein leichtes Zittern ging durch den Schiffskörper, die blecherne Landungsklappe schleifte kreischend über den Steg, dann war das Boot frei. Es stampfte einige Minuten stromaufwärts, drehte dann in einem eleganten Bogen bei und ließ sich von der Strömung flussabwärts und in Richtung aufs andere Ufer treiben.

»Das heißt aber auch«, überlegte Löhr laut, nachdem der Schiffsdiesel nicht mehr gegen den Fluss andröhnte, »dass der Fahndungsdruck dieses Umfeld in alle Winde zerstreut und es keinen mehr gibt, der uns zum Auftraggeber für die Zero-Aktion und den Mord an Sofia Fava führen könnte.«

»Genau. Das hab ich eben gemeint«, sagte Fischenich. »Aber andererseits würden die vom KK11 das sowieso nicht schaffen.«

Löhr sah ihn an. »Aber Sie?«

»Vielleicht. Jedenfalls hab ich inzwischen über die Guardia di Finanza einen Kontakt zur Direzione Investigativa Antimafia, das ist eine Spezialeinheit in Rom. Denen habe ich die Daten über die Sarden gefaxt.«

»Und? Gibt es schon eine Antwort?«

»Die Einzelheiten kommen noch. Aber das Grobe, was die Italiener jetzt sagen konnten, stimmt mit dem überein, was wir auch vermuten.«

»Wir?«

»Sie und ich natürlich. Oder denken Sie nicht auch, dass die Sarden im Auftrag von Leuten in Italien unterwegs sind, die hier ihr Schwarzgeld bunkern beziehungsweise waschen wollen?«

Löhr kam nicht zum Antworten, weil die Fähre inzwischen am anderen Rheinufer angelegt hatte und der Fährmann ihnen ein Zeichen gab, dass sie an Land gehen konnten.

»Wir bleiben an Bord«, rief Fischenich ihm zu. »Lassen Sie sich Zeit, bis andere Leute rüberwollen, dann fahren wir wieder zurück.«

Den Fährmann konnte offenbar nichts mehr überraschen. Er nickte bloß und begann, sich eine neue Zigarette zu drehen.

»Klar denke ich das auch«, beantwortete Löhr Fischenichs Frage. »Und wer in Köln Schwarzgeld waschen will, der geht zur Firma Pietsch Nachfolger und zur Saussure-Bank. Und das wäre auch alles reibungslos über die Bühne gelaufen, wenn nicht diese Sofia Fava dazwischengegrätscht wäre und einem der italienischen Schwarzgeldbesitzer den Schlüssel zu dem Schließfach bei Saussure geklaut hätte, in dem sich offenbar die Lösung eines ziemlich brisanten Geheimnisses befindet.«

»Sonst würden die nicht über Leichen gehen«, nickte Fischenich. »Aber was das Geheimnis angeht – so unvorhersehbar wird das auch nicht sein.«

Löhr sah verdutzt zu Fischenich hinüber. Aber der zuckte gelassen die Schulter.

»Das ist doch bestimmt kein Zufall, dass da dieselbe Kontonummer und dasselbe Schließfach im Spiel sind wie damals bei der geplanten Privatisierung des Gereonshofs.«

Sie kamen nicht dazu, ihr Gespräch fortzusetzen. Eine etwa zehnköpfige Truppe unternehmungslustiger und entsprechend lauter Fahrradfahrer, Männer und Frauen fortgeschrittenen

Alters in papageienfarbenen Radleroutfits, fiel über die Fähre her und verwandelte den von Fischenich so klug ausgewählten öffentlichen, aber gleichwohl diskreten Ort in eine Freizeitkirmes. Löhr rückte ein Stück von Fischenich ab und widmete sich der Beobachtung des gurgelnden Rheinwassers, durch das sich die Fähre nun wieder in Richtung des linken Flussufers schob.

32

Während er auf dem linken Rheinuferweg flussabwärts zurück in Richtung Innenstadt radelte, wurde Löhr in Erinnerung gerufen, dass Fahrradfahren nicht immer und überall ein so anstrengungsloses Vergnügen war, wie er es auf der Hinfahrt empfunden hatte. Dort hatte ihn offenbar ein sanfter Rückenwind vor sich hergetrieben, jetzt kämpfte er schwer tretend gegen einen böigen Nordwind an. Die ungewohnte Anstrengung trieb ihm den Schweiß aus den Poren. Hinzu kam, dass es auf Mittag zuging und die von Wolken ungestörte Junisonne ihre ganze Kraft zu entfalten begann. Unter dem Schirm der Baseballkappe quollen ganze Bäche von Schweiß auf seine Stirn und liefen ihm in die Augen, und im muffigen Heinz'schen Wildlederblouson kam er sich mittlerweile vor wie am Ende eines ohnehin schon viel zu langen Saunagangs.

Als er am Rheinpegel in der Altstadt angelangt war, hielt er es nicht mehr aus und entschied, dass es an der Zeit war, sich seiner Tarnkleidung zu entledigen und zu Fuß weiterzugehen. Er stieg ab, schob das Fahrrad in Richtung Alter Markt, schloss es an einen Baum, schälte sich aus dem Blouson und nahm die Kappe ab. Seine Haare wie sein Hemd waren klatschnass. Es würde eine Weile dauern, bis er sich in einen Menschen zurückverwandelt hatte, der sich in einem Lokal wie dem Luciano blicken lassen konnte. Zumindest ein frisches neues Hemd, dachte Löhr, könnte bei der Herstellung dieses Zustandes nicht schaden. Also machte er sich zu Fuß auf den Weg in die Innenstadt.

Er hielt sich etwas abseits der viel frequentierten Fußwege dorthin, ging nicht über den Heumarkt, sondern bog vorher in die Hühnergasse ein, und statt über die Obenmarspforten zu gehen, benutzte er den Aufstieg hinter dem neuen U-Bahn-Aufzug, um hinauf zum Spanischen Bau des Rathauses zu kommen. Er konnte sich zwar nicht vorstellen, dass Paluchowski die Fahndung nach ihm so weit hatte treiben können, dass normale Streifenpolizisten mit seinem Steckbrief unterwegs waren, doch ohne Tarnklamotten war es sicher besser, vorsichtig zu sein. Mit einem bisschen Umsicht und wenn er sich weder im Hotel auf der Flandrischen Straße noch in der Nähe seiner Wohnung noch im Zero blicken ließe, überlegte Löhr, könnte er sicher eine ganze Weile untergetaucht bleiben. Aber ein befriedigender Zustand war das nicht, ohne eigenes Bett, ohne seine eigenen Klamotten und ohne seinen Espresso im Zero. Als er an den dachte, fiel ihm das »Espresso Perfetto« auf der Kolumbastraße ein, das einzige Café in der ganzen Stadt, wo es, vielleicht abgesehen vom »Formula Uno« im Zugweg, einen vergleichbar guten Espresso wie im Zero gab. Also steuerte Löhr aufs Kolumbaviertel zu.

Die Vorfreude auf den Espresso musste ihm irgendwie die Sinne benebelt haben. Zu spät erkannte er, dass der Motorradfahrer, der ihm auf der Großen Budengasse entgegenkam, direkt auf ihn zuhielt. Löhr war, weil die Bürgersteige dort extrem schmal waren, auf der Straße gegangen. Das Motorrad, das vom Marspfortenweg in die Budengasse einbog, hatte er zwar wahrgenommen, doch erst als der Fahrer das Gas aufdrehte, war er richtig darauf aufmerksam geworden. Da aber war die Maschine mit dem schwarz behelmten Fahrer schon vier, fünf Meter vor ihm, bremste, hinter dem Fahrer erschien zuerst eine schwarze, kurzläufige Pistole, dann die Hand, die sie hielt, und dann, bevor er den dazugehörigen Arm des Beifahrers erkennen konnte, sah er das Mündungsfeuer, einmal, zweimal, dreimal.

Erst beim dritten Schuss, als er hinter sich das Splittern einer Schaufensterscheibe hörte, setzten Löhrs Reflexe ein, er hechtete zur Seite, landete mit der vorgestreckten Linken auf dem Bürgersteig, ließ sich abrollen, zog mit der Rechten die Beretta aus der Hosentasche, doch als er sie in Anschlag brachte, war es zu spät, das Motorrad zu weit entfernt; er sah, wie es bei Unter Goldschmied um die Ecke bog, und erkannte, dass es kein Nummernschild hatte und Fahrer wie Beifahrer Helme mit schwarzen Visieren trugen. Profis.

Löhr rappelte sich auf, steckte die Beretta zurück in die Hosentasche und registrierte jetzt erst, dass er von einem halben Dutzend Passanten, die meisten davon offensichtlich Touristen, umgeben war, die ihn, ohne die geringste Spur von Hilfsbereitschaft zu zeigen, in einer Mischung aus Neugier und Entsetzen anstarrten.

»Wir sind vom Fernsehen«, grinste Löhr. »Das war 'ne Stunt-Probe für den neuen ›Tatort‹.«

Dann humpelte er, so schnell er konnte und ohne sich nach den ihm nachgaffenden Passanten umzudrehen, weiter, drückte sich um die Ecke zum Laurenzplatz, ging von dort zurück zum Rathaus, stieg in den U-Bahn-Schacht und erwischte gerade noch die Linie 5, die ihn in dem Dilettantismus der Kölner U-Bahn-Bauer geschuldeten Schneckentempo Richtung Hauptbahnhof beförderte.

Er setzte sich nicht, sondern blieb in der Nähe des Fahrscheinautomaten stehen, um die anderen Passagiere im Blick behalten zu können. Bis auf eine Abschürfung an der linken Hand und eine allerdings ziemlich schmerzhafte Prellung an der linken Hüfte hatte er nichts abgekriegt. Der Typ auf dem Motorrad musste ein miserabler Schütze gewesen sein. Eigentlich schwer vorzustellen, dass man aus so kurzer Distanz einen Mann verfehlen konnte und statt seiner das Schaufenster hinter ihm durchlöcherte. Aber vielleicht, überlegte Löhr, während er die im Hauptbahnhof zusteigenden Menschen beobachtete, vielleicht war es ja auch Absicht gewesen, danebenzuschießen. Warum sollten die Sarden ihn töten, solange sie nicht den Stick hatten, den sie bei ihm vermuteten? Vielleicht war der Anschlag eben eher als Warnung zu verstehen, dass sie noch an ihm dran waren und ihn im Auge behielten? Von wegen der Fahndungsdruck der Bullen würde die Mafia-Typen in alle Winde zerstreuen! So leicht bekam er die nicht von den Hacken.

Langsam ging ihm das alles auf den Wecker. Ein bisschen viel auf einmal, die sardischen Killer und die Internen Ermittlungen mit einem Haftbefehl und er abgetaucht, mit einer versifften Messie-Bude als Unterschlupf. Höchste Zeit, auszusteigen und seine Unschuld an dem ganzen Scheiß zu beweisen. Was hatte er getan? Nichts, als zur falschen Zeit in seinem Stammlokal einen Espresso zu trinken.

33

Ein im Dienst verwitterter, dafür in einem blütenweißen und frisch gebügelten Hemd steckender Kellner des Luciano servierte Löhr mit größter Beiläufigkeit den Espresso, nach dem er sich seit vielen Stunden sehnte. Er hatte sich an einen Zweiertisch in den hintersten Winkel der zur Hälfte überdachten Terrasse gesetzt, sodass man ihn von der Straße nicht sehen konnte. Die Gediegenheit des Lokals mit seinen massiven dunklen Möbeln, den blendend weißen Tischdecken, den ebenso weißen, stärke-steifen Stoffservietten und seinem ehrwürdigen, durchweg aus älteren Kellnern bestehenden Personal bildete einen bemerkens-werten Kontrast zur Unaufgeräumtheit der Marzellenstraße, in der es sich befand. Vielleicht war sie vor dem Krieg einmal eine beeindruckende Straße gewesen, doch davon zeugten nur noch die von den Bomben verschont gebliebenen Fassaden des alten Marzellengymnasiums beziehungsweise des Generalvikariats so-wie die Straßenfront von St. Mariä Himmelfahrt. Alles andere an und in dieser Straße war Löhr, der in der Nähe aufgewachsen war, immer schon unordentlich und provisorisch vorgekommen, was vielleicht an ihrer Bahnhofsnähe oder der Nachbarschaft zum ewig schon schmuddeligen Eigelstein lag. Doch hier, im Halbdunkel der Restaurantterrasse, bekam er nichts von der Straße draußen mit. Das Luciano schien eine Welt für sich zu sein. Der Espresso, den sie hier servierten und den Löhr wie gewohnt in einem einzigen langen, nachschmeckenden Zug inhalierte, war dagegen von dieser Welt. Das heißt, er kam um Meilen nicht an den vom Zero heran.

Er schaute auf die Uhr, es war gerade halb zwei durch; trotz der Hindernisse, die man ihm in den Weg gelegt hatte, war er pünktlich zu seiner Verabredung mit Sofia – oder Carla? – gekommen. Er hatte das Gefühl, dass der Überfall auf ihn wie eine Art Zeitbeschleuniger wirkte, alles seitdem schien sich in rasendem Tempo abgespielt zu haben, seine U-Bahn-Fahrt zum Appellhofplatz, in dessen Nähe er sich beim nächstbesten Herrenausstatter ein neues Hemd gekauft hatte, sein Weg hierher, den er zur Hälfte wieder mit der U-Bahn zurückgelegt hatte, weil er sich im Augenblick dort sicherer fühlte als auf der Straße. Jetzt erst kam er allmählich zur Ruhe. Er schaute sich um und stellte fest, dass er der einzige Gast im hinteren Bereich der Terrasse war, die anderen – vorwiegend Geschäftsleute – bevorzugten die näher am Straßenrand stehenden Tische in der Sonne. Da Sofia sich zu verspäten schien, zog Löhr die von Fischenich gemachte Kopie der Fava-Akte aus der Einkaufstüte, die für sein neues Hemd bestimmt gewesen war. Er hatte es gleich im Laden gegen das vom Sturz verschmutzte und zerrissene Hemd ausgetauscht und den Verkäufer gebeten, es zu entsorgen. In die dafür vorgesehene Einkaufstüte hatte er seine restlichen Klamotten gestopft, Onkel Heinz' Baseballkappe und Wildlederblouson und eben die Akte.

Beim Durchblättern fand er darin nichts, was er nicht ohnehin bereits wusste, außer den Namen der sardischen Killer, aber die sagten ihm nichts. Das Einzige, was ihn wirklich an der Akte interessiert hatte, war von Fischenich nicht kopiert worden: die Fotos der toten Sofia. Löhr wusste, dass sich die Bilder sowohl vom Tatort wie von der Obduktion im Anhang einer Todesermittlungsakte befanden. Fischenich war es wahrscheinlich zu aufwendig gewesen, auch noch die Fotos zu kopieren, oder er hatte geglaubt, Löhr würden sie nicht interessieren. Unter den spärlichen Angaben, die das KK11 zu Sofia selbst gesammelt hatte, fand Löhr außer dem Fahndungsaufruf der Guardia di Finanza, den Fischenich erwähnt hatte, die Kopie ihres italienischen Passes. Demnach war sie am 29. Juni 1969 in Rom geboren und ihr Name war Sofia Maria Fava. Weiter nichts, kein Mädchenname.

Die Story, dass sie mit einem piemontesischen Grafen verheiratet gewesen war, musste also, Löhr hatte es von vornherein geahnt, gelogen gewesen sein.

»Möchten Sie jetzt vielleicht etwas bestellen?«

Der verwitterte Kellner hatte sich ihm von hinten genähert. Erschrocken schob Löhr eine Hand auf die vor ihm liegende Kopie von Sofias Pass. Er sah auf die Uhr. Sofia/Carla war bereits eine Viertelstunde zu spät.

»Ich erwarte noch jemanden«, sagte er. »Vielleicht bringen Sie mir so lange ein Mineralwasser?«

Der Kellner nickte und zog sich so lautlos, wie er gekommen war, ins Innere des Lokals zurück. Löhr packte die Blätter vor sich zusammen und steckte sie zurück in die Einkaufstüte. Beim Durchblättern der Akte war ihm klar geworden, dass er sehr viel tiefer in der Geschichte steckte, als er bisher geglaubt hatte. Er hatte nicht nur zur falschen Zeit am falschen Ort gesessen und war dadurch unfreiwillig und unschuldig in die Sache hineingeschlittert. Eigentlich war er vom ersten Augenblick an zum Akteur geworden, freiwillig, aktiv und alles andere als unschuldig. Er hatte zwei Menschen umgebracht. Den ersten in Notwehr, den zweiten absichtlich, als selbstgerechter Richter und Killer, in planvoller Selbstjustiz. Auch wenn man ihn deshalb sehr wahrscheinlich nie belangen würde – nicht nur die Tat, sondern vor allem die Tatsache, dass er deswegen nicht den Anflug moralischer Skrupel empfand, machte ihn zu einem Außenseiter. So fühlte er sich nicht nur. Der war er jetzt auch tatsächlich, ein Outlaw. Gejagt, untergetaucht. Und das Irre an der Situation war, dass er es nur als Outlaw schaffen konnte, sich da wieder rauszuboxen. Einen anderen Weg zurück gab es nicht. Aber zurück? Zurück wohin?

»Herr Löhr?«

Löhrs Rechte fuhr in die Hosentasche und umfasste den hölzernen Griff der Beretta.

»Sind Sie Herr Löhr?«

Löhr nickte.

Der Kellner wies ins Innere des Lokals. »Telefon für Sie. Der Apparat steht auf dem Tresen.«

Löhr nickte noch einmal, stand auf und trat durch die geöffnete Flügeltür, bemerkte auf dem Weg durch das Lokal, dass es fast leer war, nur an einem in der Tiefe des Speisesaals gelegenen Tisch tafelte eine Runde von Krawattenträgern. Der Hörer des altmodischen Apparats lag auf dem matt lackierten Mahagonitresen.

»Es tut mir wirklich leid, aber ich bin aufgehalten worden, bin ziemlich fertig und schaffe es nicht mehr ...« Sofia/Carlas Stimme klang piepsig, aber irgendwie überzeugend ehrlich.

»Verstehe«, sagte Löhr und stellte sich vor, dass die Leichenschau, bei der sie am Morgen gewesen war, für zarte Gemüter eine Herausforderung gewesen sein musste. »Das ist kein Problem.«

»Sie sind mir nicht böse?«

»Nein, bin ich nicht.«

»Können wir uns dann vielleicht am Abend sehen?«

»Ich hab noch nichts weiter vor.«

»Sollen wir uns wieder in diesem Restaurant treffen, das Sie vorgeschlagen haben?«

»Nein, besser nicht«, sagte Löhr. Sein Standort am Tresen hatte ihm den Blick auf den einzig besetzten Tisch ermöglicht. Und er hatte, während er telefonierte, beobachten können, wer an diesem Tisch saß.

»Ich hole Sie in Ihrem Hotel ab, wenn Sie nichts dagegen haben. So gegen acht?«

»Einverstanden.« Der Hauch, der mit diesem Wort durch die Telefonleitung zu Löhr hinüberwehte, kräuselte auch das winzigste seiner Nackenhaare.

34

Beim Hinausgehen warf er noch einmal einen diskreten Blick zur Tischrunde hinüber, um sich zu vergewissern, ob er richtig gesehen hatte, wer da mit hochgekrempelten weißen Hemdsärmeln über leere oder halb leere Teller hinweg zu einem offensichtlich schwierigen Thema die Köpfe zusammensteckte. Die Gesichter waren angespannt, es wurde wild gestikuliert. Doch ein Irrtum war ausgeschlossen. Die Runde dominierte niemand anders als Gottfried Klenk, ehemaliger allmächtiger und allwissender Fraktionsvorsitzender der CDU-Rathausfraktion, gescheiterter Bundestagsabgeordneter, jetzt seit vielen Jahren aus dem offiziellen politischen Alltagsgeschäft retirierter, dafür aber sämtliche krummen Geschäfte zwischen Investoren und der Stadt einfädelnder und betreuender Rechtsanwalt und seit nun fast einem Jahr schon Nachfolger von Heinz Pietsch, dem tragisch verstorbenen Fondsmanager, der der absolute Meister dieses Geschäfts gewesen war.

Dass Klenk im Luciano Arbeitsessen abhielt, war stadtbekannt und deswegen auch für Löhr keine Sensation. Aus den Socken gehauen hatte ihn aber, als er gleich neben Klenk jemand anderen im Kreis der ihm ansonsten unbekannten Tafelrunde entdeckt hatte. Es war niemand anders als sein Vetter Waldemar; Waldemar, den er vor ein paar Tagen wegen einer Putzfrau versucht hatte anzurufen, der Vetter, dessen Frau Chloé wenig später die Dreistigkeit besaß, Löhr damit beauftragen zu wollen, ihrem Mann wegen irgendeiner Affäre hinterherzuspionieren wie ein billiger kleiner Privatdetektiv. Er erinnerte sich daran, dass sie ihm Waldemars Visitenkarte mit dem Namen der Firma, für die er arbeitete, gegeben hatte. Er hatte nicht genau draufgeschaut und sie einfach eingesteckt. Wäre jetzt wirklich interessant zu wissen, für wen Waldemar arbeitete. Aber die Visitenkarte steckte in der Tasche des Jacketts, das in Onkel Heinz' Bude in Ehrenfeld hing und das Löhr am Morgen aus Tarnungsgründen gegen dessen schmuddeligen Wildlederblouson ausgetauscht hatte.

Da er ohnehin am Abend bei Sofia/Carla nicht wie ein Penner aufzutauchen beabsichtigte, schlug Löhr von der Marzellenstraße aus den Weg zum Hauptbahnhof ein, wo er in eine Bahn nach Ehrenfeld steigen konnte. Er wählte den Weg über den Breslauer Platz, denn auf dem Bahnhofsvorplatz, zu dem man vom Luciano aus eigentlich sehr viel schneller gelangen konnte, wäre er sich wie auf dem Präsentierteller vorgekommen. Er zog die Baseballkappe aus der Einkaufstüte und stülpte sie sich über. Den Blouson ließ er drin, er schwitzte ohnehin schon wieder; das eben gekaufte Hemd war so nass, als wäre er damit unter der Dusche gewesen.

Während er beim Gehen überlegte, ob eines von Onkel Heinz' Hemden in einem einigermaßen passablen Zustand war, fiel ihm ein, dass wohl auch sein Jackett nach der nächtlichen Exkursion in den Bierkeller des Brauhaus Pütz in keinem sonderlich vorzeigbaren Zustand mehr war. Und als er daran dachte, fiel ihm ein, dass es doch noch ein anderes, sein Lieblingsjackett gab, das, was er sich am Montag bei der Schießerei im Zero versaut und was Olga, die Frau, die ihm die Wohnung aufräumte, zur Reinigung gebracht hatte.

Am Hauptbahnhof nahm er zwar die Linie 4 nach Ehrenfeld, stieg aber schon am Friesenplatz aus, um bei der Wäscherei auf der Brüsseler Straße vorbeizugehen.

»Da haben Sie aber Glück, Herr Löhr! 'ne Sekunde später hätten wir die Rollläden runtergelassen.«

»Wieso? Es ist doch noch keine fünf.«

»Aber Samstag, Herr Kommissar! Samstag machen wir immer schon um vier zu. Ich meine – irgendwann muss doch auch mal Feierabend sein, oder? Aber jetzt sind Sie ja schon mal da ...«

Die Inhaberin der Wäscherei war eine zierliche, fast dünne blonde Frau, die das Geschäft zusammen mit ihrem Mann von dessen Eltern übernommen hatte. Beide arbeiteten morgens als Briefträger und standen dann für den Rest des Tages hinter der Mangel oder am Bügelbrett.

»Jemand hat vor ein paar Tagen für mich ein Jackett in die Reinigung gegeben«, sagte Löhr.

»Haben Sie den Abholzettel?«

»Hab ich leider nicht dabei.«

Die dünne blonde Frau zog mit gespielter Dramatik die Augenbrauen hoch, lächelte dann aber: »Gut, dass wir uns schon so lange kennen ...« Sie drehte sich zu einem Ständer um, an dem in durchsichtige Plastikfolie verpackte Kleidungsstücke hingen, fischte nach ein paar Augenblicken Löhrs Jackett heraus und hielt es ihm hin.

»Bezahlt ist ja schon.«

»Wär es ein Problem, wenn Sie das Plastikzeugs entsorgen könnten?«, fragte Löhr.

»Kommt nach Feierabend und dann auch noch Extrawürste!« Sie grinste Löhr an, hob das Jackett an einem Drahtbügel aus der Plastikfolie und wollte es ihm gerade über den Tresen reichen, als ihr ein mit einer Sicherheitsnadel am Revers befestigtes Briefchen aus Pappe auffiel. Sie nahm es ab und begann es zu öffnen.

»Da ist irgendwas mit dem Jackett. Vielleicht ist nicht alles sauber geworden. Normal schreiben die dann aber nur einen Zettel …«

Sie hatte das Briefchen geöffnet, zog dessen Inhalt heraus und gab ihn Löhr.

»Ach so, das haben Sie dann wohl in der Tasche vergessen.« Löhr hielt einen blauen USB-Stick in der Hand.

35

»Jakob! Seit zwei Tagen warte ich im Zero auf dich. Ich dachte schon, du wärst abgetaucht.«

»Bin ich auch«, sagte Löhr.

Hubert Lantos, in Hawaiihemd und Bermudashorts wie immer, ließ hinter ihm die Tür ins Schloss fallen und führte ihn über einen winzigen Flur in sein Büro. Es bestand aus einem kleinen Raum, der vollständig mit Monitoren zugestellt war, selbst an den Wänden hingen Bildschirme; alle waren angeschaltet, und auf allen konnte man ähnliche blau-grüne Grafiken, Diagramme und Kurven sehen. Es gab keinen Tisch, keine Stühle, nur einen einzigen Bürosessel, der vor einem ebenfalls mit Monitoren bepflasterten und von Papierstößen überladenen Schreibtisch stand.

»Wie meinst du das?« Lantos runzelte die Stirn und schien ehrlich besorgt.

»Erzähl ich dir später.«

Löhr ging zum Fenster des auf dem zweiten Stock liegenden Zimmers, stellte sich seitlich so, dass er von unten nicht gesehen werden konnte, und schaute auf die Engelbertstraße hinunter.

»Keine Angst«, sagte er zu Lantos. »Ich bin eigentlich ziemlich sicher, dass mir keiner gefolgt ist.«

Auf dem Weg von der Wäscherei zu Lantos' Büro hatte er sich tatsächlich mehrfach vergewissert, dass er nicht beschattet wurde. Jetzt, wo er klüger war, hätte er sich dafür treten können, dass er solche Vorsicht versäumt hatte, nachdem er in der Altstadt sein Fahrrad abgestellt und sich seiner Tarnung entledigt hatte. Ungefähr zwanzig Minuten war er gut identifizierbar durch die Stadt gelaufen. Vielleicht hatten sie ihn aber auch schon bei seiner Fahrradtour beschattet. Oder ihn über sein Handy geortet. Obwohl das eher unwahrscheinlich war, denn mit dem alten Handy aus seiner Büroschublade und der neuen Prepaidkarte hatte er außer mit Fischenich nur mit dem KK11 und Chloé, der Frau seines Vetters Waldemar, telefoniert, und es war eigentlich auszuschließen, dass die Sarden darüber an seine Handydaten gekommen waren.

»So hab ich dich noch nie erlebt.« Lantos sah Löhr an, als hätte der ihm gerade eine Lungenkrebsdiagnose mitgeteilt. »Willst du dich nicht setzen?« Er deutete auf seinen Bürosessel.

»Ist schon okay.« Löhr lehnte sich an die Wand neben dem Fenster. »Gibt keinen Grund, mich so mitleidig anzugucken.«

Er zog den blauen Stick aus der Tasche seines gereinigten Jacketts und zeigte ihn Lantos.

»Wow! Wie bist du da rangekommen?«

»Ich brauchte nur zur Reinigung zu gehen, wo ich mein Jackett hingebracht hatte, nachdem ich es mir bei der Ballerei am Montag im Zero versaut hab.«

Lantos sah eine Weile schweigend auf den Stick, überlegte, dann hatte er begriffen. »Diese Frau, Sofia, die ihn geklaut hat, hat ihn dir in die Jackentasche gesteckt, bevor sie abgehauen ist.«

»Genau«, nickte Löhr. »Zuerst hau ich sie da aus der Scheiße,

krieg ordentlich Prügel, lege einen Mann um – und als Danke-
schön steckt sie mir das verfluchte Teil in die Tasche und hetzt
mir damit die Sarden-Meute auf den Hals.«

»Besser du als sie, hat sie sich wohl gedacht.« Lantos sah über
Löhrs Kopf hinweg ins Irgendwo, als könne er sich in die Ge-
danken Sofias hineinversetzen. »Eigentlich doch 'ne clevere Idee.
Sie brauchte ihn anschließend nur bei dir abzuholen.«

»Das wäre 'ne clevere Idee gewesen, wenn ich denn an dem
Abend, an dem sie mich zu sich bestellt hat, das richtige Sakko
angehabt hätte«, murmelte Löhr grimmig, und ihm fiel Sofias
enttäuschte Miene ein, als er am Dienstagabend in der Pension
aufgetaucht war. Dann dachte er an die Kinderwagenfrau auf dem
Rathenauplatz und an den Typen, den er erschießen musste, um
zu verhindern, dass der wahllos noch einen weiteren Menschen
tötete, um von ihm den Stick zu erpressen. Und er kam zu dem
Schluss, dass es eigentlich eine ziemliche Scheiß-Idee von Sofia
gewesen war, den Stick bei ihm zu verstecken. Für ihn, für die
Kinderwagenfrau und am Ende auch für Sofia selbst. Wäre sie
nicht auf die Idee gekommen, würde sie vielleicht noch leben.
Laut sagte er: »Warum bloß war der für sie so wichtig, der ver-
dammte Stick?«

Lantos zuckte seine breiten Schultern. »Nicht nur für sie.
Auch für die, die hinter ihr her waren. Es geht um das Schließfach.«

»Worauf warten wir?«, sagte Löhr und reichte Lantos den
USB-Stick. Doch der zögerte, ihn zu nehmen.

»Wovor hast du Angst?«, fragte Löhr.

»Angst? Ja, vielleicht hab ich Angst. Angst, in eine Geschichte
reingezogen zu werden, die jetzt schon aus dem Ruder gelaufen
ist, und wenn man weiter drin rumrührt, mit Sicherheit richtig
stinkig wird.«

»*Reingezogen?*«, sagte Löhr. »Du wirst da nirgendwo reingezogen, Hubert! Vielleicht erinnerst du dich, dass du von vornherein
drin warst in der Geschichte. Ohne dich hätte es die gar nicht
gegeben. Sofia wollte wegen des Schließfachs zu *dir*. Und du
hast *gewusst*, um was es geht!«

»Ich wusste nur, was es mit der alten Kontonummer auf sich

hatte. Was jetzt damit los ist, da hab ich keinen Schimmer von. Ich hab's dir erklärt.«

Lantos hob abwehrend die Hände. Doch in Löhr wuchs der Zweifel an der Aufrichtigkeit seines Freundes. Deshalb entschloss er sich, ihm nicht zu sagen, dass er bereits wusste, welches Projekt sich hinter der alten Kontonummer verbarg. Und in dem Augenblick, wo er sich dazu entschloss, wurde ihm zum ersten Mal bewusst, dass Hubert Lantos vor dreizehn Jahren ziemlich tief in die Geschichte des gescheiterten Verkaufs des Gereonshofs verwickelt gewesen sein musste. Ihm fiel Lantos' Reaktion ein, als er ihn einen Tag nach der Ballerei im Zero auf Sofia ansprach. Er hatte Angst gehabt. Und er hatte Löhr geraten, die Finger von der Sache zu lassen, weil er es dabei mit Leuten zu tun kriegen würde, denen er nicht gewachsen war.

Sie sahen sich schweigend an. Lantos musste ahnen, was in Löhr vorging. Er rieb sich mit Daumen und Zeigefinger die Nase, blickte zu Boden, nickte langsam, nahm die Hand von der Nase und streckte sie nach dem Stick aus, den Löhr ihm immer noch entgegenhielt.

»Okay, du hast recht. Dann schauen wir mal, was drinsteckt in der Wundertüte.«

36

Es war schon sieben Uhr am Abend, und die Hitze lief gerade erst zu großer Form auf. Die Luft hatte die Temperatur wie in einem voll aufgedrehten Backofen erreicht. Einem ohne Umluft. Zitternd stand sie über dem schmelzenden Asphalt. Keine Zirkulation. Aber wenn die Luft sich nicht bewegte, wie konnte es da kommen, dass jede Dönerbude schon zwanzig Meter im Voraus stank? Nach vierzig Metern kannte Löhr die Lösung: weil es hier immer und überall nach Dönerbude stank. Er musste von der Engelbertstraße ein Stück über die Zülpicher Straße gehen, der Hauptstraße des Viertels, das sich

»Quartier Latin« nannte, um die Tatsache zu vertuschen, dass es sich von einem Studentenquartier in einen riesigen Dönerladen verwandelt hatte.

Obwohl seine Haare schon nach wenigen Metern im Freien unter der NY-Baseballkappe klatschnass waren, zog er die Kappe tiefer in die Stirn. Mehr Tarnung war bei der Hitze nicht drin. Onkel Heinz' Lederblouson hatte er in Lantos' Büro gelassen. Lantos wollte ihn um elf mitbringen, wenn sie sich vor der Saussure-Bank treffen würden. Es wäre irgendwie unpassend, bei Carla (oder Sofia?) mit einem so unappetitlichen und dazu noch überflüssigen Kleidungsstück aufzukreuzen. Schließlich trug er sein frisch gereinigtes Lieblingsjackett.

Nach hundertfünfzig Metern hatte er das Viertel hinter sich, überquerte hinter dem Zülpicher Platz den Hohenstaufenring und ging dann auf den kleinen Straßen des Griechenviertels Richtung Rhein, um dort sein Fahrrad abzuholen. Fahrrad zu fahren, erschien ihm in seiner augenblicklichen Situation die sicherste Art der Fortbewegung.

Er spürte sich im Aufwind. Jetzt, mit dem Stick und dem Zugang zum Schließfach in der Saussure-Bank, gab es eine Chance. Wenn er es schaffte, den Inhalt des Schließfachs sofort in ein sicheres Verwahr zu übergeben. Natürlich konnte er mit Lantos auch bloß schauen, was drin war. Dann waren sie schlauer, aber noch lange nicht aus der Schusslinie. Außer vielleicht, sie übergaben den Schlüssel, den USB-Stick also, seinem Besitzer. Aber wer war dieser Besitzer? Die Sarden waren nur dazu da, ihn wiederzubeschaffen. Einem von ihnen den Stick zu geben, als wäre weiter nichts gewesen, kam absolut nicht in Frage.

Also Urbanczyk. Was natürlich nur funktionieren konnte, wenn der Staatsanwalt im Schließfachinhalt Anlass für die Einleitung von Ermittlungen sah. Woran es für Löhr, nach allem, was bisher geschehen war, keinen Zweifel gab. Das Einschalten Urbanczyks würde ihm nicht nur Ruhe vor den Sarden verschaffen, sondern auch die Möglichkeit eröffnen, den Mist, den der andere Staatsanwalt, der verfluchte Paluchowski, ihm eingebrockt hatte, wegzuräumen. Wenn der Inhalt des Schließfachs in Urbanczyks Augen brisant genug war, hatte er als Oberstaatsanwalt die Möglichkeit, darüber auch den noch bei Paluchowski liegenden Komplex Café Zero an sich zu ziehen und die lächerlichen Beschuldigungen, vor allem den Haftbefehl, gegen Löhr fallen zu lassen.

Das Klingeln seines Handys riss Löhr aus seinem Grübeln. Es war Fischenich.

»Ich bin eben mal im Büro vorbeigefahren. Da lag eine interessante Neuigkeit.«

»Es muss Sie ja gepackt haben, dass Sie auch noch samstags ins Büro gehen«, antwortete Löhr, während er, wie auf dem ganzen Weg bisher, weiter aufmerksam seine Umgebung im Auge behielt. Aber diese Umgebung hier war menschenleer. Im Viertel um St. Peter, das Löhr gerade durchquerte, wohnte niemand mehr. Ein siebenstöckiger Büroblock stieß raumgreifend an den anderen. Und dort arbeitete, anders als Fischenich, niemand am Wochenende.

»Nun ja, ist ja auch eine brisante Geschichte, die Sie mir da aufgehalst haben.«

»Aufgehalst? Ich dachte, wir kooperieren?«

»Bleiben Sie cool, Löhr. Sie wissen, dass es mich genauso interessiert wie Sie. Die Neuigkeit jedenfalls ist, dass es jetzt vielleicht doch ein bisschen mehr Material über diese Sofia Fava gibt. Nichts richtig Handgreifliches, eigentlich nur ein indirekter Hinweis.«

»Besser als nichts.«

»Ich hatte der Direzione Investigativa Antimafia ein Foto der Fava mit deren Daten geschickt. An dem Antwort-Fax hing das Verhörprotokoll eines Verdächtigen dran. Der Typ, ein Anwalt aus Salerno, sitzt in U-Haft, weil er im Verdacht steht, für seine Auftraggeber unversteuertes Geld von Italien nach Deutschland zu schleusen. Sie haben in seiner Wohnung zweihundert Millionen Euro gefunden. In bar.«

»Wow!«, sagte Löhr, während er die Nord-Süd-Fahrt überquerte, dann aber den Weg zum Rhein statt über die Cäcilienstraße über die Sternengasse einschlug, um sich abseits der Hauptverkehrswege zu halten.

»Er hat sich damit rauszureden und straffrei zu halten versucht, dass er das Geld nur in Verwahrung genommen hat. Das Dumme war bloß, dass er darüber Buch geführt hat. Womit sie ihn aber immer noch nicht hätten drankriegen können. Sein Pech war, dass seine Buchführung ein Minus aufweist, bloß zwei schlappe Millionen. Und genau damit wäre er dran.«

»Ich verstehe nichts.«

»Schwarzgeldwäsche können sie ihm nicht nachweisen. Das Geld ist ja noch da. Dafür aber Unterschlagung. Verstehen Sie jetzt?«

»Wem soll er es dann unterschlagen haben? Die Herkunft des Geldes ist doch nicht geklärt.«

»Das ist völlig egal. Wenn er sagt, er hat es für Dritte in Verwahrung genommen, und es fehlen zwei Millionen, ist er wegen Unterschlagung dran. Das ist die Daumenschraube, die sie ihm anlegen. Dafür könnten sie ihn fünf Jahre einlochen.«

»Und jetzt, schätze ich, kommt Sofia Fava ins Spiel.«

»Wusste ich doch, Sie sind ein Fuchs, Löhr! – Er beschuldigt sie, sich an ihn rangemacht und ihn um die zwei Millionen erleichtert zu haben.«

»Interessant«, sagte Löhr.

»Die Sache hat nur einen kleinen Haken …«

»Ich dachte es mir.«

»Sie konnten nur das Foto, das ich denen geschickt habe, identifizieren.«

»Und das heißt?«

»Dass das Foto zwar zu der Frau passt, die dem Mafia-Anwalt angeblich das Geld geklaut hat, nicht aber der Name.«

»Sie heißt nicht Sofia Fava?«

»Nein.«

»Sondern?«

»Das war kein einfacher Name …«

Löhr konnte hören, wie Fischenich in Papieren blätterte.

»Carla Sciascia. Sagt der Ihnen was? Soll ich buchstabieren?«

37

Sie saß sehr aufrecht und schaute ihn ernst und aufmerksam, fast forschend an. Sie schien eine Vorliebe für Spitze zu haben, denn das tief ausgeschnittene dunkelblaue Cocktailkleid, das sie heute trug, bestand bis auf die Spaghettiträger aus Spitze. Ihre Hände hatte sie nebeneinander vor sich auf den Tisch gelegt, sodass die Fingerspitzen Richtung Löhr zeigten. Es waren sehr gepflegte Hände, die Fingernägel klein und rund, nur ganz leicht, mit einem fast durchsichtigen Rosa lackiert. Sie trug keinen Ring. Dann lächelte sie.

»Was möchten Sie trinken? Ich lade Sie ein – dafür, dass ich Sie heute Mittag habe sitzen lassen.«

»Sie haben mich nicht wirklich sitzen gelassen. In der Viertelstunde, die ich gewartet habe, bevor Sie anriefen, bin ich mit reichlich Vorfreude entschädigt worden.«

»Sind Sie immer so charmant?«

»Nein.«

Löhr sah in ihre Augen, die Iris war braun, ein helles Braun, das an den Rändern in ein leuchtendes Grün überging. Er versuchte, sich an die Augenfarbe Sofias zu erinnern; er hatte ihr lange in die Augen gesehen, als sie miteinander schliefen. Aber er erinnerte sich nicht mehr an deren Farbe. Genauso wenig, wie er sich an ihre Hände erinnerte. Waren es die gleichen Hände wie die, die vor ihm auf dem Tisch lagen? Ringlos? Hatten sie die gleichen kleinen runden Fingernägel?

Dieselbe mürrische junge Kellnerin, die ihn gestern Nachmittag hier im Café Schmitz schon bedient hatte, schlurfte an ihren Tisch, machte sich allerdings nicht die Mühe, sie zu fragen, sondern sah sie nur auffordernd an.

»Also?« Carla/Sofia sah Löhr an.

»Ich nehme einen irischen Whiskey«, sagte er.

Im gleichen Augenblick entschloss er sich, die Frau, die ihm gegenübersaß, so lange für Carla und nicht mehr für Sofia zu halten, bis er unter ihrer rechten Brust das Muttermal entdeckt hatte.

»Ohne Eis«, setzte er hinzu.

»Und ich einen trockenen weißen Martini – mit Eis«, sagte Carla.

Ohne die Bestellung zu bestätigen, ging die Kellnerin ab. Mit dieser Unfreundlichkeit hatte sie endgültig Löhrs Herz erobert. Zumindest den Platz darin, der für Kellnerinnen und Kellner reserviert war. Der Concierge im Hotel Coellner Hof dagegen hatte sich auch diesmal, als Löhr ihm den Auftrag gab, ihn mit Signora Sciascia zu verbinden, immer noch keinen Platz darin reservieren können.

»Irischer Whiskey?«, fragte Carla.

»Der ist sanfter als die schottischen Whiskys«, antwortete Löhr, betonte dabei das Wort »sanfter« und legte, als er es aussprach, seine Rechte auf Carlas immer noch vor ihm flach auf dem Tisch liegende linke Hand. Mit nur einem ganz leichten Anflug von Erstaunen sah sie auf seine Hand hinunter, dann lächelte sie. Statt ihre Hand zurückzuziehen, machte sie damit eine winzige Bewegung, mit der sie ihre in die Wölbung seiner Hand schmiegte. Es war eine Bewegung, die sich über die Innenfläche seiner Hand in den ganzen Körper fortsetzte und irgendwo in dessen Inneren eine anhaltende Vibration in Gang setzte. Doch dann zog sie ihre Hand sanft zurück, ließ sie aber auf dem Tisch liegen.

»Ich habe mit Ihrer Schwester geschlafen«, sagte Löhr.

»Und darum glauben Sie, weil ich so aussehe wie sie, könnten Sie …?«

»Nein, natürlich nicht. – Aber ich kann im Augenblick tatsächlich nicht zwischen Ihrer und der Attraktivität Sofias unterscheiden.«

Sie antwortete nicht, sah ihn nur weiter aufmerksam und, wie Löhr glaubte, abwägend an, und da sie nicht aufhörte zu lächeln, rechnete er sich aus, dass diese Abwägung im Augenblick nicht ganz zu seinen Ungunsten verlief.

»Wobei«, fuhr er fort, zögerte dann kurz und machte eine unschlüssige Geste, »wobei meine Gefühle sowohl Sofia wie Ihnen gegenüber nicht ganz eindeutig sind.«

»Ach?« Sie hob leicht die Augenbrauen und zog ihre beiden Hände ein Stück zurück, behielt sie aber nach wie vor auf dem Tisch.

»Sofia hat mich, wenn man den altmodischen Ausdruck verwenden will, verführt. Und zwar, weil sie etwas von mir wollte.«

»Ist das nicht der Zweck jeder Verführung?«

»In dem Fall ging es um einen kleinen blauen Gegenstand, den sie bei unserer ersten Begegnung in meiner Jacketttasche versteckt hatte. Sie hatte gehofft, dass ich das nicht bemerkt hatte und bei unserer zweiten Begegnung dasselbe Jackett tragen würde. Was ich aber nicht tat.«

»Verstehe. Sie glauben, sie wollte Sie in sich verliebt machen, um sich bei einer späteren Gelegenheit diesen kleinen blauen Gegenstand wiederbeschaffen zu können.«

»Es war kühle, um nicht zu sagen eiskalte Berechnung.«

»Und trotzdem …?«

Die Kellnerin brachte ihre Getränke, stellte sie wortlos vor sie hin und verschwand wieder.

»Und trotzdem hat sie mich überwältigt, ja«, beantwortete Löhr Carlas noch in der Luft hängende Frage. »Ziemlich überwältigt sogar.«

Carla sah Löhr aufmerksam in die Augen. In ihr Lächeln geriet eine spöttische Note.

»Und da sagt man immer, nur Frauen hätten widersprüchliche Gefühle.«

»Bei Frauen kommt das daher, dass es zwischen dem emotionalen und dem rationalen Zentrum in ihrem Gehirn mehr als hundert Verbindungen gibt. Da macht der Verstand eben häufiger einen Knoten in die Gefühle.«

»Und bei Männern ist das anders?«

»Bei denen gibt es so gut wie keine Verbindung zwischen Gefühl und Verstand. Genauer: bloß drei!«

Carla lachte so laut auf, dass sich ein paar Gäste an den Nebentischen nach ihnen umschauten. Sie legte sich eine Hand auf den Mund, schüttelte kichernd den Kopf und zwinkerte Löhr zu.

»Sagen Sie bloß, Sie glauben diesen Blödsinn?«

»Das stammt aus einer wissenschaftlichen Untersuchung. Ist trotzdem wahrscheinlich Quatsch. Aber immerhin eine

Annahme, von der aus man ganz gut über den Unterschied zwischen Männern und Frauen spekulieren kann.«

Sie schüttelte immer noch den Kopf, zog ihr Martiniglas zu sich und nahm einen kleinen Schluck. Auch Löhr nippte an seinem Glas.

»Aber wie erklären Sie sich dann, dass Sie als Mann zu so widersprüchlichen Gefühlen imstande sind?«

»Keine Ahnung«, sagte Löhr. »Vielleicht fühle ich in dem Punkt wie eine Frau? Wahrscheinlich habe ich aber eher gerade eine von den drei Verbindungen zwischen Gefühl und Verstand erwischt.«

Wieder lachte Carla, diesmal nicht laut, sondern glucksend in sich hinein. Sie legte die Hand, mit der sie das Martiniglas geführt hatte, daneben und schob sie ein paar Millimeter in Richtung Löhr über den Tisch.

»Mit ›in dem Punkt‹ meinten Sie Sofia?«

»Ja.«

Sie hatte das Zögern in seiner Stimme bemerkt. »Und möglicherweise, wie Sie bereits andeuteten, auch mich?«

»Ja«, sagte Löhr, nahm ihr Angebot an und legte nun entschlossen seine über ihre Hand. »Zumindest misstraue ich Ihnen genauso, wie ich Sofia misstraut habe.«

38

Um wieder zu Atem zu kommen, hatte er sich nicht von ihr gelöst, sondern hielt sie eng in seinem Arm; mit der anderen Hand streichelte er sanft abwechselnd ihre Brüste und ihren Bauch, was ihr zu gefallen schien. Sie gab einen weichen dunklen Brummton von sich, ahmte das Schnurren einer Katze nach, schmiegte sich in seine Umarmung und passte sich dem Auf und Ab seiner allmählich flacher werdenden Atmung an. Als gehorchte sie einem Magneten, zog es Löhrs Linke immer wieder zu der Stelle unter ihrer rechten Brust, wo bei Sofia ein Muttermal gewesen war. Es existierte nicht mehr.

Bei Sofia, weil sich ein Pathologe genau diese Stelle ausgesucht hatte, um eine Nadel in sie hineinzustechen. Bei Carla, weil sie dort vermutlich nie ein Muttermal gehabt hatte. Für einen Augenblick sah er durch Carlas nackten Körper hindurch Sofias Leichnam vor sich. Ihm wurde schlecht. Er schloss die Augen, atmete tief. Als er sie wieder öffnete, war der Übelkeitsanfall vorüber, und er sah nur noch Carla. Carla also.

»Für einen so misstrauischen Mann hast du dich aber ganz schön ins Zeug gelegt.« Sie hatte aufgehört zu schnurren; in ihrer Stimme klang die zum Inhalt ihrer Frage passende Herausforderung mit.

»Irgendwie ist bei mir wahrscheinlich die Verbindung zwischen Gefühl und Verstand vorübergehend ganz gekappt. Anders kann ich mir das nicht erklären.«

»Und ich vögle natürlich aus kalter Berechnung mit dir.«

»Anzunehmen, oder nicht?«

Sein Blick war, während sie sprachen, gegen die Decke des Hotelzimmers gerichtet gewesen und dem golden geränderten Stuckband an deren Rändern gefolgt. Jetzt sah er sie an, und sie sah ihn an. Aus ihrem Lächeln war nichts weiter zu schließen als freundliche, ja sogar zärtliche Zugewandtheit.

»Ich bin nicht Sofia«, sagte sie.

»Ich weiß.«

Sie schwieg. Ihr Lächeln fror langsam ein. Sie dachte nach. Nach einer ganzen Weile, ihrer beider Atem hatte jeweils längst wieder seinen normalen Rhythmus aufgenommen, sagte sie:

»Es stimmt. Ich habe nicht ganz die Wahrheit gesagt.«

»Ach?«

»Sofia und ich hatten doch mehr miteinander zu tun, als ich dir gestern erzählt habe. Wir waren ziemlich oft zusammen in der letzten Zeit, ihr ging es nicht sehr gut, und ich fühlte mich verpflichtet, mich um sie zu kümmern.«

»Ich hatte nicht den Eindruck, dass sie irgendwie krank war.«

»Sie war auch nicht krank. Nicht krank im physischen Sinne. Sie steckte in anderen Schwierigkeiten.«

»Und welchen?«

»Ach, eine verkorkste Ehegeschichte. Ihr Mann war dahintergekommen, dass sie eine Affäre mit einem Jüngeren hatte. Daraufhin schmiss er sie raus, ließ ihr Bankkonto sperren, das Übliche eben. Ich hab sie bei mir wohnen lassen, hab versucht, ihr einen Job zu besorgen …«

»Rührend.«

Löhr merkte, wie sie sich in seinen Armen versteifte.

»Du glaubst mir nicht?«

»Kein Wort. Das ist das gleiche Märchen, das sie mir auch aufzubinden versucht hat.«

»Und du kennst die wahre Geschichte?«

Sie drehte sich aus seiner Umarmung, rückte von ihm ab, zog das Bettlaken über ihre Brust und beobachtete ihn aus der Distanz, wachsam und misstrauisch.

Löhr, der ohne Bettlaken jetzt nackt auf dem Bett lag, hob die Schultern. »Ich wünschte, ich würde sie kennen. Das Einzige, was ich weiß, ist, dass sie so nicht gelaufen ist.«

»Sondern?«

Löhr überlegte einen Augenblick, ob er ein Stück des Bettlakens zu sich ziehen und sich damit bedecken sollte, dann aber war es ihm egal, nackt dazuliegen.

»Sagt dir der Name Alberto Lucentini etwas?«

Carla antwortete nicht, hob nur ganz leicht die Augenbrauen.

»Muss ich dir also erklären, wer das ist?«

»Bitte.«

»Das ist ein Anwalt aus Salerno, der für seine italienischen Klienten ihr Schwarzgeld sammelt, damit irgendwelche Investmentfonds füttert und Anlagemöglichkeiten in Deutschland klarmacht.«

»Du wirst mir gleich erzählen, was ich damit zu tun haben soll.«

Um ihre Mundwinkel bemerkte er jetzt den gleichen harten Zug, den er bei Sofia und für einen winzigen Moment auch gestern, in der Neumarkt Passage, schon bei ihr gesehen hatte.

»Du hast dich an ihn rangemacht, und als du nahe genug an ihm dran warst, hast du ihn beklaut. Zwei Millionen hast du mitgehen lassen, um genau zu sein.«

Jetzt lächelte sie Löhr an, doch das Lächeln konnte die Härte um ihren Mund nicht ganz zum Verschwinden bringen.

»Du glaubst, ich hab was vergessen?«

Ihre nackte Schulter zuckte kurz hoch. Ansonsten fror ihr Lächeln langsam ein.

»Genau. Den Stick. Den Schlüssel für das Schließfach in der Saussure-Bank hier in Köln. Den hast du ihm auch noch geklaut. Und deine Schwester Sofia damit hierhergeschickt, um mal nachzuschauen, was da sonst noch zu holen ist. Das war dann ein bisschen zu viel. Und deshalb endet die Geschichte im Leichenschauhaus.«

Das Lächeln in ihrem Gesicht war ganz verschwunden. Merkwürdigerweise aber auch die Härte um ihre Mundwinkel. Ausdruckslos starrte sie Löhr an.

»Vorläufig jedenfalls ist die Geschichte zu Ende«, setzte Löhr hinzu. »Aber in der Rechtsmedizin sind sicher noch ein paar Boxen frei.«

Carla starrte Löhr weiter an. Löhr wartete. Es dauerte Minuten, bis sie endlich den Mund aufmachte.

»Und jetzt, was willst du tun? Zur Polizei gehen?«

»Ich bin die Polizei«, sagte Löhr. »Wusstest du das noch nicht?«

39

Lantos war pünktlich. Löhr beobachtete, wie sein Porsche von der Tunisstraße aus in die Straße Unter Sachsenhausen einbog. Mit sanftem Fauchen glitt der Wagen an Löhr, der an der Ecke Stolkgasse im Schatten eines Mauervorsprungs wartete, vorbei und – gegen die Einbahnstraße – in die Stolkgasse hinein. Nach ein paar Metern schob er sich rückwärts in eine freie Parkbucht, das Motorengeräusch erstarb, und Hubert Lantos stieg aus, in Hawaiihemd und Bermudashorts wie immer; nicht wie immer war, dass er eine doppelläufige Schrotflinte in der Hand hielt.

Löhr schaute sich um. Kein Mensch war zu sehen. Über die

Straße An den Dominikanern fuhren ein paar Taxis Richtung Hauptbahnhof, am Ende der Stolkgasse schimmerte das blaue Licht über dem Eingang der Polizeiwache, aber niemand ging gerade rein oder raus.

»Wo hast du das denn her?«, sagte er mit Blick auf das Gewehr in Lantos' Hand, als der bei ihm stand.

»Ist eine von meinen Tontauben-Flinten.«

»Und was hast du damit vor?«

»Da ist doch noch jemand anders ganz wild auf diesen verfluchten Stick, wenn ich das richtig mitbekommen habe?« Lantos ließ das Schloss der Flinte aufspringen, in beiden Läufen steckten Patronen; dann klappte er das Gewehr wieder zu.

Löhr sah sich noch einmal um. Fünfzig Meter entfernt, am Andreaskloster, war ein Kiosk noch hell erleuchtet. Ein Mann und eine Frau kamen heraus, gingen aber in die entgegengesetzte Richtung, zum Bahnhofsvorplatz, Touristen mit Rollkoffern, deren Rattern bis hierher zu hören war. Sonst war nach wie vor niemand zu sehen.

»Mir ist keiner gefolgt«, sagte er.

»Gut so«, antwortete Lantos. »Ist trotzdem besser, du gibst mir Deckung, bis ich drin bin und wenn ich wieder rauskomme. Ich gehe alleine rein.«

»Aber Mittwochnacht waren wir doch …«

»Es hat mich richtig was gekostet, die Security-Leute davon zu überzeugen, dass es für ihre Jobs wahrscheinlich besser ist, die Videoaufzeichnungen zu löschen, auf denen wir beide durch den Laden tapern. Verstehst du?«

Löhr zuckte die Schulter, und Lantos reichte ihm die Schrotflinte, zog aus der Bermudatasche eine Handvoll Patronen und gab sie ihm ebenfalls. »Das sind Sauposten. Grob gehacktes Schrot. Streut ordentlich und holt trotzdem den stärksten Typen von den Beinen. Kannst du mit 'ner Flinte umgehen?«

»Hoffe schon«, sagte Löhr und blickte hinunter auf den verriegelten Sicherungshebel der Waffe.

»Also denn«, sagte Lantos, wandte sich um und überquerte die Straße. Löhr sah ihm nach und beobachtete, wie er neben dem schwarzen Tor der Saussure-Bank die Zahlenkombination eintippte und dann im Inneren des Granit-Palastes verschwand. Er war jetzt allein auf der Straße und kam sich lächerlich vor mit seiner NY-Baseballkappe auf dem Kopf und der Schrotflinte in der Hand. Er ging ein paar Schritte zurück, bis er wieder an den Mauervorsprung kam, in dem er auf Lantos gewartet hatte. Die Flinte presste er dicht an sein Bein, sodass auch ein dicht an ihm Vorübergehender sie nicht hätte bemerken können. Er sah auf die Uhr. Zehn nach elf. Abgesehen von selten vorbeifahrenden Taxis blieb die Straße zwischen ihm und dem Eingang der Bank leer.

Er dachte an Carlas Reaktion vorhin im Hotelzimmer. Obwohl er ziemlich kühn spekuliert hatte, musste er damit ins Schwarze getroffen haben. Im Wesentlichen jedenfalls. Sie hatte sich zwar nicht dazu geäußert, aber dass sie es nicht getan hatte, war Bestätigung genug. Wenn er nicht völlig falschlag, waren die beiden Schwestern ein wegen ihrer Ähnlichkeit gut aufeinander eingespieltes Gaunerduo, darauf spezialisiert, sich an reiche Typen ranzumachen und sie zu bestehlen. Bei Alberto Lucentini hatten sie wohl geglaubt, auf eine Goldader gestoßen zu sein, waren tatsächlich aber so sehr an den Falschen geraten, dass es Sofia buchstäblich den Kopf gekostet hatte. Und Carla war gerade dabei zu begreifen, in welch tödlichem Spiel sie steckte. Jedenfalls hatte Löhr eben versucht, ihr das klarzumachen. Ob sie es wirklich kapierte, würde er sehen, wenn sie morgen zu ihrer Verabredung kam.

Löhr sah von der Straße hinauf zum vom Widerschein der Stadt orange gefärbten Nachthimmel. Hastig ziehende Wolken kündigten einen Wetterumschwung an. Auf den Straßen aber stand die Luft noch, und das Thermometer war noch keinen Millimeter gefallen. Gaunerinnen, Diebinnen also beide, und wie hieß noch mal der kriminologische Ausdruck dafür, wenn jemand auf diese Art und Weise klaute, wie Sofia und Carla das getan hatten? Beischlafdiebstahl? Löhr musste über sich selbst grinsen. Es war noch nicht allzu lange her, dass er jemanden, der ihm prophezeit hätte, sich in eine Beischlafdiebin zu verknallen, für verrückt erklärt hätte. Und für total irre hätte er ihn erklärt, wenn er ihm gesagt hätte, dass er sich in gleich zwei Beischlafdiebinnen verknallen würde. Wenn auch hintereinander.

Ein großer schwarzer BMW bog von der Tunisstraße um die Ecke, schlich fast geräuschlos an der steinernen Front des Finanz-kapitals vorbei, Scheinwerfer abgedimmt; vor der Saussure-Bank verlangsamte er noch einmal das Tempo, kam fast zum Stehen. Wegen der dunklen Scheiben des Autos war nicht zu erkennen, wer am Steuer saß. Löhrs Puls ging in die Höhe. Er entriegelte den Sicherungsbügel der Schrotflinte und tastete sich mit dem Zeigefinger zum Abzug. Er hatte noch nie mit einer Schrotflinte geschossen, bloß ein paarmal den Tontaubenschützen auf der Außenanlage seines Schießstandes zugeschaut.

Der BMW nahm wieder Fahrt auf, fuhr auf den Kreisverkehr hinterm Andreaskloster zu, umrundete ihn und kam wieder zurück, wieder verlangsamte er das Tempo. Löhr presste sich enger an die Hauswand. Sein Finger hatte den Abzug gefunden, er erhöhte den Druck seiner Rechten, mit der er den Schaft des Gewehrs hielt, bereit, es zügig aus der Vertikalen zu heben. Der BMW summte in anderthalb Metern Abstand an ihm vorbei, die Fenster geschlossen, unmöglich, dahinter etwas zu erkennen. Ein Kölner Kennzeichen. Löhr merkte es sich. Jetzt gab der Wagen wieder Gas, dosiert, glitt aus Löhrs Blick.

Löhr wartete ein paar Sekunden, dann trat er einen Schritt aus der Nische, steckte vorsichtig den Kopf hinaus und sah dem Auto nach. Der BMW überquerte bei Gelb die Tunisstraße, fuhr langsam Richtung Hansaring, dann Blinker rechts, Bremslichter, weiße Rückwärtsganglichter, der BMW parkte ein, vielleicht vierhundert Meter von Löhr und der Saussure-Bank entfernt.

Löhr sah auf die Uhr. Zwanzig vor zwölf. Lantos war schon etwas mehr als eine halbe Stunde in der Bank. Dann sah er wieder die Straße hinunter. Bei dem BMW gingen die Lichter aus. Die Türen blieben zu. Warum stieg der Fahrer nicht aus, wenn er nur einen Parkplatz gesucht hatte? Auf der anderen Seite öffnete sich die schwarze Pforte der Saussure-Bank, Lantos kam heraus. Löhr pfiff leise, warnend. Lantos blieb stehen. Löhr sah die Straße links hinunter, dann rechts, Richtung BMW. Dessen

Türen waren immer noch geschlossen. Er trat noch einen Schritt aus der Nische, sodass Lantos ihn sehen konnte, und gab ihm ein Zeichen, dass die Bahn frei war. Sein Puls blieb dabei auf zweihundert.

40

»War was?«, fragte Lantos, als er, was Löhrs Puls auch nicht gerade wesentlich herunterbrachte, gegen die Einbahnstraße und an der Polizeiwache vorbei die Stolkgasse hinunterfuhr und auf die Nord-Süd-Fahrt Richtung Ebertplatz einbog. Löhr berichtete ihm von dem schwarzen BMW.

Lantos zuckte die Schulter. »Der war auf Parkplatzsuche, hatte wahrscheinlich 'ne Frau auf dem Beifahrersitz, und mit der hat er 'ne Runde geknutscht, bevor er ausgestiegen ist.«

»Für dich ist die Welt in Ordnung, oder?«, sagte Löhr.

»Wenn du auf der Kapitalseite stehst und außerdem noch Banker bist, wär's eine Lüge, was anderes zu behaupten.«

»Da sind Gangster, Killer hinter uns her, Mann!«

»Ich weiß. Aber noch haben sie uns nicht. Wir haben aber jetzt was gegen sie.«

»Tatsächlich? Was?«

»Erzähl ich dir in meinem Büro.«

Löhr, die Schrotflinte zwischen den Knien, drehte sich um und beobachtete den spärlichen Verkehr hinter ihnen. Ein großer schwarzer BMW war nicht zu sehen. Nachdem Lantos den Ebertplatz umrundet hatte und den Hansaring hinunterfuhr und immer noch kein schwarzer BMW hinter ihnen auftauchte, legte Löhr die Flinte auf den Boden des Wagens.

»Ich frage mich«, sagte er, als sein Puls sich einigermaßen beruhigt hatte, »ob die ihre Observation abgebrochen oder ob sie mich gestern aus den Augen verloren haben, weil ich so gut getarnt war.«

Lantos bedachte Löhr und insbesondere dessen Baseballkappe

mit einem maliziösen Seitenblick, aus dem sich einwandfrei schließen ließ, dass er die zweite Möglichkeit für so wahrscheinlich hielt, wie wenn John Lennon gemeinsam mit Wyatt Earp plötzlich daumenhaltend als Anhalter am Straßenrand auftauchen würden.

»Na schön«, sagte Löhr. »Hast du dann auch eine Ahnung, *weshalb* sie mich nicht mehr verfolgen? Die glauben doch nicht etwa, die Killer auf dem Motorrad hätten mich tatsächlich umgelegt?«

»Wenn die dich hätten umlegen wollen, hätten sie es getan.«

Löhr nickte; genau das war ihm ja auch schon durch den Kopf gegangen. »Sah tatsächlich nach 'ner Warnung aus: Wir sind an dir dran!«

»Genau. Solange du den Schlüssel zum Schließfach hast, brauchen sie dich lebend.«

Das Erste, was Lantos tat, nachdem sie sein Büro betreten hatten, war, die Jalousien an seinen Fenstern herunterzulassen. Draußen entlud sich mit dröhnendem Donner das Gewitter, das sich vorher bereits angekündigt hatte; Löhr hörte den Regen auf die Straße und gegen die Fensterscheiben prasseln.

Lantos knipste das Licht über seinem Schreibtisch an. Er schob die Papierberge darauf zur Seite, zog einen Stoß DIN-A4-Fotokopien aus seinem Hawaiihemd und legte sie auf die frei gewordene Fläche.

»Könnten ein bisschen Schweiß abgekriegt haben«, grinste er.

»Ist das alles, was in dem Schließfach war?«, sagte Löhr.

Er hatte sich inzwischen wieder gefasst, seine Nerven unter Kontrolle. Dass die ihm eben fast entglitten war und er, mit einer Baseballkappe auf dem Kopf und einem Schrotgewehr in der Hand, mit dem er im Ernstfall nicht wirklich effektiv hätte umgehen können, keine sonderlich souveräne Figur abgegeben haben musste, kam ihm gerade peinlich zu Bewusstsein. Andererseits, sagte er sich, hatte er einen Tag hinter sich, dessen Ereignisse ausgereicht hätten, um die Autobiografie eines Sesselfurzers wie Lantos in einen Abenteuerroman zu verwandeln.

»Nein«, antwortete Lantos. »Da war noch anderer Kram drin, zum Beispiel sechzig frei handelbare Bankschuldverschreibungen. Pro Stück im Wert von fünfhunderttausend Euro.«

»Drei Milliarden? Quasi in bar?«

»Nicht quasi. Solche Schuldscheine *sind* bar.«

»Du Scheiße!«

»Du sagst es. Das allein schon ist den Besitzern ganz sicher die eine oder andere Leiche wert. Aber die eigentliche Bombe ist das hier, vermute ich mal.« Lantos zog den Stoß Fotokopien auseinander, sodass die einzelnen Seiten lesbar wurden, bot Löhr seinen Bürosessel an, zauberte aus einer Ecke seines Büros einen Klappstuhl und setzte sich neben Löhr an den Schreibtisch, sodass sie die Papiere gemeinsam lesen konnten.

Es war nicht eine, es waren zwei Bomben.

Die erste war ein Vertragsentwurf zwischen der Stadt Köln und einer italienischen Investorengruppe namens Benevolenza. Die Stadt trat darin als Verkäuferin, Benevolenza als Käuferin auf. Vertragsgegenstand war das komplette frühere Gerling Quartier, auf den Meter genau definiert, mit den Grenzen Spiesergasse, Klapperhof, Hildeboldplatz und Gereonshof. Drei Hektar städtischer Grund. Es war, wie Löhr vermutet hatte, die Fortschreibung des im Jahr 2002 an einer politischen Indiskretion gescheiterten Privatisierungsprojekts des Gereonshofs. Eine exzessive, monströse Fortschreibung. Denn Ziel des Grundstückskaufs war die Errichtung einer *gated area* durch die Benevolenza, einer durch Schlagbäume und Sicherheitspersonal abgeschlossenen Stadt in der Stadt. Die bisherige Bebauung sollte den angefügten Architektenentwürfen zufolge zum Teil abgerissen und durch Hochhäuser, Luxustürme für die Reichen und die Superreichen, ergänzt oder ersetzt werden. Köln würde damit zum ultimativen Anziehungspunkt und *resort* dieser für jede »Metropole« überlebenswichtigen kosmopolitischen *habitants* und *residents* werden, hieß es in dem Entwurf für ein Werbeprospekt. Das Projekt trug darin den Namen »Cologne Sun Gardens«. Löhr erinnerte sich, dass er in der Lokalpresse vor einiger Zeit schon einmal von Plänen für dieses Projekt gelesen hatte. Sie waren in einer Sitzung des Stadtentwicklungsausschusses diskutiert, aber von der Mehrheit als »nicht finanzierbare Zukunftsmusik« verworfen worden. Davon, dass für die Realisierung des Projekts die Stadt einen Teil ihres Grund und Bodens an private Investoren verkaufte, war in der Zeitungsmeldung allerdings nicht die Rede gewesen.

Die zweite Bombe war eine Liste mit Namen. Es war eine lange Liste, und Löhr waren die meisten der Namen vertraut. Es waren die Namen der Funktionsträger der Stadt, derjenigen, deren Zustimmung und Förderung es bedurfte, um ein solches Projekt durch die politischen Entscheidungs- und die Genehmigungsinstanzen der Verwaltung zu schieben. Diejenigen, die die Liste erstellt hatten, mussten sich sehr gut auskennen. Sie hatten niemand Wichtigen ausgelassen, nicht den Oberbürgermeister und nicht die Fraktionsvorsitzenden aller im Rat vertretenen Parteien, nicht die Mitglieder sämtlicher mit Fragen städtischen Eigentums und städtischer Grundstücke befassten Ratsausschüsse, selbst der Name des Regierungspräsidenten fand sich in der Liste. Welchem Zweck die Liste diente, erschloss sich aus den Zahlen, die hinter jedem Namen in Klammern standen. Löhr überschlug die Summe. Er kam auf dreißig Millionen Euro. Für dreißig Millionen Euro verkaufte die politische Elite der Stadt deren Herz.

»Wow!«, sagte Löhr.

»Auch ›wow‹«, sagte Lantos, der zur gleichen Zeit wie Löhr die Papiere durchhatte. »Jetzt ist klar, warum die Italiener so scharf auf den Schließfachschlüssel sind. Die zittern nicht nur um ihre drei Milliarden. Die haben auch Schiss, dass die Pläne publik werden, bevor die Bestechung funktioniert hat, die Verträge unterschrieben sind und das Projekt unter Dach und Fach ist.«

»Okay«, sagte Löhr. »Bleibt die Frage, was *ich* jetzt mache.«

»*Ist* das eine Frage?«, sagte Lantos, stand auf und ging zum Fenster, wo er vorsichtig eine Jalousie zur Seite schob und auf die Straße hinuntersah. »Willst du dich weiter mit denen anlegen?«

»Du meinst, ich geb den Italienern ihren Stick?«

»Was denn sonst?«, antwortete Lantos und kehrte zum Schreibtisch zurück.

»Und weiter?«

»Nichts weiter. ›Cologne Sun Gardens‹ findet nicht statt. Weil damit …«, Lantos dicker Zeigefinger fuhr die Namensliste hinunter, »hast du die doch alle am Arsch.«

41

Mit einem einzigen glatten Messerhieb köpfte Onkel Heinz sein Frühstücksei. Von Tremor keine Spur mehr.

»Bravo!«, sagte Löhr.

»Wenn ich dat nit mieh kann und wenn ich anfange, mich beim Rasiere zu schnigge, dann künnt ihr mich unger die Äd dun«, sagte Onkel Heinz mit nicht ganz unbescheidener Miene. Er war frisch rasiert und wirkte inzwischen tatsächlich noch meilenweit entfernt vom Friedhof Melaten, wo er sich neben seiner Frau Trudi schon einen Platz hatte reservieren lassen. Auch die Wohnung und besonders die Küche erkannte Löhr kaum wieder. Heinz musste ein Dutzend Staubtücher und Putztücher verschlissen haben, um seine Bude wieder in einen zivilisierten Zustand zu versetzen. Löhrs plötzliches Auftauchen in der Freitagnacht hatte ihn offenbar um etliche Jahre verjüngt.

»Freut mich, dass es dir gut geht«, sagte Löhr und biss in eines der frischen Brötchen, die Heinz für ihr Frühstück besorgt hatte.

»Man tut, wat man kann«, antwortete Onkel Heinz, immer noch ganz unbescheiden, und sah gleichzeitig sehr geschäftsmäßig auf seine Armbanduhr.

»Hast du 'nen Termin?«, fragte Löhr. »Am Sonntag?«

»Mensch, Jakob!«, sagte Heinz im Ton eines über das komplette Unwissen seines Schülers entsetzten Lehrers: »Heute läuft in Weidenpesch dat hundertachtzigste Oppenheim-Union-Rennen!«

»Ach so, klar«, sagte Löhr und beschloss, sich über Onkel Heinz vorläufig keine Sorgen mehr zu machen.

Nachdem er Fischenich angerufen und sich mit ihm verabredet hatte, zog er das Jackett an, in dem die Visitenkarte seines Vetters Waldemar steckte, und machte sich auf den Weg, um nach einer Telefonzelle zu suchen, von der aus er Waldemar anrufen konnte. Dazu das Handy zu benutzen, erschien ihm zu riskant. Auf eine Tarnung mit Kappe oder Blouson verzichtete er aber. Die Sarden hatten ihn trotz Tarnung gefunden und beobachteten ihn auch weiter, ob er die Baseballkappe trug oder nicht. Und die Bullen würden ihren freien Tag heute mit anderem zubringen, als durch die Straßen zu laufen und nach ihm Ausschau zu halten. Zumindest die meisten. Außerdem hatte er jetzt ein Faustpfand in seiner Tasche – und eine Kopie davon in Lantos' Tresor, mit dem er den Haftbefehl gegen sich zu einem sinnlosen Stück Papier machen konnte. Morgen früh würde er seine Kopie des »Cologne Sun Gardens«-Prospekts mitsamt der Namensliste auf Urbanczyks Schreibtisch im Justizzentrum legen.

Doch während er auf der Suche nach einer Telefonzelle die Rothehausstraße bis zur Venloer hinunter- und dann die Venloer stadteinwärts ging, kamen ihm Zweifel, ob das, was er gestern mit Lantos besprochen hatte, wirklich ein guter Plan war. Wenn er, wie Lantos vorschlug, tatsächlich den Stick den Sarden überließ, gab er damit auch alle Beweise aus der Hand. Ohne den Schließfachinhalt waren die Kopien davon bloß Papier. Gab er den Stick aber nicht den Sarden, sondern Urbanczyk, würde die Staatsanwaltschaft das Schließfach in der Saussure-Bank öffnen und den Fall aufrollen. Die Sarden wären aus dem Spiel, außer sie erhielten von ihren Auftraggebern den Auftrag, sich an ihm zu rächen. Was aber eher unwahrscheinlich war, Rache war für kalt kalkulierende Schwarzgeldwäscher kein sinnvolles Motiv.

Also Lantos' Rat nicht befolgen, den Stick nicht den Sarden, sondern Urbanczyk geben. Und dann? Dann würde der Haftbefehl gegen ihn zwar wahrscheinlich aufgehoben werden. Aber sie würden auch den Mord an Sofia neu unter die Lupe nehmen, würden dabei sein fragwürdiges Alibi drehen und wenden, und wenn es schlecht lief, würde herauskommen, dass er zum Tatzeitpunkt in Sofias Zimmer gewesen war. Und wenn es noch schlechter lief, würden sie sich in dem Zusammenhang auch noch mal den Fall des am Aachener Weiher erschossenen Sarden vornehmen, und wenn es ganz schlecht lief, würden sie da einen Hinweis auf ihn finden. Spätestens dann war er dran. Richtig dran. Keinem Gericht auf der Welt würde er plausibel machen können, warum er den Drecksack hatte erschießen *müssen*.

Außerdem würden sie sich Carla vorknöpfen. Denn wenn sie den ganzen Fall bis zu dessen Ursprung in Italien rekonstruierten, dann kämen sie auch hinter die Rolle, die Sofia und Carla darin spielten. Dass sie italienische Schwarzgeldwäscher beklauten und nur deshalb nach Köln gekommen waren, weil sie scharf auf die Schuldverschreibungen im Schließfach der Saussure-Bank waren. Das würde ganz bestimmt nicht schön enden für Carla; wenn man sie nicht gleich hier einbuchtete, würde man sie in einen italienischen Knast abschieben.

Und das waren nur die persönlichen Konsequenzen, wenn er den Stick dem Oberstaatsanwalt gab. Aber was hieß »nur«? Da standen etliche Jahre Knast auf dem Spiel. Knast war das Letzte, worauf er scharf war; genauso wenig war er im Augenblick scharf darauf, Carla zu verlieren.

Blieb der Fall selbst. Klar, das »Cologne Sun Gardens«-Projekt würde platzen, wenn die Staatsanwaltschaft die Sache aufrollte. Vielleicht würde es auch den einen oder anderen der Bestochenen erwischen. Aber am Prinzip würde das nichts ändern. Die italienischen Schwarzgeldbarone würden diese Tranche abschreiben und auf die nächste Chance warten. Denn deren Kölner Drahtzieher und Projektplaner, die De Saussures und die Klenks, würden, wie bisher immer, ungeschoren davonkommen und das nächste Ding in Angriff nehmen, um auf Kosten der Allgemeinheit noch mehr zu raffen.

Also gar nichts tun? Nicht zu Urbanczyk gehen? Sich weiter vor den Bullen verstecken? Sich weiter mit den Sarden rumschlagen? Diese Überlegung machte Löhr mit einem Schlag so ratlos, dass er am liebsten stehen geblieben wäre und sich mit der flachen Hand so lange vor die Stirn geschlagen hätte, bis sein Hirn eine Lösung ausspucken würde. Da Letzteres eher unwahrscheinlich war, verzichtete er aufs Mit-der-flachen-Hand-gegen-die-Stirn-Schlagen und blieb stattdessen einfach stehen.

Und wurde sich im gleichen Augenblick gewahr, dass er immer noch keine Telefonzelle gefunden hatte. Dass er wahrscheinlich auch weiter keine finden würde. Denn im Handyzeitalter gab es so gut wie keine Telefonzellen mehr.

Löhr stand am Rande eines kleinen Plätzchens gegenüber der Körnerstraße. Hier waren im Schatten einer Kapelle an Wochentagen ein paar Marktstände mit Gemüse und Blumen aufgebaut. Jetzt war das Plätzchen verwaist, denn so richtig verzogen hatte sich das nächtliche Gewitter immer noch nicht. Über der Stadt schob sich eine geschlossene dunkle Wolkendecke ostwärts, aus der ab und zu Tropfen in die Pfützen auf den Bürgersteigen platschten. Löhr drehte sich um die eigene Achse und entdeckte am Ende der vom Plätzchen abgehenden Geisselstraße eine leuchtende rote Neonreklame, die so aussah, als gehöre sie zu einer Kneipe.

42

Die Kneipenreklame erwies sich als ein türkischer Halbmond und gehörte zu einem Café mit Namen »Istanbul Express«. Es hatte geöffnet. Löhr betrat einen fast kahlen Raum, in dem vielleicht fünfzehn hell gebeizte Holztische und die entsprechenden Stühle verteilt waren. Zwei der Tische waren mit Karten spielenden, rauchenden und aus gläsernen Tässchen Kaffee oder Tee trinkenden Männern besetzt. Als sie das Glöckchen an der Tür hörten, drehten sie ihre Köpfe zu Löhr hin, wandten sich aber sofort wieder ihrem Spiel und dessen begleitendem Gespräch zu.

Hinter einem schmalen Tresen an der Kopfwand des Raumes, über dem gerahmte Fotos von Kemal Atatürk und Recep Erdogan hingen, löste sich ein junger, dunkel gekleideter Mann und kam auf Löhr zu.

»Ist ein Privatclub hier«, sagte er und sah Löhr in die Augen.

»Ich brauche nur ein Telefon«, sagte Löhr und lächelte dabei. »Stadtgespräch.«

Der andere erwiderte das Lächeln nicht. Er überlegte. Dann zuckte er die Schulter und wies auf einen auf dem Tresen neben der Kaffeemaschine stehenden Telefonapparat.

»Ich zahl's Ihnen selbstverständlich«, sagte Löhr.

»Nicht nötig. Stadtgespräche sind in der Flat.« Der Blick des anderen blieb misstrauisch und abweisend.

»Danke«, sagte Löhr. »Sehr freundlich.«

Die Firma Waldemars bezeichnete sich als »Stadtentwicklungsgesellschaft« und hatte sich den eindrucksvollen Namen »FutureCologne AG« zugelegt. Auf der Visitenkarte stand sowohl Waldemars Durchwahl bei der in Braunsfeld ansässigen Firma als auch seine Handynummer, nicht aber seine Privatnummer. Da er am Sonntag wohl kaum in der Firma war, begann Löhr die Handynummer einzutippen, unterbrach das aber nach der vierten Ziffer.

»Ich hab hier nur eine Handynummer«, sagte er zu dem jungen Mann, der sich neben ihm an der Kaffeemaschine zu schaffen machte. Wieder winkte der ab.

»Wenn Sie nicht stundenlang telefonieren …«

Löhr nickte und gab den Rest der Ziffern ein. Waldemar ging sofort dran.

»Jakob. Jakob Löhr«, sagte Löhr.

»Jakob?« Ganz offensichtlich hatte Waldemar jemand anders erwartet. »Wie kommst du an meine Nummer?«

»Erzähl ich dir, wenn wir uns gleich treffen.«

»Gleich treffen? Völlig unmöglich, Jakob! Ich hab schon eine andere …«

»Du *wirst* und du *willst* mich treffen, Waldemar«, sagte Löhr. »Und zwar in einer halben Stunde.«

Das Café auf der Sülzburgstraße, das Waldemar sich für ihr Treffen ausgesucht hatte, weil er gleich die Ecke herum wohnte, hieß »Samowar« und war – erstaunlich für einen späten Sonntagvormittag – bis auf den letzten Platz besetzt. Löhr musste sich durch ein spät frühstückendes Publikum arbeiten, das zur Hälfte aus besser verdienenden, Grün wählenden Sülzer Spießern und zur anderen Hälfte aus Studenten bestand, die auf dem Weg waren, ebenfalls zu besser verdienenden, Grün wählenden Spießern zu werden. Im hintersten Winkel, gleich neben der Herrentoilette, wartete Waldemar an einem Zweiertisch.

Obwohl ein leichter Überbiss ein freundliches Dauerlächeln in Waldemars Physiognomie implantierte, war ihm schon aus vier Metern Entfernung anzusehen, dass ihn diese Begegnung nicht eben in einen Freudentaumel versetzte. Er war etwa im gleichen Alter wie Löhr, doch das Grau in seinen Haaren – er hatte einen Bürstenhaarschnitt und einen gepflegten Siebentagebart – ließ ihn um etliches älter erscheinen.

»Vielleicht klärst du mich als Erstes mal darüber auf, was es so Dringendes gibt, dass ich meine Verabredung verschieben muss?«, sagte er, ohne Löhr zu begrüßen, als der sich zu ihm an den Tisch setzte.

»Verabredung mit deiner Freundin?«, versuchte Löhr gleich einen Schuss ins Blaue.

Waldemars Überbiss-Lächeln fror ein. Mit offenem Mund starrte er Löhr an. Treffer.

»Siehst du«, sagte Löhr. »Deswegen wusste ich auch, dass du kommen würdest. – Aber«, setzte er nach einer kleinen Kunstpause mit gespielter Jovialität hinzu, »über deine kleine Affäre breiten wir jetzt mal den Mantel des Schweigens. Mir geht's um was ganz anderes.«

Waldemar klappte seinen Mund zu. Was mit seiner Kieferstellung natürlich nicht ganz gelingen konnte, die obere Reihe der Zähne lag sichtbar auf der Unterlippe. Er räusperte sich.

»Und um was?«, fragte er, während er gleichzeitig einen überdimensionalen Frosch in seinem Hals hinunterzuschlucken versuchte.

»Was sagt dir der Name ›Cologne Sun Gardens‹?«

Blankes Entsetzen sprang in Waldemars Miene. Seine sehnigen Finger, die aussahen, als gehörten sie einem Pianisten, begannen ein Trommelfeuer auf dem Unterteller seines unberührt vor ihm stehenden Kaffees.

»Was soll das?«, flüsterte er heiser. »Darüber darf und kann ich kein Wort verlieren. Auch dir gegenüber nicht.«

»Waldemar!« Löhr griff wieder zu seiner jovialen Tonlage

und fügte noch einen väterlich-begütigenden Halbton hinzu: »Ich hab dich gestern Mittag im Luciano zusammen mit Klenk gesehen. Also kennst du dieses Projekt und redest ganz offensichtlich darüber. Warum denn nicht mit mir?« Schuss ins Blaue Nummer zwei. Und wieder Treffer. Waldemars obere Zahnreihe grub sich tief in seine Unterlippe.

»Und du *wirst* mir jetzt ein bisschen darüber erzählen«, fuhr Löhr in der gleichen väterlich-jovialen Tonart fort, »denn du willst ja bestimmt, dass ich dein kleines Geheimnis mit deiner Kollegin für mich behalte.«

In das Entsetzen, das bisher nicht aus Waldemars Miene gewichen war, mischte sich jetzt eine Portion Hass. Er schob seinen Unterkiefer vor und starrte Löhr trotzig an. Es war kein schöner Anblick.

43

Zögernd klarte es wieder auf, die graue Wolkendecke bekam zuerst Risse, dann immer größer werdende blaue Löcher, durch die hindurch wieder die Hitze zurückzuströmen begann, von der das nächtliche Gewitter und die ihm nachfolgende Wolkenfront die Stadt für ein paar Stunden befreit hatten. Löhr begann zu schwitzen. Er verlangsamte das Tempo, trat gemächlicher in die Pedalen. Es half nichts. Als er an der Kreuzung angelangt war, wo die Zülpicher auf die Universitätsstraße traf, stieg er vom Rad, entledigte sich seines Jacketts, faltete es sorgfältig und legte es über die Lenkstange. Dann stieg er wieder auf, überquerte die Universitätsstraße, bog dann auf sie ein und radelte Richtung Bachemer Straße.

An der Eisenbahnunterführung, unter der die stadteinwärts führende Bachemer in die Lindenstraße überging, hatte er sein Ziel erreicht. Er schloss das Rad an einen Laternenmast an und ging ein paar Meter gegen die Fahrtrichtung auf den Park zu, der einen hügeligen grünen Korridor zwischen Bachemer Straße und dem Aachener Weiher bildete. Der Autoverkehr war spärlich, aber auf den Wegen und Pfaden, die zum Park hin führten, waren bereits scharenweise Fußgänger unterwegs, bepackt mit Decken, Sonnenschirmen, Picknickkörben und Grillutensilien. Löhr beneidete die Leute. Er hätte viel darum gegeben, einen ganzen sonnigen Tag auf der Wiese unter einem Sonnenschirm zu liegen, mit halb geschlossenen Augen zu dösen, die Brisen zu genießen, die es auf wundersame Weise trotz der gestauten Hitze schaffen würden, zu ihm durchzukommen, und das von Carlas Haaren verursachte Kitzeln an Nase und Wangen, wenn sie sich ab und zu über ihn beugte, um ihn zu küssen.

Ein kurzes Hupen riss ihn aus seinem Tagtraum. Löhr blickte zur Straße; am Rand hatte ein dreckbespritzter Škoda-Kombi gehalten, mit Fischenich am Steuer. Die Beifahrertür öffnete sich, und Löhr stieg ein. Fischenich trug Jägerklamotten, die ebenso schmutzig waren wie sein Auto.

»Wo kommen Sie her?«, fragte Löhr, während Fischenich die Bachemer Straße stadtauswärts fuhr.

»Als Sie mich heute Morgen anriefen, war ich im Bergischen auf der Jagd.«

»Jagd im Sommer? Ich denke, da ist Schonzeit?«

»Nicht für Wildschweine, jedenfalls nicht für Überläufer.«

Löhr sparte sich die Nachfrage nach der Bedeutung des Wortes »Überläufer«. Ihm war im Moment nicht nach Jägerlatein. »Und? Waren Sie erfolgreich?«, sagte er lediglich.

Fischenich grinste bloß selbstbewusst.

»Da haben wir ja was gemeinsam«, sagte Löhr.

Fischenich sah fragend zu ihm herüber. Löhr beschloss, vorsichtig zu sein und vorläufig im Konjunktiv zu bleiben.

»Was würden Sie dazu sagen, wenn ich in Erfahrung gebracht hätte, was in dem ominösen Schließfach in der Saussure-Bank ist?«

»Ich würde Ihnen gratulieren.«

Und bevor Löhr fragen konnte, ob er denn nicht wissen wolle, was in dem Schließfach drin sei, sagte Fischenich: »Ist das drin, was ich vermutet habe?«

»Ja. Sie hatten recht. Eine Fortsetzung dieses Privatisie-

rungsprojekts vom Gereonshof. Aber mindestens dreißigmal
so groß.«

Löhr schilderte Fischenich das »Cologne Sun Gardens«-
Projekt. Fischenich nickte, als hätte er das alles schon lange
gewusst. Er hatte seinen Wagen inzwischen durch Lindenthal
an den Rand des Stadtwalds gesteuert und parkte jetzt in einer
schattigen Parkbucht auf der Fürst-Pückler-Straße, einer stillen
Straße zwischen dem östlichen Rand des Stadtwalds und den
halb diskreten Residenzen der Lindenthaler Boutiquenbesitzer-
Bourgeoisie.

Löhr war dankbar, dass Fischenich ihn bisher noch nicht
danach gefragt hatte, wie er an den Inhalt des Schließfachs beziehungsweise an die Informationen darüber gelangt war. Eine
Zurückhaltung, die sein Vertrauen zu ihm stabilisierte. Er griff
in sein Jackett und reichte Fischenich die Kopie des Projekts.

Der studierte sie sorgfältig.

»Und haben Sie auch eine Ahnung, wie die Herren von der
Benevolenza es sich vorstellen, dieses nette Unternehmen zu
realisieren?«, fragte er nach einer Weile, ohne vom Prospekt
aufzuschauen.

»Es liegt noch eine Liste mit Bestechungssummen im Schließfach. Interessiert die Sie auch?«

»Was denken Sie?«

Löhr griff erneut ins Jackett und reichte Fischenich die Liste.
Diesmal nickte Fischenich nicht, sondern schüttelte, während
er sie durchging, immer wieder ungläubig den Kopf.

»Die Wirklichkeit ist manchmal noch unwahrscheinlicher,
als man es sich vorzustellen wagt.«

»Zumal, wenn man auch noch weiß, dass das Geschäft vor
Ort von unserem gemeinsamen Freund Gottfried Klenk als Ge-
schäftsführer der Pietsch-Holding zusammen mit der Saussure-
Bank abgewickelt werden soll.«

»Das geht aus den Papieren hier aber nicht hervor.«

»Das wird auch nie irgendwo offiziell werden«, sagte Löhr.
»Pietsch und Saussure haben inzwischen einen so schlechten Ruf,
dass sie sich bedeckt halten und für die Abwicklung eine soge-
nannte Stadtentwicklungsgesellschaft namens FutureCologne AG

vorschieben. Die regelt alles fürs ›Cologne Sun Gardens‹-Projekt. Von der Scheinfinanzierung über die Projektentwicklung bis zur Baustellenaufsicht. Und natürlich das Schmieren der Damen und Herren von der Stadt.«

Fischenich öffnete, während Löhr redete, das Handschuhfach, holte einen kleinen Block heraus und machte sich Notizen.

»Interessant«, murmelte er beim Schreiben. »Sie sind ja ganz schön auf Zack, Löhr …«

»Man hat so seine Quellen«, tat Löhr bescheiden und erinnerte sich an die verkniffene Miene seines Vetters Waldemar, als er ein paar Details über die Methoden der FutureCologne AG aus ihm herausgequetscht hatte. »Jedenfalls weiß ich inzwischen, dass die Hälfte des Stadtrats und die entsprechenden Ausschüsse bereits geschmiert sind. Bis auf den Stadtentwicklungsausschuss. Da scheint es Schwierigkeiten zu geben.«

»Stimmt. Da sitzt derjenige von den Linken drin, der damals das Gereonshof-Projekt zum Platzen gebracht hat.«

»Ach?«, sagte Löhr. »Sehen Sie, da wissen Sie jetzt wieder mehr als ich.«

»Nun ja.« Fischenich zuckte die Schulter, was wohl heißen sollte, Löhr habe es hier schließlich mit einem Mann mit Überblick zu tun. Es war das erste Mal, dass Löhr so etwas wie Eitelkeit bei Fischenich entdeckte.

»Aber was wissen Sie noch über die Finanzierung?«, fuhr Fischenich fort. »Sie sagten was von ›Scheinfinanzierung‹ …?«

»In dem Schließfach liegen auch noch Bankschuldverschreibungen in Höhe von drei Milliarden Euro. Schwarzgeld. Ich stelle mir vor, dass das eine Sicherheit und gleichzeitig die Anschubfinanzierung für das Projekt ist.«

»Welche Bank hat die Schuldverschreibungen ausgestellt?«

»Keine Ahnung. Ich hab die Papiere selbst nicht gesehen. Ist das wichtig?«

»Allerdings. Wenn die Schuldscheine von einer ausländischen Bank ausgestellt sind, in dem Land, woher das Schwarzgeld stammt, dann ist das Geld noch nicht vollständig gewaschen. Das kann dann nicht einfach in ein solches Projekt gesteckt werden. Wenn aber beispielsweise die Saussure-Bank die fremden

Schuldscheine in eigene verwandelt hat, dann ist das Geld jetzt sauber.«

»In dem Fall hätte die Saussure-Bank das Geld gewaschen?«

»Sicher.«

»Aha«, sagte Löhr. »Kommt mir kompliziert vor.«

»Ist es nicht wirklich«, sagte Fischenich. »Jedenfalls wenn wir, das heißt meine Dienststelle, da aktiv werden sollen, wäre es wichtig zu wissen, wer die Schuldscheine ausgegeben hat.«

»Gut, das krieg ich raus«, sagte Löhr. »Aber können Sie denn jetzt schon aktiv werden?«

Fischenich schob die Papiere auf seinem Schoß zu einem Stapel zusammen, wog ihn in seiner Rechten und schüttelte den Kopf. »Das sind bloß Kopien, Löhr. Da lässt sich kein Staatsanwalt drauf ein.«

»Aber Sie könnten ihn damit anfüttern, Urbanczyk beispielsweise?«

»Natürlich würde ihn das neugierig machen. Sehr neugierig sogar. Aber er würde damit kein Ermittlungsverfahren eröffnen können. Dazu müsste er schon selbst einen Blick in das Schließfach werfen.«

»Hm«, machte Löhr vage. Überlegte einen Augenblick lang, dann sagte er: »Das heißt, wenn Sie Urbanczyk diese Kopien gäben, würde das auch nicht dafür ausreichen, dass er den verdammten Haftbefehl gegen mich aufhebt?«

»Wieso sollte er? Das Material hier entlastet Sie doch nicht.«

»Aber es beweist, dass ich da an einer scheißheißen Sache dran bin.«

»An einer Sache, in die Sie aber gleichzeitig ziemlich tief verwickelt sind, Löhr. Und Beweise …«, Fischenich wedelte mit den Kopien in seiner Hand, »… Beweise sind das hier wie gesagt nicht. Es sind allenfalls Hinweise.«

Darauf schwieg Fischenich, überlegte lange. Schließlich faltete er die Kopien so, dass sie in die Brusttasche seines Jägerwams passten, und steckte sie ein. »Gut, Löhr«, sagte er dann. »Ich mache jetzt Folgendes. Durch meine Recherchen in Italien im Sofia-Fava-Fall kann ich Urbanczyk davon überzeugen, dass hier was Größeres in Richtung Geldwäsche im Gange ist. Dann kriege ich möglicherweise noch mehr Spielraum im Todeser-mittlungsverfahren des KK11. Und da kann ich dann versuchen, auch für Sie was rauszuholen.«

»Hm«, machte Löhr wieder.

»Es ist nicht viel, ich weiß.«

»Immerhin etwas«, sagte Löhr etwas geistesabwesend. Denn seit einigen Minuten schon dachte er gar nicht mehr an den Haftbefehl gegen sich. Vielmehr fühlte er, wie eine Idee in ihm zu wachsen begonnen hatte. Der Intensität dieses Gefühls zufolge musste es sich um eine gute, eine sehr gute Idee handeln. Ein ähnliches Gefühl kannte er vom Schachspiel: die Erregung, wenn man den Weg gesehen hat, der in wenigen Zügen zum Matt des Gegners führen kann.

44

Nachdem ihn Fischenich wieder an der Bachemer Straße ab-gesetzt hatte, radelte Löhr Richtung Eigelstein. Obwohl es schneller gewesen wäre, vermied er es, über die Ringe zu fah-ren. Allerdings nicht nur aus Sorge, die Sarden oder die Bullen könnten ihn erwischen, sondern auch deshalb, weil ihm das Radfahren zunehmend Spaß machte. Zumal bei diesem Wetter. Der Himmel war inzwischen wolkenfrei und die Hitze zurück-gekehrt, doch fehlte ihr jetzt das Drückende der vergangenen Tage. Außerdem strengte ihn das Fahren immer weniger an, er schwitzte nicht mehr so wie am Vormittag und konnte so bei-nahe unbeschwert die Panoramen der an ihm vorübergleitenden Straßen- und Fassadenzüge genießen. Eine für ihn ganz neue Stadt-Erfahrung. Auf der kaum von Autos befahrenen May-bachstraße versuchte er sogar einmal, freihändig zu fahren, wie er es als Junge gekonnt hatte, doch dazu fehlte ihm die Übung, und nach einem heiklen Wackler griff er schnell wieder zum Lenker. Die Idee, die fast ohne sein Zutun in ihm wuchs und reifte, versetzte ihn in eine fast heitere Stimmung.

Die Heiterkeit verging ihm mit einem Schlag, als er vom Rondell um die Eigelsteintorburg in die Lübecker Straße einbog. Als er den ihm entgegenkommenden anthrazitfarbenen BMW mit den abgedunkelten Seitenfenstern sah, wusste er, dass es der Wagen war, dem er vor der Saussure-Bank begegnet war. Er brauchte gar keinen Blick auf dessen Zulassungsnummer zu werfen. Löhr fuhr langsamer, stoppte, stieg schließlich vom Rad und schob es, so als achte er die Einbahnstraßen-Regel, gegen die er verstoßen hätte, wäre er weitergefahren. Der BMW hatte seine Fahrt ebenfalls verlangsamt, nachdem er, vom Hansaring kommend, in die Lübecker Straße eingebogen war. Er war höchstens einhundertfünfzig Meter von Löhr entfernt. Löhr konnte auf die Distanz nicht erkennen, wer am Steuer saß.

Er verlangsamte sein Tempo noch einmal, schob das Rad nun einhändig mit der Linken, mit der Rechten griff er in die Jacketttasche, bekam den Griff der Beretta zu fassen und schob mit dem Daumen den Sicherungsbügel herunter. Auf der Hälfte der Straße stoppte der BMW, dann setzte er zurück. Der Fahrer hatte auf der Seite, auf der Löhr sein Fahrrad über den Bürgersteig schob, eine Parklücke entdeckt. Während des Einparkmanövers lehnte Löhr sein Fahrrad an eine Hauswand. Als er sich wieder umdrehte, war auch der BMW mit Einparken fertig.

Löhr zog die Beretta aus der Jackentasche, ließ sie neben seinem Bein in der Hand hängen und lud mit der Linken unauffällig, ohne die Waffe zu heben, durch. Langsam näherte er sich dem BMW. Sein Puls war so stark und vor allem so laut, dass er keine Außengeräusche mehr wahrnahm. Die akustische Welt um ihn versank. Er hörte nur noch das Hämmern seiner Herzmuskulatur und das dadurch verursachte wasserfallartige Rauschen des Blutes in seinen Ohren. Der BMW stand in der Parklücke, nichts rührte sich, keine Tür sprang auf, kein Fenster wurde heruntergelassen.

Löhr presste die Beretta an sein Bein, den Zeigefinger um den Abzug gekrümmt. Noch zehn Meter bis zum BMW, noch fünf, noch einer. Er blieb vor der Fahrertür stehen, hatte den Abstand so gewählt, dass die aufspringende Tür seinen Schussarm nicht behindern konnte. Durch das dunkle Fensterglas war nur der Schemen des Fahrers zu erkennen. Ob außer ihm noch jemand im Wagen saß, konnte Löhr nicht sehen. Stur blieb er neben dem Wagen stehen, starrte auf das dunkle Fenster, seinen ganzen Körper in Spannung und die Beretta in seiner Rechten so haltend, dass man sie vom Wagen aus nicht sehen konnte.

Es kam ihm vor, als wäre er in der Zeit um mindestens ein Jahr gealtert, wahrscheinlich waren es aber weniger als zwei Minuten, bis die Fensterscheibe hinunterglitt und dahinter das Gesicht des Fahrers auftauchte. Löhr hatte ihn noch nie gesehen. Aber der Kerl war ganz eindeutig vom gleichen Schlag wie die Sarden, mit denen er es bisher zu tun gehabt hatte. Der Akzent, mit dem er sprach, bestätigte seinen Eindruck.

»Ist was? Kann ich helfen?«, fragte der Typ gelangweilt.

»Kann ich *Ihnen* helfen?«, fragte Löhr, jedes Wort einzeln betonend. Im gleichen Augenblick entfaltete sich die Idee in seinem Kopf wie ein aufgeklapptes Buch und nahm Gestalt an. Eine so klare, fest konturierte Gestalt, dass Löhr sie in allen Einzelheiten hätte beschreiben können. Vorsichtig, sodass der Kerl seine Bewegung genau beobachten konnte, griff er mit der freien Hand in die linke Außentasche seines Jacketts und holte daraus den blauen USB-Stick hervor. Er hob ihn neben sich in die Höhe, sodass der Kerl im Wagen nicht danach greifen konnte.

»Kommt der Ihnen irgendwie bekannt vor?«, fragte er.

In der Miene des anderen regte sich nichts, nur seine Augenbewegungen verrieten ein hohes Maß an Aufmerksamkeit.

»Wer sagt uns, dass der überhaupt noch was wert ist?«, sagte er schließlich so gleichmütig, als ginge ihn das alles nichts an.

»Wie kommen Sie darauf, dass er das nicht sein könnte?«, fragte Löhr zurück. Dann fiel ihm aber schon die Antwort ein. »Ach, Sie glauben, wir hätten Ihr Schmuckkästchen gestern Nacht leer geräumt?«

Als Antwort steigerte der Typ bloß den Ausdruck äußersten Angeödetseins in seiner Miene.

»Seh ich aus, als würde ich mich am Eigentum anderer Leute vergreifen?«, fragte Löhr und näherte seine Hand mit dem Stick dem Wagenfenster des BMW. »Bitte. Überzeugen Sie sich selbst.«

Der Stick war jetzt zwanzig Zentimeter vom Gesicht des Kerls entfernt. Es dauerte wieder eine gefühlte Ewigkeit, bis er seine Hand vom Lenker nahm und danach griff.

Löhr wartete, bis sich die Fensterscheibe nach oben schob, der Motor ansprang und der Wagen mit leisem Summen aus der Parklücke glitt. Dann erst steckte er die Beretta, die er die ganze Zeit über in der Rechten gehalten hatte, zurück in die Jacketttasche.

45

Carla stand im Foyer des Hotels Coellner Hof neben ihrem Koffer und einer Reisetasche, ein wenig nervös, so als verspäte sich der Taxifahrer, der sie zum Flughafen oder zum Bahnhof bringen sollte.

»Du reist ab?«, fragte Löhr. »Waren wir nicht zum Essen verabredet?«

Carla zückte ihre Linke und zog beim Blick auf die Armbanduhr eine Augenbraue in die Höhe. »Vor *einer Stunde* waren wir verabredet. Also hab ich ausgecheckt und ein Taxi bestellt.«

»Hast du schon ein Ticket?«

»Nein, aber so etwas kriegt man, soweit ich weiß, am Flughafen.«

»Dann kannst du ja auch eine Stunde später fliegen. Ich hätte dir nämlich so etwas wie ein Angebot zu machen.«

»Ach?« Ihre Miene blieb neutral; distanziert abwägend schaute sie Löhr in die Augen. Der erkannte einen kurzen Moment des Zögerns und nahm ihr die Entscheidung ab.

»Okay«, sagte er, wandte sich um und ging auf den uniformierten jungen Lakai hinter dem Empfang zu, den er bereits kannte.

»Stellen Sie bitte die Koffer der Dame irgendwo unter. Wir kommen später wieder. Und das Taxi«, sagte er, während er schon wieder auf dem Weg zu Carla war, »können Sie wieder abbestellen.«

Carla musterte ihn aufmerksam. Statt Zorn, den Löhr eigentlich erwartet hätte, zeigte sich eine deutliche Spur von Anerkennung in ihrer Miene. Als Löhr sich zur Tür wandte, hakte sie sich bei ihm unter.

»Du hast dir also überlegt, mich zu verhaften oder verhaften zu lassen?«

»Ich habe keinen Augenblick daran gedacht. Das weißt du.«

»Bei Polizisten weiß man nie.«

»Ich bin kein Polizist mehr. Jedenfalls im Moment nicht. Vom Dienst suspendiert. Und wenn alles gut läuft, werde ich auch nie mehr einer sein.«

»*Gut* läuft?«

»Gut könnte es laufen, wenn der Plan aufgeht, den ich dir gleich vorschlage.«

Sie saßen ein paar Meter von der Eigelsteintorburg entfernt im Schatten großer weißer Sonnenschirme, die zu einem Bar-Restaurant namens »Léo's« gehörten, Carla nippte an einem Weißwein. Sie hatte einen Hauch Lippenstift aufgelegt und trug über weiten braunen Hosen eine leichte weiße, hochgeschlossene Hemdbluse. Löhr trank ein Mineralwasser, nachdem er bereits einen nicht nur im Vergleich zu dem im Zero miserablen Espresso hinuntergewürgt hatte. Um sie herum herrschte reger Sonntagsbetrieb, das schöne Wetter schien die komplette Kölner Bevölkerung auf die Straßen und in die Straßencafés getrieben zu haben.

»Also?«, sagte sie.

»Hatten Sofia und du eine Ahnung, was in dem Schließfach ist, dessen Schlüssel ihr gestohlen hattet?«

»Geld. Was denn sonst?«

»Geld bewahrt man heute eigentlich nicht mehr in Schließfächern auf.«

»Oh! *Kein* Geld?«, sagte sie mit hoher, kieksender Stimme. Ihre Überraschung schien echt. »Sondern?«

»Kein Bargeld jedenfalls«, schränkte Löhr ein. »Dafür aber etwas wesentlich Wichtigeres, Wertvolleres. Ein richtiges Knallbonbon.«

»Woher weißt du das eigentlich?« Die Frage kam schnell und in einem scharfen Ton, der im krassen Gegensatz zum naiven Gekiekse von eben stand.

»Ohhh!«, machte Löhr ausweichend. Der Ton ihrer Frage hatte ihn daran erinnert, dass er es hier nicht nur mit einer schönen und begehrenswerten Frau, sondern auch mit einer sehr professionellen Kriminellen zu tun hatte. »Du weißt ja, dass ich einen Freund bei der Bank habe. Und der war so nett, für mich mal einen Blick hineinzuwerfen.«

»*Ohne* den Stick?«

»Ich glaube, Banken wären sehr dumm, wenn sie den Zugang zu ihren Schließfächern den Kunden ganz allein überließen ...«

»Ach? Ist das tatsächlich so?« Wieder spielte sie die Naive. Löhr brauchte nicht weiter darauf einzugehen, denn ein älterer, pferdegesichtiger Kellner brachte ihr Essen. Für Löhr Tagliatelle ai Frutti di Mare und für Carla ein Seezungenfilet. Sie stürzte sich mit erstaunlicher Entschlossenheit darauf, wartete noch nicht einmal auf Löhr.

»Tut mir leid«, sagte sie mit halb vollem Mund, als sie Löhrs staunendes Grinsen bemerkte. »Aber ich hab heute noch nichts gegessen.«

»Na, dann guten Appetit«, sagte Löhr und widmete sich seiner Pasta, bei der von »gutem Appetit« dann allerdings nicht die Rede sein konnte. Die Frutti di Mare waren hart wie Holz und stammten ganz offensichtlich aus einer Tiefkühlpackung. So ein schlechtes Zeug hatte er noch nie bei einem Italiener vorgesetzt bekommen. Er sagte nichts, um Carla nicht den Appetit zu verderben, nahm ein paar Anstandshappen von den zu weich gekochten Tagliatelle und sah mit einigem Vergnügen zu, wie Carla nicht nur die beiden Fischfilets, sondern auch den dazugehörigen Spinat und das Kartoffelgratin vollständig verputzte und jetzt mit einer Scheibe Weißbrot die Soßenreste vom Teller wischte.

»Puh!«, sagte sie, als sie fertig war, tupfte sich den Mund mit der dünnen Papierserviette ab und nahm einen Schluck Wein. »Das war nötig!«

Löhrs Misstrauen war bis auf einen kleinen, seiner Vernunft

geschuldeten Rest verschwunden, während er ihr beim Essen zugeschaut hatte. Wer mit solcher Lebenslust aß und trank und es verstand, dabei in keinem Augenblick gefräßig oder gierig auszusehen, der konnte ein so schlechter Mensch nicht sein. Zumal, wenn er einen so bezaubernd anlächelte, wie Carla es jetzt tat.

»Also schieß los! Wie sieht dein Plan aus?«

»Das Knallbonbon im Schließfach könnte eine ziemlich fette Beute sein. Da würde vielleicht auch für dich was abfallen.«

Sie sah ihn an, die grünen Ränder ihrer Iris funkelten. Löhr spürte, wie sich ihre Hand über seinen Unterarm schob und ihre Finger mit seinen Härchen darauf zu spielen begannen.

»Und wann willst du mir von diesem Knallbonbon erzählen? Vorher oder nachher?«

46

Knapp vier Stunden später verließen sie das Hotel Coellner Hof, in dem Carla noch einmal eingecheckt hatte, und schlenderten, Carla wieder bei Löhr eingehakt, den Eigelstein hinunter in Richtung Marzellenstraße. In Erwartung einer abendlichen Abkühlung hatte sie sich ein leichtes blau-beige kariertes Jackett über die Schultern gelegt. Nach dem kleinen Imbiss, den sie nachmittags im Léo's eingenommen hatten, verspürte Carla, wie sie sagte, wieder Appetit und wollte das Luciano ausprobieren.

»Und du warst wirklich noch nie drin, im Luciano?«, fragte Löhr.

»Nein. Wieso fragst du?«

»Na ja, als ich dir vorgestern durch die Stadt hinterhergelaufen bin, bist du davor stehen geblieben und hast dir den Aushang mit der Speisekarte angeschaut.«

»Hab ich das? Ich erinnere mich überhaupt nicht.«

»Doch! Hast du.«

Löhr sah sie an, versuchte dabei nicht inquisitorisch, sondern bloß oberflächlich interessiert zu wirken. Sie lächelte ihn fragend an. Wenn sie log, war sie eine perfekte Lügnerin.

»Na gut, wenn du es sagst. Aber es war mir nicht bewusst. Vielleicht hat mich der Name an etwas erinnert, ich weiß es nicht ...«

»Luciano?«

»Ja. Vielleicht hat Sofia mal davon erzählt. Aber ich habe wirklich keine richtige Erinnerung daran.«

»Ist ja auch überhaupt nicht wichtig.« Löhr wollte nicht weiter nachhaken und kein Misstrauen säen. Trotzdem hätte es ihn interessiert, ob Carla oder Sofia das Luciano kannten. Denn das würde bedeuten, dass sie schon länger Kontakt zu den Schiebern um Pietsch und De Saussure hatten.

Als sie dann davorstanden, war es geschlossen. Sonntags Ruhetag.

»Und jetzt?«, fragte Carla mit einem entkräfteten Hunger-Seufzer.

»Gute Frage«, antwortete Löhr. »Ich bin kein großer Restaurantkenner.« Und nach kurzem Überlegen fügte er hinzu: »Es sei denn, du würdest auch etwas Deftiges mögen ...«

»Ich mag *alles*«, hauchte Carla mit der letzten Kraft einer Ausgezehrten.

»Es ist allerdings *sehr* deftig«, grinste Löhr.

»Umso besser.«

Das »Weinhaus Vogel« mitten auf dem Eigelstein war eine Jugendreminiszenz Löhrs. Er war ein paar Meter weiter auf dem Thürmchenswall in der Hausmeisterwohnung des Dreikönigsgymnasiums geboren und groß geworden. Seine Kindheit und Jugend hatte er schulschwänzend auf dem Eigelstein verbracht, und deshalb war es fast zwangsläufig gewesen, dass er mit vierzehn sein erstes Kölsch im Weinhaus Vogel zu sich nahm. Warum die Kneipe den vornehmen Titel »Weinhaus« trug, war vor dreißig Jahren schon ein Rätsel gewesen. Es gab kaum jemanden, der hier Wein trank. Dafür war aber das Bier, das sie hier außer Kölsch ausschenkten, ein stadtbekannter Renner:

das Würzburger Pils, hier nur »Würz« genannt. Ansonsten bot man das an, was als »bürgerlich-rheinische« Küche bekannt war, weshalb Löhr, ein Liebhaber solcher Gerichte, hier immer mal wieder vorbeikam.

Die Kneipe war brechend voll. Alles, was von der Ureinwohnerschaft des Eigelstein- und des benachbarten Agnesviertels übrig geblieben war, schien sich hier zum Abendessen zu versammeln: Alle Tische im schlauchförmigen Gastraum waren besetzt, man aß, trank und unterhielt sich in einer orkanähnlichen Lautstärke, die jeden anderen auch wiederum zum Schreien verurteilte. Carla war begeistert.

»Das ist ja richtiges *Volk* hier!«, übertönte sie den Lärm.

Löhr zog sie hinter sich her bis zur gläsernen Doppeltür am Ende des Schlauchs. Dahinter ging es zu einem als Biergarten gestalteten Innenhof, der bei dem Wetter natürlich ebenfalls bis auf den letzten Tisch besetzt war und in dem ebenso geschrien wurde wie im Gastraum. Löhr sah sich um. Viele der Gesichter kamen ihm bekannt vor, vielleicht war er mit dem einen oder anderen sogar in der Dagobertstraße zur Schule gegangen, doch an Namen konnte er sich nicht mehr erinnern. Einen freien Platz konnte er allerdings auch nicht entdecken.

»Da! Da wird was frei!«, rief Carla.

Tatsächlich verließ ein älteres Paar einen Tisch in der hintersten Ecke des Hofes, und Löhr und Carla setzten sich auf die frei werdenden Stühle.

Carlas Begeisterung für das Weinhaus Vogel ließ auch beim Essen nicht nach. Während Löhr, dem die Pasta am Mittag den Magen verdreht hatte, sich mit einem Halven Hahn begnügte, verzehrte Carla ein stattliches Wiener Schnitzel, als wäre es ein Amuse-Gueule. Danach lehnte sie sich zurück, rieb sich den Bauch und blickte Löhr erwartungsvoll an. Er beugte sich zu ihr hinüber und sagte ihr ins Ohr:

»Das Knallbonbon ist eine Liste von Kölner Politikern und Beamten, die von euren italienischen Schwarzgeldwäschern bestochen worden sind oder bestochen werden sollen.«

»Eine *Liste*?«

»Nicht so laut!« Löhr legte ihr seinen Zeigefinger auf die Lippen. »Ja, eine Liste.«

»Und das nennst du Knallbonbon? Ich dachte, ein Knallbonbon wäre etwas, bei dem irgendwie Bares herausspringt.«

»Wer sagt, dass es das nicht tut?«

»Ich meine: Wie will man eine Liste in Bargeld verwandeln?«

»Es sind sehr hohe Summen von Bargeld, die da im Spiel sind. Bestechung läuft immer in bar. Das ist das Gute daran.«

»Ich verstehe immer noch nicht, worauf du hinauswillst.«

Die Idee, die in Löhrs Phantasie im Laufe des Tages gewachsen war, stand inzwischen in voller Blüte vor seinem inneren Auge. Er konnte jedes einzelne Blütenblatt erkennen. »Wenn man die Namen der Empfänger und die Beträge kennt«, sagte er, »dann weiß man auch, welchen Betrag man ihnen abknöpfen kann.«

Jetzt kapierte Carla. Ihre Augen weiteten sich. Das hatte sie Löhr offensichtlich nicht zugetraut.

»Bestiehl den Dieb«, sagte Löhr. »Das ist ein altes und vor allem ein ziemlich risikoarmes Spiel.«

»Du meinst Erpressung?«

»Ich meine, dass du eine annähernd perfekte Besetzung für dieses Spiel bist.«

47

Alles an diesem Morgen deutete darauf hin, dass mit ihm ein sonniger und vor allem ein erfolgreicher Tag beginnen würde. Nach einer in vielerlei Hinsicht aufschlussreichen Nacht mit Carla und genau eine Woche nach der Schießerei im Zero glaubte Löhr, allen Grund zum Optimismus zu haben. Er war zuversichtlich, dass er sehr bald aus dem bösen Teil der Geschichte herauskommen könnte, und zwar mit der Aussicht auf einen ordentlichen Gewinn. Und außerdem sah es nach einer Hundertachtzig-Grad-Wende in seinem Leben aus. Das machte ihn zwar einerseits ein bisschen beklommen, andererseits aber hatte sich diese Wende schon seit Langem angebahnt, und die Aussicht darauf erschien ihm nun wie ein großer Befreiungsschlag.

Der Tag hätte also beschwingt und heiter beginnen können, wäre nicht der Schatten dieses Traums gewesen, der über dem Morgen schwebte. Wahrscheinlich waren es die bekannten Gesichter im Weinhaus Vogel am Abend zuvor gewesen, die Löhr im Traum in seine Jugend zurückgeführt hatten. Sehr plastisch, wie morgendliche Träume oft waren, sah er sich in einer Szene im »Saint-Tropez«, dem Café, das es früher gleich neben dem Weinhaus Vogel gegeben und in dem er seine halbe Jugend verbracht hatte.

Er war jung, zwischen sechzehn und achtzehn, saß im Halbschatten an einem der Tische nahe am Bürgersteig, Rita, seine Lieblingskellnerin, in die er hoffnungslos verknallt, die aber viel zu alt für ihn war, servierte ihm gerade eine Cola mit Eis und Zitrone, da sah er über die Straße Büb auf sie zukommen. Als hätte sie geahnt, dass mit Büb etwas nicht stimmte, drehte sich Rita nach ihm um, in Zeitlupe. Gemeinsam starrten sie ihm entgegen. Zuerst war nichts Auffälliges zu erkennen. Büb, der jetzt auch in Zeitlupe auf sie zukam, war so wie immer, die dunklen Haare zurückgekämmt, den schmalen schwarzen Schlips locker um den weißen Hemdkragen geknotet, schwarzes Jackett, schwarze Röhrenhosen, weiße Socken, braune Slipper. Dann aber, er war noch fünf Meter von ihnen entfernt, sah man die dunklen Flecken auf seinem Hemd. Drei. Drei Einschüsse Kaliber 7.65. Doch man merkte Büb nichts an. Er rief ihnen etwas zu, etwas Unverständliches, denn es gab komischerweise keinen Ton in diesem Traum, und er lachte dabei, sein seltenes, verhuschtes Lachen, an dem nur die Mundwinkel beteiligt waren. Und dann war Löhr aufgewacht. Nicht schweißgebadet, aber doch beklommen und voll ängstlicher Vorahnungen. Es gab Dutzende von Variationen dieses Traumes. Alle mit diesen drei Einschüssen, und Löhr kannte das Kaliber der Geschosse deshalb so genau, weil Büb, sein Jugendfreund Büb, seit seinem elften Lebensjahr Berufsverbrecher, mit neunzehn tatsächlich daran verblutet war. In der Wohnung von Löhrs Eltern, dem einzigen Zuhause, das Büb je gehabt hatte.

Doch als Löhr um kurz nach zehn aus dem Hotel Coellner Hof trat und in die bereits im Süden stehende Sonne blinzelte, war der Traum fast schon wieder verflogen, und er freute sich auf einen weiteren Sonnentag und den ersten Akt seiner Befreiung.

Er kam keine zwei Schritte weit. Eine eisenharte Faust schloss sich um sein rechtes Handgelenk, eine zweite umfasste seinen rechten Oberarm, im gleichen Augenblick hing er vornüber hilflos im Polizeigriff eines Kerls, der viel stärker war als er selbst. Gleichzeitig stand vor ihm wie aus dem Nichts gezaubert ein zweiter Typ, fasste seinen linken Arm und trat ihm gleichzeitig gegen die Füße; Löhr ging zu Boden und hatte Mühe, dabei den Kopf zurückzubeugen, damit er sich nicht auf dem Pflaster Nase und Stirn aufschlug. Er spürte, wie ihm beide Arme auf den Rücken gedreht wurden, wie sich Handschellen um seine Handgelenke schlossen, nicht die aus Stahl, sondern diese dünnen Kunststoffkabelbinder, die tief ins Fleisch schneiden konnten. Und der Typ, der sie ihm anlegte, gab sich alle Mühe, dass sie ihm tief ins Fleisch schnitten. Der andere war jetzt wieder vor ihm, packte ihn an den Schultern, hob ihn in die Höhe und stellte ihn auf die Beine, als wäre er eine Strohpuppe.

Löhr sah ihm ins Gesicht. Es war das breite, stumpfsinnige Gesicht desselben stiernackigen Typen, der ihn am Freitagabend vor seiner Wohnung in der Mozartstraße verhaften wollte. Und weil der Typ ihn jetzt triumphierend angrinste, stieg Hass in Löhr auf, ein Hass, den er bisher nur vom Hörensagen kannte, ein Hass, wie man ihn nur gegenüber jemandem haben konnte, dem man vollständig ausgeliefert war. Und dieser Hass war schuld, dass er einen Fehler machte. Er spuckte den Typen an. Gleich danach wurde ihm schwarz vor Augen.

Ein klassisches Kölner Schlagloch auf der Kalker Hauptstraße brachte ihn wieder zu Bewusstsein. Das Bullenauto, ein Zivilfahrzeug, auf dessen Rückbank er mit zusammengebundenen Händen mehr lag als saß, hatte es nur unvollkommen abfedern können, es schleuderte Löhr fast bis zur Decke des Fahrzeugs. Mit dem Bewusstsein kamen sofort die Schmerzen. In seinem Schädel pochte es, als würde ihn jemand als Karnevalstrommel benutzen, die Stirn signalisierte mit einem stechenden Wund-schmerz, dass der Kopfstoß des Stiernackigen die Haut zum Platzen gebracht hatte, Blut lief ihm aus der Wunde die Nase entlang in den Mund. Außerdem taten ihm die Rippen höllisch weh. Wahrscheinlich, weil sie ihn mit Tritten ins Auto befördert hatten.

»Ganz schön schlechte Verlierer seid ihr«, sagte er. Aber aus irgendeinem Grund konnte er selbst kaum verstehen, was er sagte. Möglicherweise stimmte auch etwas mit seinem Mund nicht. Also riss er sich zusammen und versuchte es noch einmal, deutlicher diesmal: »Ganz schön schlechte Verlierer seid ihr.«

»Siehst du außer dir hier etwa *noch* 'nen Verlierer?«, sagte der zweite Bulle, ohne sich vom Beifahrersitz umzudrehen. Der Stiernackige saß hinterm Steuer und sagte nichts.

»Na, im Kurzstreckenlauf habt ihr jedenfalls nicht so gut ausgesehen. Genau wie bei der Quizfrage: Wie viele Eingänge hat der Bierkeller einer Kneipe? Na ja, Schwamm drüber. Die Intelligenztests für den mittleren Dienst sollen ja sehr menschen-freundlich sein.«

Der andere schwieg darauf. Bis sie vor einem der hinteren Eingänge des Polizeipräsidiums angekommen waren. Während er ihn aus dem Wagen zerrte, zog er unauffällig, aber dafür sehr effektvoll das Knie an. Löhr ging zu Boden.

»Oh! Herr Kollege! Ist doch hoffentlich kein Schwächeanfall?«

Löhr musste ihm die Antwort schuldig bleiben. Er hatte Mühe, die Zähne zusammengebissen zu halten und vor Schmerz nicht zu schreien.

Sie nahmen ihn zwischen sich und schleppten ihn zu einer blau gestrichenen Stahltür, die sich von selbst öffnete, als sie sich ihr auf anderthalb Meter genähert hatten. Sie betraten den Vorraum zu dem Trakt, in dem sich die Zellen für die Sicher-heitsverwahrung befanden. Der uniformierte Schließer, der hinter einer Glasscheibe gleich neben dem Eingang saß, nickte den beiden Bullen zu. Offenbar hatten sie ihn vorher informiert. An Löhr sah er vorbei. Er drückte auf einen Knopf, und vor ihnen öffnete sich eine weitere Tür, durch die es in den Flur mit den Zellen ging. Auf jeder Seite zwei Türen. Eine war offen.

Durch die stießen sie ihn, und als sie drinnen waren, zog der Stiernackige tatsächlich seine Waffe, während der andere Löhr mit einem Klappmesser die Kabelbinder durchschnitt. Dann gingen sie rückwärts aus der Zelle. Sie sagten dabei kein Wort.

48

Es war klar, dass die Pritsche in einem Polizeigewahrsam kein Federbett war. Aber wieso musste sie so hart sein, dass man darauf jeden Knochen im Leib einzeln schmerzhaft spürte? Vor allem die Rippen. Löhr hatte den Verdacht, dass die eine oder andere gebrochen sein könnte. Auf welcher Seite er auch zu liegen versuchte, es tat höllisch weh. Nach etlichen Experimenten hatte er heraus, dass die einzig mögliche Position die auf dem Rücken war. Er zog die dünne, harte Decke über sich bis zum Kinn, schloss die Augen und konzentrierte sich darauf, sich zu entspannen.

Er war erschöpft, die Verletzungen und die Schmerzen hatten ihn fertiggemacht. Zuerst versuchte er es damit, so flach und so regelmäßig wie möglich zu atmen, und als sich sein Kreislauf nach ein paar Minuten beruhigte und der Puls langsam herunterfuhr, vergegenwärtigte er sich jedes Gliedmaß, jeden Muskel darin, bemühte sich, sie erschlaffen und schließlich den ganzen Körper sacken, sich fallen zu lassen und dabei so wenig wie möglich zu denken, das hieß, nur an seine Glieder, seine Muskeln zu denken. Es schien zu gelingen, er döste, seine Gedanken verschwammen zu einem dicken, nebligen Brei, der schließlich von einem schwarzen Schlund aufgesogen wurde und verschwand. Er schlief.

Weil sie ihm nicht nur die Beretta und sein Handy, den Gürtel und die Schnürsenkel, sondern auch seine Armbanduhr abgenommen hatten, wusste er nicht, wie viel Zeit vergangen war, als ihn jemand am Arm berührte. Er öffnete die Augen. Neben seiner Pritsche saß ein Mann und fühlte seinen Puls. Sie hatten ihm einen Arzt geschickt, einen weiß bekittelten Glatzkopf mit einer dieser Brillen, die durch ihren rechtwinklig schmalen schwarzen Rahmen Gesichtern, die keines hatten, wenigstens ein bisschen Profil verleihen sollen.

»Wie fühlen Sie sich?«

»Super«, sagte Löhr.

»Wie haben Sie das gemacht?«, fragte der Arzt, als er die Platzwunde über Löhrs Nasenwurzel inspizierte.

»Bin gegen eine Autotür gelaufen.«

»Hm.«

Der Arzt, den das tatsächliche Zustandekommen der Wunde nicht weiter zu interessieren schien, holte eine Spraydose und ein Gerät, das aussah wie die schmale Version eines Tackers, aus seiner Tasche.

»Das werde ich klammern müssen, sonst gibt's eine hässliche Narbe. Es zwickt ein bisschen.«

Das Zwicken fühlte sich an, als galoppiere jemand mit einem Rasenmäher über seine Stirn. Löhr versuchte es wieder damit, so flach wie möglich zu atmen. Es half etwas, jedenfalls hielt es ihn vom Schreien ab. Als er mit dem Tacker fertig war, desinfizierte der Arzt die Wunde noch einmal mit seinem Spray und klebte dann ein Pflaster darüber. Dann kramte er in seiner Arzttasche und holte ein Spritzenbesteck und ein paar Ampullen heraus.

»Und was soll das werden?«, fragte Löhr.

»Ich muss Ihnen eine Tetanusspritze geben und eine Blutprobe abnehmen.«

»Warum?«

»Vorschrift.«

Da es keinen Sinn hatte, sich dagegen zu wehren, ließ Löhr die Blutabnahme und die Injektion über sich ergehen.

»Fehlt Ihnen sonst noch etwas?«, fragte der Arzt, als er fertig war.

»Mir geht es blendend, danke.«

Nachdem der Arzt verschwunden war, streckte Löhr sich auf der Pritsche aus, zog die Decke hoch, versuchte, sich wieder zu entspannen, und wartete darauf, dass er wegdöste. Es gelang ihm nicht. Sein Hirn war wieder in Fahrt geraten und ließ sich jetzt nicht wieder stoppen. Es drehte und wendete die Frage, wie die Bullen von den Internen Ermittlungen ihm auf die Spur gekommen waren. Denn dass sie ganz zufällig über den Hansaring gelaufen und ihn beim Herauskommen aus dem Hotel gesehen hatten, war auszuschließen. Jemand musste ihnen einen Tipp gegeben haben. Carla? Das lag zwar insofern nahe, als sie die Einzige war, die wusste, wo er die Nacht verbracht hatte, aber es wäre vollkommen absurd gewesen. Es gab keinen Grund, kein Motiv, weshalb sie ihn verzinken sollte. Außerdem konnte sie keine Ahnung davon haben, dass er überhaupt zur Fahndung ausgeschrieben war, er hatte ihr nichts davon erzählt.

Carla also auf gar keinen Fall. Ebenso auszuschließen waren Fischenich, Hubert Lantos und Onkel Heinz. Sonst fiel ihm niemand ein. Als letzte und plausibelste Erklärung blieb, dass irgendein Bulle, der über ihn Bescheid wusste, vielleicht jemand von der Kriminalwache, ihn gestern Abend im Weinhaus Vogel oder auf dem Eigelstein erkannt hatte, ihm und Carla bis zum Hotel gefolgt war und dann die Internen informiert hatte. Aber warum hatten die sich ihn dann erst am nächsten Morgen geschnappt? Das ergab keinen Sinn. Außer die Nachricht hätte sie aus irgendeinem Grund erst am Morgen erreicht und sie wären auf gut Glück zum Hotel gefahren. Was aber bloße Spekulation war. Eigentlich hatte es auch keinen Sinn, sich darüber weiter den Kopf zu zerbrechen. Löhr tat es trotzdem, was immerhin den einen Vorteil hatte, dass ihn die immer abstruseren Gedankenspiele irgendwann ermüdeten und er darüber wieder einschlief.

49

Beim nächsten Mal wurde er durch das Entriegeln der Zellentür wach. Löhr schlug die Decke zurück und setzte sich auf, um nicht den demütigenden Anblick eines Liegenden zu bieten. Die Tür öffnete sich, und herein kam Esser. Er war allein und trug einen Pappkarton und eingeklemmt unterm Arm einen Aktenordner.

Er schloss hinter sich nicht ab, sondern ließ die Tür bloß ins Schloss fallen, ging in die Mitte der Zelle und betrachtete den auf seiner Pritsche sitzenden Löhr eine Weile schweigend und ohne dass seine Miene verraten hätte, was in ihm vorging. Noch nicht einmal schüttelte er, das zumindest hatte Löhr erwartet, den Kopf. Schließlich zog er sich den Hocker, den der Arzt neben der Pritsche hatte stehen lassen, heran und setzte sich, allerdings mindestens anderthalb Meter Abstand zwischen sich und Löhr lassend.

»Wie ist denn das passiert?«, begann er mit Blick auf Löhrs Stirn.

»Bin ausgerutscht.«

»Die Kollegen von der Internen haben sich ganz schön von dir verarscht gefühlt, als du ihnen abgehauen bist.«

»Vielleicht sind sie ein bisschen zu sensibel für ihren Job?«

»Wenn du meinst.« Esser zuckte kurz mit der Schulter und schlug den schmalen Aktenordner auf, den er mitgebracht hatte. »Es geht um ein Abschlussprotokoll«, sagte er und zog aus der Innentasche seines senffarbenen Jacketts, aus dessen Reverstasche ein blassviolettes Einstecktuch lugte, einen Kugelschreiber.

»Abschlussprotokoll?«, fragte Löhr.

»Ja«, antwortete Esser. »Natürlich schließen wir nicht den Fall Sofia Fava. Aber wir bringen die Aufnahme deiner Zeugenschaft in diesem Café Zero darin zum Abschluss.«

»Und deshalb hast du mich von einem Überfallkommando auf offener Straße zusammenschlagen und in Handschellen abführen lassen?«

Löhr war aufgestanden, baute sich zehn Zentimeter vor Esser auf, sodass der nur noch seinen Hosenstall zu sehen kriegte. Esser aber blieb sitzen, rückte bloß den Schemel noch einen Meter weiter nach hinten und fixierte Löhr mit kaltem Blick.

»Tut mir leid«, sagte er. »Aber die Kollegen von der Internen Ermittlung waren noch nicht über unseren neuesten Kenntnisstand informiert. Der Haftbefehl war zum Zeitpunkt deiner Festnahme noch in Kraft. Formal ist also alles korrekt gelaufen.«

»Formal?«, schrie Löhr, durch ihn ging ein Ruck, er brachte sich in Position, um dem Hocker, auf dem Esser saß, die Beine wegzutreten. Ihm war danach, sich auf Esser zu stürzen und ihm die Fresse zu polieren. Doch er riss sich zusammen, blieb vor ihm stehen, ballte nur die Fäuste.

Esser blieb vollkommen ungerührt. »Ich weiß nicht, was du hast«, sagte er abweisend. »Du müsstest doch wissen, wie so was läuft. Paluchowski konnte einen Haftbefehl gegen dich erwirken, weil du dich einer weiteren Zeugenaussage zum Mordfall Fava entzogen hast.«

»Da ging's doch nicht nur um eine Zeugenaussage, du parfümierter Kleiderständer!«, schrie Löhr und begann, Esser auf seinem Hocker mit großen, wütenden Schritten zu umkreisen. »Der hat mir eine Beziehung zum Opfer unterstellt, hat deswegen ein Untersuchungsverfahren gegen mich eingeleitet, mich vom Dienst suspendiert, hat mich sogar zu 'nem Tatverdächtigen machen wollen, indem er mein Alibi in Frage stellte ...«

»Das alles hat sich durch unseren neuesten Erkenntnisstand erledigt. Du bist raus. Und um das protokollarisch abzuschließen, bin ich jetzt hier.«

Löhr unterbrach seine Umkreisung. »Und was ist der neueste Erkenntnisstand?«

»Wir haben den Mörder der Fava. Zumindest einen. Allerdings leider tot. Lag mit einer Kugel in der Brust am Aachener Weiher. Immerhin konnten wir ihn anhand von DNA-Spuren am Tatort in der Pension identifizieren.«

»Und der andere, der aus dem Zero?«

»Ist auch identifiziert. Dürfte sich um Tage oder Stunden handeln, bis wir ihn haben.«

»Tolle Arbeit!«

»Ja, seitdem du weg bist, sind wir 'ne effiziente Abteilung.«

Löhr überlegte einen Augenblick, ob er, um Esser einen Dämpfer zu verpassen, ihm einen Tipp wegen der auf dem Rathenauplatz erschossenen Frau geben sollte. Denn zumindest nach dem, was in der Zeitung stand, tappte das KK11 in dem Fall noch im Dunkeln. Aber dann ließ er es. Sollten die Arschlöcher ihren Job doch alleine machen, wofür wurden sie bezahlt?

Esser reichte Löhr einen Kugelschreiber und zwei bedruckte Blätter. Es war das Protokoll seiner zeugenschaftlichen Vernehmung durch Paluchowski vom Tag nach der Schießerei im Zero. Löhr überflog die beiden Seiten und stellte fest, dass sie darin festgehalten hatten, dass er Paluchowskis Unterstellungen in jedem Punkt plausibel widersprochen hatte.

»Ihr habt also eure Theorie aufgegeben, dass ich die Fava gekannt habe, bevor sie am Montagmorgen ins Zero kam?«, fragte er.

»Das war nicht unsere, sondern Paluchowskis Theorie«, antwortete Esser beleidigt.

»Ach so, dann hab ich da wohl was falsch verstanden«, sagte Löhr, unterschrieb und gab Esser die Blätter zurück. Der hielt ihm, immer noch mit beleidigter Miene, im Gegenzug den Pappkarton hin, den er mitgebracht hatte und der bislang auf dem Boden stand. Darin war alles, was die Internen Löhr abgenommen hatten, einschließlich seiner Beretta. Esser deutete darauf:

»Deine Privatwaffe? Angemeldet?«

»Klar«, nickte Löhr so beiläufig wie möglich. Esser erhob sich von seinem Hocker.

»Und außerdem, Jakob«, sagte er, während er sich imaginären Staub von seinen Hosenbeinen wedelte, so als habe ihn die Gegenwart Löhrs beschmutzt, »außerdem wäre es mir ganz recht, wenn wir uns in der nächsten Zeit nicht mehr über den Weg liefen.«

Löhr sagte nichts, stand anderthalb Meter von Esser entfernt und sah ihn bloß an.

»Und wenn ich ehrlich bin, wär es mir noch lieber, wir liefen uns überhaupt nicht mehr über den Weg.«

Löhr zuckte die Schulter. Esser verstand das als einen Ausdruck des Bedauerns, was es aber nicht war.

»Nein, nein, nein. Bild dir ja nicht ein, ich heule unserer gemeinsamen Vergangenheit hinterher. Kein bisschen. Es gibt kein Gesetz dafür, dass du dich der verdammten Vergangenheit zuwenden, dich damit *auseinandersetzen* sollst. Das ist ein fieser Trick von Psychologen, mit dem sie dich an deine Vergangenheit ketten wollen. Nein. Du kannst aufstehen und gehen, wann immer du willst.«

»Du bist ja ein richtiger Philosoph geworden«, sagte Löhr. »Aber du hast recht. Scheiß auf die Vergangenheit.«

»Und scheiß auf solche Typen wie dich! Du hast mich immer nur verarscht, Löhr. Dein Gequassel von Kollegialität und Freundschaft war immer bloß verlogene, gequirlte Kacke. Du hast immer nur an dich gedacht, ausschließlich deinen eigenen Vorteil im Auge gehabt.«

»Du scheinst in einer Krise zu sein. Selbstmitleid ist da aber auch keine Lösung, Rudi.«

»Siehst du: dein gottverdammter Zynismus! Du bist ein Menschenverächter, Jakob! Kann sein, dass das früher mal anders war. Aber so, wie ich dich die letzten Jahre erlebe, gehst du nur noch kaltblütig über Leichen, dir ist alles scheißegal. Und wenn du mich fragst, wieso …«

»Wieso?«, fragte Löhr.

»Weil du innerlich hohl bist, leer. Ohne Ziele, ohne Perspektive, ohne Moral.«

Löhr zuckte noch einmal die Schulter. Gleichmütig, obwohl er wusste, dass Esser nicht so ganz danebenlag, sagte er: »In jedem steckt was Böses, Rudi.«

»Möglich. Aber bei dir kommt allmählich 'ne ganze Menge davon zum Vorschein.«

50

Die Sonne hatte sich in die Lücke zwischen zwei Häuserblöcke geschoben, sodass jetzt, am frühen Nachmittag, die Engelbertstraße im gleißenden Licht lag. Ein paar Tage vor der Sommersonnenwende waren es die längsten Tage des Jahres, und es war ein Sommer, wie Löhr ihn lange nicht mehr erlebt hatte. Zumindest, was das Wetter anbelangte. Endlich mal hatte man was vom Klimawandel. Er saß vor dem Zero im Schatten der

Markise, trank Mineralwasser und den zweiten Espresso und las den Stadt-Anzeiger. Hugo, der Wirt, der heute hinterm Tresen stand und gleichzeitig bediente, hatte ihn begrüßt wie jemanden, der nach Jahren des Exils zurückgekehrt war: »Mensch, Jakob, wo hast du so lange gesteckt? Und wann hörst du endlich auf, dir die Fresse polieren zu lassen?« Löhr waren dazu ein paar ausweichende, aber immerhin so plausible Antworten eingefallen, dass Hugo ihn nach einer Weile in Ruhe ließ.

Dem Fall Sofia Fava widmete die Zeitung immerhin noch eine Doppelspalte und brachte noch einmal ein altes Foto von ihr. Darauf war sie ein paar Jahre jünger und sah Carla zum Verwechseln ähnlich. Der Beitrag schilderte die Entwicklung des Falls so, wie Esser es ihm erzählt hatte: dass das KK11 dem am Aachener Weiher auf rätselhafte Weise erschossenen Sarden die im Pensionszimmer der Fava gefundenen Spuren zuordnen und ihn so als einen ihrer Mörder identifizieren konnte. Und dass dieser Mann, der im Artikel nur mit seinen Initialen benannt wurde, in Italien mehrfach wegen Mordes, anderer Gewalttaten und der Zugehörigkeit zu mafiösen Gruppen verurteilt worden war. Nach Verbüßung einer langjährigen Haftstrafe hatte er in den letzten Jahren im Restaurant seines Bruders in Remscheid gearbeitet. Jenes Bruders, der vor einer Woche »bei einer Schießerei in einem Café in der Kölner Innenstadt« ebenfalls ums Leben gekommen war. Hintergrund all dieser Bluttaten, ließ sich der ermittelnde Staatsanwalt Paluchowski im Artikel zitieren, seien ganz offensichtlich »Streitigkeiten innerhalb eines mafiösen Clans«. Auf welche Weise die ermordete Sofia Fava in diesen »Clan« und seine »Streitigkeiten« involviert war, ließ der Artikel offen, denn darüber hatte der Staatsanwalt dem Reporter augenscheinlich nichts erzählt. Woher hätte er es auch wissen sollen?

Zufrieden legte Löhr die Zeitung zur Seite und schaute auf seine Uhr. Es war kurz vor halb zwei. In einer Stunde war er hier mit Carla verabredet, und in ein paar Minuten würde Hubert Lantos auf dem Weg zu seinem Büro vorbeischauen, so wie er es jeden Tag zu tun pflegte.

Löhr fasste sich an die Stirn, betastete die Wunde unter dem Pflaster und versuchte, sich an seine Stimmung vom Morgen zu erinnern, bevor ihm die Bullen Stirn, Rippen und Eier poliert hatten. Er war aufgeregt gewesen, weil er sich am Beginn eines Aufbruchs zu etwas Neuem gefühlt hatte. Dieses Gefühl war jetzt verflogen. Klar, die Internen hatten ihm ziemlich gründlich die Laune versaut. Trotzdem. Irgendetwas außer dem war nun anders. Obwohl er objektiv jetzt in einer viel besseren Lage war als noch am Morgen. Von Paluchowski hatte er nichts mehr zu befürchten, jedenfalls vorläufig nicht. Und die Sarden hatten ihren verdammten Stick und keinen Grund mehr, ihm in die Quere zu kommen. Schließlich konnten weder sie noch die Bullen ahnen, was er vorhatte. Trotzdem. Die Aufbruchsstimmung vom Morgen stellte sich nicht wieder ein. Im Gegenteil. Langsam, aber beharrlich kroch in Löhr das Gefühl hoch, dass irgendetwas nicht stimmte, dass etwas gründlich schieflief.

Als er fünf Minuten später Hubert Lantos sich dem Zero nähern sah, wusste er, dass sein Gefühl ihn nicht getrogen hatte. Irgendetwas war tatsächlich gründlich schiefgelaufen. Das erste Mal in diesem Sommer trug Lantos weder Bermudashorts noch Hawaiihemd noch Flip-Flops, sondern ganz normale Klamotten, eine lange helle Leinenhose, Straßenschuhe und über einem hellblauen Hemd ein teuer aussehendes anthrazitfarbenes Seidenjackett. Passend zu dessen Farbe war seine Miene, grau und faltig. Ächzend wie ein übergewichtiger alter Mann ließ er sich an Löhrs Tisch nieder.

Löhr sagte nichts, blickte ihn nur aufmerksam und fragend an. Doch Lantos schwieg ebenfalls, atmete schwer, starrte auf den Boden zu seinen Füßen, wartete ab, bis Hugo herauskam und seine Bestellung aufnahm.

»Cognac. Einen doppelten.«

Hugo zog die Augenbrauen hoch und verschwand wieder im Inneren des Zero.

»So schlimm?«, sagte Löhr, denn Lantos trank sonst so gut wie nie. »Sind deine Wertpapiermärkte zusammengebrochen?«

Lantos ließ verächtlich Luft ab. »Das wär mir so was von scheißegal.« Er atmete jetzt noch schwerer, drehte endlich sein

Gesicht Löhr zu und sah ihn aus tief in ihren Höhlen liegenden Augen an.

»Hilfst du mir?«

»Du weißt, dass ich das tue.«

Hugo brachte den Cognac. Lantos nahm ihm das Glas aus der Hand, roch noch nicht einmal dran, kippte den Doppelten mit einem Zug hinunter. Beeindruckt zog sich Hugo ins Zero zurück.

»Das heißt, wenn ich dir helfen *kann*«, sagte Löhr. »Was ist passiert?«

»Sie haben meinen Jüngsten. Eric. Er ist dreizehn.«

51

Als Eric, der an diesem Vormittag nur vier Stunden Unterricht gehabt hatte, mittags nicht nach Hause gekommen war, hatten sich Hubert Lantos und seine Frau zunächst noch keine Sorgen gemacht. Erst als er länger als eine Stunde über der Zeit gewesen war, hatten sie versucht, ihn anzurufen, doch sein Handy war abgeschaltet. Darauf riefen sie im Schulsekretariat an, aber da wusste man von keiner Änderung der Stundenpläne, die einen längeren Aufenthalt Erics in der Schule erklärt hätte. Lantos war schon auf dem Sprung, in die Schule zu fahren und dort nach ihm zu suchen, als der Anruf kam. Ein Mann. Akzentfreies Deutsch. Man habe den Jungen. Lantos brauche sich keine Sorgen zu machen. Weitere Anweisungen erhalte er über sein Handy. Das war der Stand der Dinge.

»Wie lange ist das her?«

Lantos sah auf seine Uhr. »Anderthalb Stunden.«

Löhr überlegte, dann zog er sein Handy heraus und tippte Fischenichs Nummer ein. Der ging sofort dran. Löhr sagte, es sei dringend, wann sie sich sehen könnten. In höchstens zwei Stunden, antwortete Fischenich. Löhr nannte ihm die Adresse von Lantos' Büro und steckte das Handy wieder ein.

»Polizei?«, fragte Lantos mit gerunzelter Stirn.

»Nicht offiziell, so eine Art privater Kontakt. Wir müssen nachher sehen, ob er uns helfen kann, ohne den Polizeiapparat einzuschalten.«

Hugo kam heraus und fragte, ob er ihnen noch etwas bringen könnte.

»Noch so einen«, sagte Lantos und zeigte auf sein leeres Cognac-Glas. Löhr hielt die Hand übers Glas.

»Lieber nicht. Du brauchst einen klaren Kopf.« Und zu Hugo sagte er: »Bring uns noch zwei Espresso.«

Als Hugo weg war, sah er den in tiefster Depression seine Schuhe anstarrenden Lantos so lange an, bis der aufsah und seinen Blick erwiderte.

»Was, denkst du, wollen sie von dir?«

»Von mir? Ich glaube nicht, dass die direkt von mir was wollen. Ich glaube eher, die wollen was von dir.«

»Ach?«

»Jedenfalls kann ich mir nichts anderes vorstellen. Sie wollen, dass ich dich dazu bringe, nicht mehr an diesem ›Cologne Sun Gardens‹-Projekt weiterzubohren. An dich können sie nicht ran. Sie haben's verpasst, dich umzulegen, bevor du ihnen dahintergekommen bist. Und da sie wissen, wie du dahintergekommen bist, nämlich durch mich, gehen sie jetzt mich an. Im Unterschied zu dir bin ich nämlich erpressbar. Ich habe Kinder.«

Löhr stierte Lantos mit offenem Mund an. Wieso hatte er diese Gefahr nicht gesehen? Warum hatte er keinen Augenblick darüber nachgedacht, wie verletzbar Lantos war, als er ihn nötigte, für ihn das Schließfach zu öffnen?

»Scheiße«, sagte er. »Ich muss blind gewesen sein, dich da mit reinzuziehen.«

Lantos lehnte sich weit zurück und blies noch einmal Luft aus. »Reinzuziehen! Du hast mir gesagt, dass man mich da nicht reinziehen kann, weil ich von Anfang an mit drinstecke. Und so ist es auch.«

»Dann wird's jetzt Zeit, dass wir eine klare Geschäftsgrundlage schaffen. Schieß mal los, wie tief du drinsteckst.«

Hugo brachte die beiden Espresso und sah mit leicht besorgter

Miene von einem zum anderen. »Sonst alles in Ordnung bei euch?«

Löhr rang sich ein freundliches Lächeln ab. »Danke, Hugo. Wir kommen klar.«

»Vielleicht solltet ihr mal wieder Schach spielen? Dabei habt ihr jedenfalls immer einen wesentlich entspannteren Eindruck gemacht.«

Der Wirt zog sich zurück, Lantos rührte in seiner Espressotasse und trank ein Schlückchen. »Ich war direkt am Anfang mit dabei«, sagte er mit leiser, brüchiger Stimme. »Als der erste Kontakt zwischen der Saussure-Bank und den italienischen Investoren zustande kam und —«

»Wer sind diese ›italienischen Investoren‹?«, unterbrach ihn Löhr.

Lantos breitete die Arme aus. »Meinst du, die klopfen an und stellen sich persönlich vor? Woher soll ich wissen, wer die sind? Natürlich stecken mafiöse Organisationen dahinter, aber das kannst du heutzutage überhaupt nicht mehr auseinanderhalten. Die Cosa Nostra und die N'drangheta haben in den letzten zehn Jahren die komplette norditalienische Wirtschaft unterminiert. Da kann kein Mensch mehr zwischen mafiösen und sauberen Unternehmen oder zwischen schwarzem und weißem Kapital unterscheiden. Also gehst du zuerst einmal davon aus, dass es sich nicht um Mafia-Geld handelt.«

»Aber dein Job bei De Saussure war es doch, schwarzes italienisches Geld in weißes deutsches zu verwandeln?«

»Woher willst du das wissen, dass das ›mein Job‹ war?« Lantos fuhr gereizt auf, wirkte auf einmal noch nervöser, Misstrauen zeichnete sich in seiner Miene ab.

»Hubert! Hältst du mich für blöd? Du hast das schon mehrfach angedeutet, dass du bei Saussure für das ›italienische Geschäft‹ zuständig warst, früher jedenfalls, wie du sagst …«

»Du glaubst mir nicht?«

»Ich bin mir nicht ganz sicher. Warum hast du mir zum Beispiel verschwiegen, dass die Bankschuldverschreibungen im Schließfach von De Saussure emittiert wurden?«

Lantos antwortete nicht gleich, sah Löhr einen Augenblick

erstaunt und schweigend an. »Respekt«, sagte er schließlich. »Du hast dich schlaugemacht.«

»Ich war schließlich mal Polizist.«

»War?«

»Ist so ein kleines Projekt von mir. Erzähl ich dir bei Gelegenheit mehr davon.«

Das Erstaunen in Lantos' Miene wuchs, dann aber besann er sich, dass es im Augenblick um wichtigere Fragen ging. »Verschwiegen ist nicht der richtige Ausdruck. Ich hab's bloß nicht erwähnt, um die Geschichte nicht noch komplizierter zu machen.«

»Na ja, Geldwäsche *ist* kompliziert. Vor allem in dem Umfang. Und ziemlich riskant.«

»Ich hab nicht gesagt, dass ich damit nie was zu tun hatte. Ich hab nur gesagt, dass ich aktuell nichts mehr damit zu tun habe.«

Wie aufs Stichwort gab Lantos' Handy in seinem edlen Jackett einen kurzen Signalton von sich. Es klang wie ein erstickter Hahnenschrei. Hastig zog Lantos das Handy hervor, starrte aufs Display.

»Was?«, fragte Löhr.

»Nichts. Ich meine, *sie* sind es nicht. Ich muss ins Büro.«

»Waaas?«, fragte Löhr noch einmal.

»Scheiße, Jakob!« In Lantos' Gesicht zuckte es unkontrolliert. In einem solchen Zustand hatte Löhr ihn noch nie gesehen. »Was soll ich machen? Ich kann im Moment nichts machen. Also gehe ich zur Arbeit. Irgendwie muss es doch weitergehen ...«

»Ja«, sagte Löhr mit tonloser Stimme. »Es muss weitergehen. Und *dass* es immer weitergeht, das ist die eigentliche Scheiße.«

52

Sie schlenderte durch seine Wohnung vor ihm her, und so, als begutachte sie eine Pension für die Sommerfrische, nahm sie mit koketter Neugierde die Zimmer und Einrichtungsgegenstände in Augenschein. Ihre rosafarben gemusterte Bluse und ein kurzer, enger Rock aus dem gleichen Stoff machten sie jünger, als sie war. Seit sie sich vor einer halben Stunde im Zero getroffen hatten und er sie anschauen, ihre Haut und ihr Haar berühren und den leichten Duft ihres Parfüms riechen konnte, stand er wieder ganz in ihrem Bann. Jetzt wusste er, woher dieses Gefühl von Leichtigkeit und Aufbruch gekommen war, das ihn am Morgen wie auf Flügeln aus dem Hotel getragen hatte. Allerdings wunderte er sich nun, wie gründlich er das von dem Augenblick an, wo der Interne ihm einen Kopfstoß verpasste, hatte vergessen können.

Carla war in der Küche angekommen, drehte eine Runde darin und inspizierte mit Kennerblick die Einrichtung, während Löhr, der ihr bisher traumwandlerisch hinterhergetrottet war, im Türrahmen stehen blieb und sie betrachtete.

»Benutzt du das etwa alles? Nudelmaschine, Fleischwolf, Schneidemaschine, Fritteuse?«

»Nein.«

»Strandgut deiner Ehe?«

»Ja. Allerdings hab ich danach auch eine Zeit lang gekocht. Hab's aber wieder drangegeben.«

»Das kann ich mir auch überhaupt nicht vorstellen. Du mit einer Schürze umgebunden und einem Kochlöffel in der Hand!«

Sie kam auf ihn zu, umfasste sein Gesicht und küsste ihn leicht auf den Mund. Dann strich sie mit den Fingern über das Pflaster auf seiner Stirn.

»Il mio spavaldo!«, flüsterte sie lächelnd und streichelte sanft die Haut um die Wunde.

»Was heißt das?«

»Kann's nicht übersetzen. Fiel mir gerade so ein.«

Sie drängte ihn gegen den Türrahmen, schlang ihre Arme um seinen Hals und küsste ihn.

»Ich muss gleich wieder los«, sagte er, als er wieder zu Atem kam.

»Schade«, hauchte sie.

»Ich weiß nicht, wie lange es dauert.« Er dachte an Lantos, dass der ihn jetzt dringend brauchte und es wahrscheinlich eine ganze Reihe komplizierter Dinge zu tun geben würde. »Kommst du so lange alleine hier klar?«

Sie bog den Kopf zurück. »Meinst du immer noch, das wäre eine gute Idee, dass ich bei dir einziehe?«

»Warum nicht? Ist doch auch praktisch, wo wir demnächst Geschäftspartner sind …«

Sie lächelte, schüttelte aber den Kopf dabei und löste sich sanft aus der Umarmung. »Ich weiß nicht, ob das so einfach ist, wie du dir das vorstellst. Und vor allem weiß ich nicht, ob ich die Richtige für so etwas bin.«

»Natürlich bist du die Richtige! Oder hat du mir vergangene Nacht nicht selbst gesagt, dass du die geborene Betrügerin und Lügnerin bist?«

Sie nestelte an ihren Haaren, die sie heute hochgebunden trug, und Löhr meinte, eine Spur von Verlegenheit an ihr zu bemerken. »Ich habe dir nur gesagt, dass ich nicht anders kann, als zu lügen, weil ich ein freundlicher Mensch bin.«

»Stimmt, das hast du gesagt. Ich hab aber nicht verstanden, wie du das meinst: *Muss* man lügen, *weil* man ein freundlicher Mensch ist?«

»Für mich ist es wichtig, dass ich positive Beziehungen mit Menschen habe, dass einer, der mit mir spricht, lächelt und sich freut. Deshalb kann ich nicht anders als lügen. Denn lügen ist ja besser, als Schwierigkeiten zu bekommen, oder?«

»Wenn man wahrhaftig ist, würde ich sagen, könnte man die meisten Schwierigkeiten überhaupt vermeiden.«

»Siehst du! So denken alle. Und das ist eben der Irrtum. Die Wahrheit macht die Menschen unglücklich. Und ich, ich möchte ihnen eine Freude machen, will sie nicht enttäuschen. Und das geht eben nicht, ohne zu lügen. Ohne Lüge keine *serenità*. Verstehst du jetzt?«

Löhr antwortete nicht gleich, sah Carla bloß an und vergegenwärtigte sich die Komik der Situation. Er steckte bis zum Hals in einer bisher reichlich tödlich verlaufenden, hochkriminellen Korruptionsgeschichte mit dem momentanen Stand, dass gerade der minderjährige Sohn eines Freundes gekidnappt wurde, und er stand hier in der Küche seiner Wohnung mit einer der

Hauptfiguren dieser Geschichte und philosophierte mit ihr ganz entspannt über die Vor- und Nachteile des Lügens. Und die wirklich urkomische Pointe dieser absurden Situation war, dass er jetzt nichts lieber täte, als über diese Hauptfigur herzufallen und sich mit ihr ein für alle Male aus der beschissenen Geschichte herauszuvögeln.

»Lass uns später weiterreden«, sagte er. »Ich muss jetzt wirklich los.«

»Gut.« Carla machte einen Schritt auf ihn zu, lächelte ihn an und küsste ihn auf den Mund. »Pass auf dich auf!«

53

Das Erste, was Löhr bemerkte, als er Hubert Lantos' Büro in der Engelbertstraße betrat, war, dass die Schrotflinte immer noch, wie zwei Tage zuvor, neben der Tür lehnte. Lantos selbst stand ihm abgewandt am Fenster, hatte die Jalousie zur Seite geschoben und blickte auf die Straße hinunter.

»Und? Haben sie sich noch mal gemeldet?«, fragte Löhr.

Lantos drehte sich zu ihm um. Er schüttelte den Kopf. Trotz der Hitze trug er immer noch sein dunkles Seidenjackett. Er trug es wie eine Uniform, die ihm Haltung verlieh. Vielleicht lag es daran, aber Löhr hatte auch sonst den Eindruck, dass er nicht mehr ganz so fassungslos war wie zuvor im Zero.

»Okay«, sagte Löhr. »Dann lass uns jetzt zusammen warten und überlegen, was wir tun können. Oder hast du dir schon was überlegt?«

»Hab versucht zu arbeiten, hab telefoniert und so weiter, aber es hat keinen Zweck, ich kann mich auf nichts anderes konzentrieren. Hab mich für heute in New York abgemeldet.«

Löhr nickte, zog den Klappstuhl, der seit ihrer letzten Begegnung mitten im Raum stehen geblieben war, heran und setzte sich.

»Dann hab ich darüber nachgedacht«, fuhr Lantos fort,

»was es mit dem sogenannten Gesetz der Fülle auf sich haben könnte.«

»Noch nie was von gehört«, sagte Löhr.

»Das ist eine These, die der polnische Philosoph Leszek Kolakowski einmal aufgestellt hat.«

»Du und deine Philosophen«, murmelte Löhr. »Ich kenne weder diesen Kolakowski noch dessen Gesetze.«

»Kolakowskis ›Gesetz der Fülle‹ lautet, dass es für jedes beliebige Ereignis eine unendliche Anzahl von Erklärungen gibt.«

»Also keine?«, schlussfolgerte Löhr.

»So kann man es vielleicht auch verstehen«, sagte Lantos. »Ich hab mir aber eben überlegt, dass es, jetzt mal in unserer Sprache, genauso gut bedeuten kann: Du kannst nie wissen, welches Arschloch dir eine reinwürgt und warum.«

»Da ist auch was dran«, sagte Löhr.

»Trotzdem muss man, wenn's dann passiert ist, die Frage nach dem ›Warum‹ stellen.«

»Und?«

Lantos löste sich vom Fenster und ging zu seinem Schreibtisch. Er setzte sich auf den drehbaren Schreibtischsessel und schob ihn so an, dass er Löhr anschauen konnte.

»Wenn meine Theorie stimmt, dass sie eigentlich was von dir wollen, müssen sie sehr genau über unsere Beziehung und unsere gemeinsamen Aktivitäten informiert sein.«

»Natürlich. Ich hab dir von dem dunklen BMW vor der Saussure-Bank erzählt. Da hast du noch Witze drüber gemacht.«

»Und was ist danach passiert?«

»Ich hab das getan, was du mir geraten hast, ich hab ihnen ihren gottverdammten Stick zurückgegeben.«

»Oh!« Lantos war überrascht. Er hatte offenbar nicht damit gerechnet, dass Löhr seinem Vorschlag so prompt folgen würde.

»Wenn man jetzt logisch weiterdenkt«, fuhr Löhr fort, »müsste man glauben, dass sie mit dem Stick alles haben, was sie von Anfang an haben wollten. Oder?«

»Offensichtlich nicht«, sagte Lantos. »Sonst würden sie nicht so brutal weitermachen und mir meinen Jungen entführen!«

»Genau«, sagte Löhr. »Das ist der Punkt. Wenn wir dahinterkommen, was sie außer dem Stick noch haben wollen, bevor sie es uns selbst sagen, sind wir einen Schritt weiter.«

Lantos schwieg, dachte nach und sagte dann: »Was sollten sie noch *haben* wollen?«

»Haben wollen sie vermutlich nichts mehr. Sie wollen bloß verhindern, dass wir etwas tun. Das hast du ja vorhin schon gesagt. Sie wissen, dass ich Polizist bin, also nehmen sie an, dass ich mit meinem Wissen aus dem Schließfach den Korruptionshintergrund des ›Cologne Sun Gardens‹-Projekts aufdecken will und es damit torpediere.«

»Du könntest doch längst schon dabei sein und den Polizeiapparat in Bewegung gesetzt haben …«

»Sie beobachten mich jetzt schon fast eine Woche lang! Die wissen, dass ich Stress mit den Bullen habe. Für die bin ich ein Einzelgänger, der sein eigenes Interesse an der Geschichte hat. Sie wissen nur nicht, welches. Und sie wissen nicht, was ich vorhabe. Also gehen sie auf Nummer sicher und wollen erzwingen, dass ich gar nichts tue.«

»Und für wie lange, Herrgott noch mal?« Lantos' Stimme zitterte. Er ballte seine fleischigen Hände zu Fäusten und schlug damit auf seine Oberschenkel ein. »Das dauert doch ewig, bis dieses Projekt durch die Instanzen ist! Ein halbes Jahr, ein Jahr, was weiß ich. Soll mein Junge so lange bei diesen Wichsern bleiben?«

»Es sei denn, sie haben schon kräftig geschmiert und alles vorbereitet. Und das haben sie.«

»Ach? Woher weißt du das?«

»Ich hab eine Quelle angezapft.«

»Interessant. Und diese Quelle kann dir nicht sagen, warum sie sich meinen Sohn gekrallt haben?«

Löhr schüttelte bedauernd den Kopf. »Nein. Aber vielleicht hast du was läuten hören, wie weit das Projekt inzwischen ist …?«

Durch Lantos' Stirn grub sich eine gewaltige Furche, wütend starrte er Löhr an. »Hast du sie noch alle? Wieso soll ich da was läuten gehört haben? Was glaubst du? Dass ich da etwa immer noch mit drinstecke?«

»Du *hast* mal dringesteckt.«

»Jakob!«, schrie Lantos, sprang so heftig von seinem Sessel auf, dass der hinter ihm gegen die Wand knallte, und baute sich in seiner ganzen massigen Größe vor Löhr auf. »Ich hab dir schon zehnmal gesagt, dass das *Geschichte* ist! Ich habe da nichts mehr mit zu tun. Gar nichts mehr! Sie haben meinen *Sohn*!«

Löhr stand ebenfalls auf, erschrocken von Lantos' heftiger Reaktion. Das Klingeln seines Handys ersparte es ihm, Lantos seinen plötzlichen Anfall von Misstrauen erklären zu müssen. Es war Fischenich.

»Bin gerade an der Adresse, die Sie mir eben genannt haben, vorbeigefahren. Sind Sie alleine da?«

»Nein.«

»Dann ist es besser, wir treffen uns woanders. Und zwar nur wir beide.«

»Okay. Und wo?«

»Kennen Sie den Geusenfriedhof?«

»Ja.«

»Von dort, wo Sie jetzt sind, können Sie in zwanzig Minuten da sein.«

Fischenich beendete das Gespräch. Löhr steckte sein Handy wieder ein.

»Mein Mann will mich alleine treffen« sagte er zu Lantos, der sich inzwischen von ihm abgewandt hatte, wieder zum Fenster gegangen war und auf die Straße hinunterschaute.

»Ich muss gleich los und komme anschließend wieder bei dir vorbei.«

Lantos drehte sich vom Fenster weg und sah Löhr an.

»Du traust mir nicht.«

»Doch. Ich traue dir, Hubert.«

54

Obwohl der Geusenfriedhof höchstens hundert Meter von der Inneren Kanalstraße entfernt lag, über die gerade ohrenbetäubend die Rushhour tobte, umgab Löhr, gleich nachdem er das lichte grüne Areal betreten hatte, eine Stille, die ihm uralt und irgendwie gleichmütig vorkam, so als habe sich dieser Ort entschieden, ein für alle Mal nichts mehr mit seiner Umgebung zu tun zu haben. Er betrat den mittleren Weg, der das überschaubare Grundstück diagonal durchschnitt, ging ein paar Schritte und genoss die Kühle unter den hohen Kronen der alten Bäume, die den von Efeu bewachsenen Boden um die Grabsteine im Schatten hielten.

Nach ein paar Metern blieb er stehen und blickte sich nach allen Seiten um. Er war alleine hier, von Fischenich keine Spur. Vor sich, auf der Hälfte des Weges, entdeckte er eine Bank. Er schlenderte darauf zu, blieb vor der einen oder anderen Grabplatte stehen, versuchte vergeblich, die verwitterten Inschriften zu entziffern, und betrachtete die Reliefs. Eines zeigte eine Gestalt in einem langen Gewand, die mit gefalteten Händen vor einer Grabstätte kniete. Neben ihr stand ein Knochenmann mit leicht erhobener Sense und betrachtete den Betenden. Die Haltung des Knochenmanns, seine hochgezogenen Schultern und die Art, wie er die Sense hielt, drückten Unschlüssigkeit aus: Fixierte er bereits sein nächstes Opfer, oder hatte er Mitleid mit ihm, bereute vielleicht sogar, ihm den Schmerz der Trauer zugefügt zu haben? Ein fernes, verhaltenes Räuspern riss Löhr aus seinen Überlegungen. Er blickte auf, sah aber zuerst niemanden. Erst als der sich noch einmal räusperte, entdeckte er Fischenich; er saß, leicht verdeckt von einem Baumstamm, vielleicht fünfzig oder sechzig Meter von Löhr entfernt auf einer Bank am äußersten Ende des Friedhofs.

»Sie haben eine Vorliebe für merkwürdige Orte«, sagte Löhr, nachdem er sich neben ihn auf die Bank gesetzt hatte.

»Eine Vorliebe für *übersichtliche* Orte«, korrigierte Fischenich. Er trug heute seine normale Bürokluft, worin er aussah wie ein überarbeiteter, von seinen Vorgesetzten gepiesackter Durchschnittsangestellter. »Was gibt es?«

Wollte er, dass Fischenich ihm und vor allem Lantos wirklich half, musste Löhr seine Zurückhaltung aufgeben und ihn zumindest teilweise in das einweihen, was er ihm bisher verschwiegen hatte. Also klärte er ihn zuerst über Lantos und seine frühere Rolle in der Saussure-Bank auf, ohne allerdings seinen Verdacht auszusprechen, dass Lantos immer noch im Geldwäschegeschäft der Bank steckte. Dann erzählte er ihm von der Entführung und von den Theorien, die er und Lantos über deren möglichen Hintergründe und Motive entwickelt hatten. Fischenich hörte aufmerksam zu, blickte zu Boden und malte, während Löhr sprach, mit der Schuhspitze Kreise in den vermoosten Boden vor sich. Als Löhr fertig war, blieb sein Blick auf diese Kreise gerichtet, und er schwieg eine ganze Weile. Dann blickte er auf und sah Löhr an.

»Sie sehen übrigens nicht gerade taufrisch aus.« Er wies, als fiele ihm das jetzt erst auf, beiläufig auf das Pflaster an Löhrs Stirn. »Was ist passiert?«

Löhr erzählte ihm von seiner Festnahme und der wundersamen Befreiung durch Esser. »Wussten Sie das etwa noch nicht?«

»Davon, dass die Internen Sie zusammengeschlagen haben, wusste ich nichts. Aber darüber, dass Paluchowski seinen Haftbefehl zurückziehen musste, war ich selbstverständlich informiert.« Er unterstrich das »selbstverständlich« mit einem betonten Heben seiner linken Augenbraue, das Löhr deutlich signalisierte, dass er bei dessen Befreiung aus dem Polizeigewahrsam seine Finger mit im Spiel gehabt hatte. Und damit war auch klar, dass er im Gegenzug für seine Hilfe in der Entführungsgeschichte etwas haben wollte. Löhr brauchte keine Minute zu warten, um zu erfahren, was es war.

»Die Originale im Schließfach müssten Urbanczyk und ich zumindest einmal gründlich einsehen, damit wir in dieser und auch in der Geschichte mit den ›Sun Gardens‹ effektiv tätig werden können.«

»Tut mir leid«, Löhr deutete eine ohnmächtige Geste an, »da ist nichts zu machen. Mehr als die Kopien kann ich nicht bieten.«

Fischenich schwieg, doch Löhr, der angestrengt geradeaus in die Tiefe des Friedhofs schaute, spürte seinen misstrauischen Blick auf sich.

»Heißt das, dass Ihr Freund Lantos immer noch im Geldwäschegeschäft aktiv ist?«

»Nein, das heißt es nicht«, antwortete Löhr, blieb aber eine weitere Erklärung schuldig.

Fischenich schwieg wieder und begann von Neuem, mit der Fußspitze Kreise vor sich in den Boden zu malen. »Sie spielen ein riskantes Spiel, Löhr.«

»Es geht um die Entführung eines Dreizehnjährigen.«

»Sie wissen genau, dass ich etwas anderes gemeint habe.«

»Können Sie da jetzt behilflich sein oder nicht?« Löhr wandte sich Fischenich zu und sah ihn offen an. Der verstand die Drohung, senkte jedoch nicht seinen Blick, sondern erwiderte den von Löhr.

»Natürlich werde ich Ihnen beziehungsweise Ihrem Freund helfen«, sagte er fest. »Allerdings kann ich das unter den Umständen nicht mit unserem Apparat.«

»Okay …«, sagte Löhr gedehnt. Doch Fischenich blieb ihm die Antwort auf die unausgesprochene Frage schuldig, welche Mittel er sonst einsetzen wollte.

»Der Anruf der Entführer«, fragte Fischenich, »kam der auf dem Handy oder auf der Festnetznummer Ihres Freundes an?«

»Auf dem Handy. Sie wollen auch weiter über Handy in Kontakt mit ihm bleiben.«

»Gut. Aber geben Sie mir besser beide Nummern«, sagte Fischenich und zog aus seiner Jacketttasche den kleinen Schreibblock, in den er sich schon in seinem Auto Notizen gemacht hatte. Löhr kramte seinen Taschenkalender hervor, suchte Lantos' Telefonnummern heraus und diktierte sie Fischenich.

»Eine Telefonüberwachung *ohne* Polizeiapparat?«

Fischenich grinste ihn an. »Sie haben Ihre Geheimnisse, ich habe meine.«

Löhr grinste zurück und wechselte das Thema. »Sie haben sich gar nicht zu meiner Theorie über die Motive der Entführer geäußert.«

»Die scheint mir erst mal plausibel. Nur sollten wir berücksichtigen, dass jetzt nicht mehr nur die Sarden und deren italienische Auftraggeber im Spiel sind …«

»Sie meinen …?«

»Ja. De Saussure und Klenk mit seiner Pietsch-Holding haben

ein genauso starkes Interesse wie die ›Benevolenza‹, dass das Projekt ohne Komplikationen und schnellstmöglich eingetütet werden kann.«

»Sie glauben, die würden so weit gehen, dass …?«

»Es geht nicht nur um ein paar Millionen, es geht um Milliarden und womöglich noch mehr, und damit geht es um ihre Existenz.«

»Aber Kindesentführung?«

Fischenich erhob sich und steckte den Block zurück in seine Jacketttasche.

»Endlich ein handfester Strafrechtsbestand, mit dem ich Klenk drankriegen kann.«

»Oh, Sie wollen ihn *einbuchten?*« Auch Löhr stand auf. Sie standen sich gegenüber und schauten sich an.

»Vielleicht haben Sie ja eine bessere Idee?« Fischenichs Mundwinkel kräuselten sich zu einem feinen sardonischen Lächeln, in dem nichts mehr von den Qualen eines mittleren Angestellten, dafür aber umso mehr vom Sadismus eines Jägers zu finden war.

»Vielleicht«, antwortete Löhr. »Aber zuerst müssen wir den Jungen haben.«

55

»Aber Carla, ich bitte dich! Das ist doch nicht *kriminell!* Damit machst du nichts anderes, als ein Gespräch zu protokollieren, in dem ein Verdächtiger sich gegebenenfalls überführen lässt. Das ist nicht kriminell, sondern im Gegenteil, wenn man so sagen möchte, ein Akt der Rechtspflege.«

»Und warum bringst du diesen Akt der Rechtspflege nicht selbst über die Bühne? Schließlich bist du, wenn man so sagen möchte, immer noch Polizist.«

»Erstens bin ich außer Dienst, und zweitens kennt mich Klenk, das hab ich dir schon erzählt. Der würde mich nie an sich ranlassen.«

»Ach, du meinst diese Geschichte, wo du ihn schon mal hast berauben wollen und wo dieses Ding da auch schon eine Rolle gespielt hat?«

»Genau die. Hat leider nicht geklappt. Aber das Ding da, das hat funktioniert!«

Carla saß in einem spitzenbesetzten weißen Nachthemd aufrecht in Löhrs Bett, vor sich auf einem Frühstückstablett eine von Löhr zubereitete große dampfende Tasse Milchkaffee und ein einem Handy ähnlichen Empfänger sowie die dazugehörende Wanze, die Löhr vor ein paar Jahren tatsächlich schon einmal gegen Gottfried Klenk im Einsatz gehabt hatte.

Auf die Idee, Klenk auf diese Art und Weise jetzt wieder ins Visier zu nehmen, hatte ihn Hubert Lantos gebracht. Nach seinem Treffen mit Fischenich auf dem Geusenfriedhof am vergangenen Nachmittag war er noch einmal in Lantos' Büro vorbeigegangen. Die Entführer hatten sich bis dahin noch nicht wieder gemeldet, und seit ihrem ersten Anruf waren bereits mehr als sechs Stunden vergangen. Lantos war völlig fertig, auch deshalb, weil er den ganzen Nachmittag damit verbracht hatte, mit seiner ebenfalls zermürbten Frau zu telefonieren und sie davon abzuhalten, zur Polizei zu gehen. Jetzt war er auf dem Sprung zu ihr und den anderen Kindern nach Hause. Löhr berichtete ihm von seiner Unterredung mit Fischenich: dass man seine Telefone überwachte und sich vielleicht so eine Spur zu den Entführern auftun würde.

»Wie? Telefon überwachen? Dann haben wir ja doch die Polizei mit drin!«, hatte Lantos protestiert.

»Nein, keine Polizei«, hatte Löhr geantwortet. »Mein Gewährsmann ist zwar ein Bulle, aber er wird die Sache ganz sicher nicht auf dem Dienstweg durchziehen. Frag mich nicht, wie.«

»Und wozu das?« Lantos war fahrig, misstrauisch, nervös.

»Um rauszukriegen, mit wem wir es bei der Entführung zu tun haben, Hubert«, antwortete Löhr geduldig. »Das ist die halbe Miete bei so was. Wenn du deine Gegner kennst, weißt du besser, wie du mit ihnen umgehen kannst.«

»Und hat dein schlauer Gewährsmann denn auch schon eine Ahnung, wer diese Gegner eventuell sein könnten?«

Darauf hatte Löhr Lantos von Fischenichs Vermutung erzählt, dass die Kölner Partner der »Benevolenza« ein ebenso starkes Interesse am Zustandekommen des Deals haben mussten wie die Italiener. »Und sie haben hier Heimvorteil«, ergänzte Löhr Fischenichs Überlegung. »Sie wissen, wer alles im Spiel ist, und können auf die richtigen Knöpfe drücken. Die brauchen die sardischen Killer höchstens noch als Ausputzer. Für die Feinarbeit haben sie ihre eigenen Leute.«

Und als er das gesagt hatte, fiel bei Löhr der Groschen. Er wusste plötzlich, was er weiter zu tun hatte.

»Also gut, jetzt weiß ich das«, sagte Carla, nachdem ihr Löhr erklärt hatte, wo am besten in Klenks Büro sie die Wanze platzieren sollte, falls sich die Gelegenheit dazu ergäbe. »Aber wieso, glaubst du, lässt er mich überhaupt an sich ran?«

»Weil er dich für Sofia hält. Er wird Sofia kennen. Du hast mir Sonntagnacht im Hotel erzählt, dass Sofia vor gar nicht so langer Zeit als Schwarzgeldkurier der ›Benevolenza‹ in Köln unterwegs war.«

Erstaunen zuerst, dann ein Erschrecken, wie es sich auf eine plötzliche Erkenntnis einstellt, zeichneten sich in Carlas Miene ab.

»Das ist geschmacklos!«

»Ich weiß. Moralisch ist das vielleicht nicht ganz einwandfrei«, sagte Löhr. »Aber sehen wir es als einen Racheakt an.«

»Er weiß, dass Sofia ermordet wurde.«

»Natürlich. Mittelbar gehört er wahrscheinlich sogar zu den Auftraggebern für diesen Mord.«

»Und trotzdem gibt er mir einen Termin?«

»Er wird zuerst erstaunt und dann sehr neugierig sein, wenn er mit ihrer Doppelgängerin konfrontiert wird.«

Carla schwieg, knabberte an einem Croissant, trank einen Schluck Milchkaffee, überlegte eine ganze Weile.

»Aber warum sollte ich es *überhaupt* tun?«, fragte sie endlich. »Es ist doch ein großes Risiko, oder?«

»Erstens lohnt es sich. Zweitens sehe ich da kein großes Risiko: Was soll dir schon passieren? Wenn sie dich erwischen, nehmen sie dir die Wanze ab. Das war's dann. Und drittens, denke ich, hast du keine große Wahl. Du steckst mit drin.«

Carla, die gerade die Milchkaffeetasse zum Mund führen wollte, hielt in der Bewegung inne. Sie sah Löhr aufmerksam an, so als suche sie nach etwas in seiner Miene, das sie auf die Gedanken in seinem Hirn hätte schließen lassen können.

»So ist das also«, sagte sie schließlich. »Mal bist du Polizist, mal bist du es nicht.«

»Ich bin definitiv *kein* Polizist mehr«, sagte Löhr.

»Aber verhältst du dich nicht gerade so?«

»Wie verhalte ich mich denn?«

»Druck machen. Drohen. Erpressen. Sind das nicht die Methoden der *bad cops*?«

»Möglich. Aber ich bin wie gesagt überhaupt kein *cop*. Ich bin nichts weiter als eine interessierte Privatperson.«

Carla sah Löhr weiter aufmerksam an, während die Kaffeetasse immer noch zehn Zentimeter unter ihrem Mund schwebte, dann trank sie einen kleinen Schluck und nickte anschließend wissend, grinste und streckte ihre freie Hand nach Löhrs Hand aus.

56

Das Juni-Hoch blieb stabil. Wolkenlos stand der Himmel über der Engelbertstraße, und schon um elf Uhr morgens waren es beinahe dreißig Grad. Trotzdem war Löhr der einzige Gast auf der Terrasse des Zero. Die anderen, es war lediglich die Stammbesatzung der alten Männer, hielten sich im Inneren des Cafés auf, wohl in der Hoffnung, der riesige Südstaaten-Ventilator, den Hugo in der letzten Woche unter die verräucherte Decke geschraubt hatte, könnte ihnen Kühlung verschaffen. Dabei verteilte er lediglich den von ihnen produzierten Zigarettenrauch gleichmäßig über den ganzen Raum.

Auf den Tisch vor sich, neben die zwar aufgeschlagenen, aber noch ungelesenen Zeitungen, hatte Löhr sowohl sein Handy wie den Empfänger gelegt, der ihn mit der Wanze verband, die Carla bei Klenk deponieren sollte. Carla war auf dem Weg zu Klenks Büro auf der Gereonstraße, wo sie in der nächsten halben Stunde unangemeldet aufkreuzen und um einen Termin bei Klenk bitten würde. Falls sie es schaffte, die Wanze bei ihm zu deponieren, würde die dem Empfänger ein Signal geben und Löhr über den kleinen Kopfhörer, den er schon in das Gerät eingestöpselt hatte, mithören können.

Von Lantos hatte er seit dem vergangenen Abend nichts mehr gehört. Sie hatten verabredet, dass er sich sofort bei ihm melden würde, sobald die Entführer noch einmal anriefen. Offenbar hatten sie das nicht getan. Es waren jetzt fast vierundzwanzig Stunden seit der Entführung vergangen, und Löhr fragte sich, was das zu bedeuten hatte. Er hatte keine Erfahrung mit Entführungs-fällen und wusste nur das, was jeder darüber in der Zeitung lesen oder aus dem Fernsehen erfahren konnte. Trotzdem erschienen ihm vierundzwanzig Stunden eine extrem große Zeitspanne, zumal die Entführer noch nicht einmal eine konkrete Forderung an Lantos gestellt hatten. Entweder wollten sie ihn mit Bedacht quälen, oder … Oder was? Oder hatten sie selbst irgendwelche Probleme? Aber welche? Vielleicht war etwas Unerwartetes mit dem Jungen, mit Eric, geschehen? Löhr krampfte sich bei dem Gedanken der Magen zusammen. Er verkniff sich, Lantos selbst anzurufen; seine Nachfrage hätte ihn nur noch verzweifelter gemacht.

Zehn Minuten später lieferte ihm der Lokalteil des Stadt-Anzeigers eine mögliche Erklärung für das Zögern der Ent-führer. Darin wurde in einem eher beiläufigen Beitrag über die Sitzung des Liegenschaftsausschusses vom Nachmittag des Vortages berichtet. Ein Tagesordnungspunkt war der Antrag des Stadtentwicklungsausschusses auf Prüfung und Genehmigung eines Projektes gewesen, das zuvor bereits vom Wirtschaftsaus-schuss, vom Stadtentwicklungsausschuss und vom Ausschuss für Allgemeine Verwaltung und Rechtsfragen befürwortet worden war. Das Projekt hatte den Namen »Cologne Sun Gardens«.

Zu welchem Ergebnis der nicht öffentlich tagende Liegenschaftsausschuss gekommen war, war dem Bericht nicht zu entnehmen. Offenbar war der Beschluss erst nach Redaktionsschluss gefallen. Was aber noch im Zeitungsbericht stand, war, dass der Vorsitzende des neunköpfigen Liegenschaftsausschusses in letzter Minute ein Ersatzmitglied hatte berufen müssen, weil das reguläre Mitglied auf dem Weg zur Sitzung einen Unfall erlitten hatte. Der Mann, ein Ratsmitglied der Linken, war mit dem Fahrrad unterwegs gewesen und von einem Auto angefahren und dabei so schwer verletzt worden, dass er mit dem Krankenwagen auf die Intensivstation des Kunibertsklosters gebracht werden musste; der Fahrer des Unfallwagens war flüchtig. Der Name des Linken-Ratsmitgliedes kam Löhr bekannt vor. Er brauchte nicht allzu lange in seinem Gedächtnis zu kramen, bis er wusste, wer es war. Es war derselbe Mann, der vor dreizehn Jahren den Deal um den Verkauf des Gereonshofs hatte platzen lassen.

Andrea, Hugos Sohn, der heute hinterm Tresen des Zero die Kaffeemaschine bediente, kam heraus und fragte Löhr, ob er noch etwas haben wolle. Löhr war eigentlich nach einem Bier, das hätte ihn vielleicht ein bisschen heruntergeholt, aber er bestellte stattdessen einen zweiten Espresso und ein Mineralwasser. Als Andrea ihm ein paar Minuten später beides auf den Tisch stellte, klingelte Löhrs Handy. Es war Fischenich.

»Die Überwachung der Telefone Ihres Freundes steht. Allerdings hat sich heute Vormittag zumindest noch niemand bei ihm gemeldet.«

»Davor sehr wahrscheinlich auch nicht«, sagte Löhr. »Sonst hätte er mich angerufen.«

»Sie lassen sich Zeit.«

»Ich hab inzwischen auch eine Ahnung, warum.«

»Aha?«

»Haben Sie heute schon Zeitung gelesen? Das ›Sun Gardens‹-Projekt ist höchstwahrscheinlich gestern vom Liegenschaftsausschuss und damit von sämtlichen Ratsausschüssen abgesegnet worden.«

»Klar habe ich das gelesen. Und ich weiß auch, dass der Liegenschaftsausschuss gestern Abend noch zugestimmt hat.

Hab mich allerdings gewundert, wie sie es so lange aus der Öffentlichkeit halten konnten. Über die Beschlüsse der anderen Ausschüsse hab ich in der Zeitung bisher nichts gelesen.«

»Gut geschmiert, die ganze Maschine, einschließlich der Lokalzeitungen.«

»Trotzdem muss es noch durch den Rat.«

»Und wann tagt der?«

»Morgen.«

»Oh!« Löhr wurde mit einem Schlag einiges klar. »Also warten sie den Ratsbeschluss ab, bevor sie sich wegen des Jungen melden?«

»Gut möglich«, sagte Fischenich.

»Scheiße! Das halten Hubert und seine Frau nicht durch!«

»Wir werden sehen. Sobald sich irgendetwas bewegt, melde ich mich bei Ihnen.«

57

Eine halbe Stunde später und fünf Zeitungsseiten weiter musste Löhr wieder einmal seine Auffassung korrigieren, Köln stelle ein ganz außergewöhnliches Beispiel an Geldgier und Korruption dar. Die Aufdeckung systematischer Schwarzgeldwäsche unvorstellbarer Summen durch Schweizer und Luxemburger Banken unter Beihilfe williger Steueroasen machte ihm klar, dass man auch anderswo, und dort vielleicht noch sehr viel besser, wusste, wie man sich auf Kosten der Allgemeinheit bereicherte. Allerdings schien ihm, dass man dort über raffiniertere Techniken verfügte als in Köln. Die Abzocker in Köln gingen sehr viel plumper und dreister vor. Der Grund dafür konnte sein, dass die Stadt und ihre Bürger abzukochen hier so etwas wie Folklore war und eine lange Tradition hatte und man sich deswegen keine allzu große Mühe beim Einfädeln korrupter Geschäfte gab. Zur allumfassenden Korruption der Stadt fiel den meisten Leuten hier nichts anderes ein als der verharmlosende Begriff »Klüngel«

und dessen Definition durch den früheren Oberbürgermeister und späteren Bundeskanzler Konrad Adenauer: Man kennt sich, und man hilft sich.

Aber dass man sich hier am ehesten und am besten selbst half und dass ebenjener Konrad Adenauer das herausragende Beispiel ebenso maßloser wie illegaler Selbstbereicherung gewesen war und in der Gestalt seiner Nachkommen immer noch ist, das wussten die Leute nicht. Löhr wusste es. Er hatte sich vor etlichen Jahren mit der von Adenauer-Enkeln betriebenen Grundstücksspekulation um das Gelände der Dombrauerei in der Kölner Südstadt beschäftigt. Die honorigen Enkel hatten da offenbar dank ihres Insiderwissens innerhalb von nur acht Wochen ganze zehn Millionen zwischen Kauf und Weiterverkauf des Grundstücks verdient. Insidergeschäfte im Aktienhandel waren es auch gewesen, die ihren Großvater in den Jahren, in denen er Oberbürgermeister der Stadt gewesen war, zum Multimillionär gemacht hatten.

Löhr dachte gerade darüber nach, in welch innigem Verhältnis der spätere Bundeskanzler bereits als Kölner Oberbürgermeister zu Bankiers gestanden hatte, vor allem zu Robert Pferdmenges, einem der Vorgänger der jetzigen Inhaber der Saussure-Bank, da leuchtete in dem vor ihm liegenden Empfänger ein rotes Lämpchen auf. Er steckte sich die kleinen Kopfhörer ins Ohr und konnte mithören, mit welcher Eleganz Carla Gottfried Klenk, den wichtigsten Geschäftspartner der Saussure-Bank, aufs Glatteis zu führen versuchte.

»Carla Sciascia, sagten Sie? Der Name sagt mir nichts. Tut mir leid.«

»Carla Sciascia ist mein wirklicher Name. Ihrer Empfangsdame habe ich einen anderen genannt. Sofia Fava. Der hat Ihnen offensichtlich etwas gesagt. Jedenfalls ging im Nu Ihre Tür auf ...«

»Sie haben sich unter falschem Namen hier eingeschlichen ...?«

»Erstaunlich, dass das geklappt hat, nicht? Schließlich ist es der Name einer Toten.«

»Was wollen Sie?«

»Das Geschäft, das Sofia Fava mit Ihnen gemacht hatte, zu Ende bringen.«

»Also erstens habe ich keine Geschäfte mit einer Sofia Fava gemacht, und zweitens, fürchte ich, würde Sie das überhaupt nichts angehen.«

Löhr konnte sich gut vorstellen, wie sich Klenk im Vollgefühl seiner Macht in seinem Sessel zurücklehnte, die Spitzen seiner weißen Wurstfinger vor seinem mächtigen Wanst aneinanderlegte, Carla mit arroganter Miene von oben bis unten begutachtete wie ein Stück Fleisch in der Metzgereiauslage und dabei die Gläser seiner randlosen Brille blitzen ließ.

»Erstens«, war Carla jetzt wieder zu hören, klar und hell und frech, »war Sofia Fava meine Geschäftspartnerin. Zweitens war sie meine Schwester. Und drittens gibt es hier einen kleinen Beleg für die geschäftlichen Beziehungen zwischen Sofia Fava und Ihnen.«

Es entstand eine längere Pause. Löhr wusste nicht, was dort in Klenks Büro jetzt vor sich ging, welchen »Beleg« Carla Klenk gereicht hatte. Er hatte bisher keine Ahnung davon gehabt, dass es solche Belege gab. Carla hatte ihm, als er am Morgen mit ihr ihren Auftritt bei Klenk besprochen hatte, nichts davon gesagt.

»Ich weiß nicht, was das soll«, klang Klenks Stimme jetzt schneidend in Löhrs Kopfhörer. »Das sind Belege über Bareinzahlungen auf ein Konto, mit dem ich nichts zu tun habe und das ich auch nicht kenne.«

»Es sind zehn Belege über jeweils vierzehntausendneunhundert Euro. Sagt Ihnen die Zahl nichts? Vierzehntausendneunhundert.«

»Sollte sie das?«

»Es ist ein Betrag genau hundert Euro unter der Höchstsumme, die man nach dem Geldwäschegesetz ohne Vorlage seines Personalausweises auf ein fremdes Konto einzahlen darf.«

»Na und?«

»Schauen Sie sich doch noch einmal die Kontonummer an.«

»Ich habe bereits gesagt …«

»Es ist die Nummer bei der Saussure-Bank, unter der das Schwarzgeld für Ihr ›Sun Gardens‹-Projekt gebunkert wird.«

Komisch, dass man Stille spüren konnte. Aber Löhr konnte die Stille spüren, die nun von Klenks Büro über die Funkwellen in seinen Kopfhörer strömte. Es war, als ginge ein unter Strom stehendes Kabel durch seinen Kopf. Er ertrug sie trotzdem, und das, obwohl er sah, dass ihn jemand auf seinem auf stumm geschalteten Handy anrief. Er beugte sich lediglich vor, um zu sehen, wer es war. Es war Lantos, der von zu Hause anrief. Löhr ging trotzdem nicht ran und setzte sich stattdessen weiter der Stille aus. Ihm schien, als habe es Stunden gedauert, bis er endlich wieder Klenks Stimme hörte.

»Abgesehen davon, dass diese Belege keinerlei Beweiskraft haben, weil es keine persönlichen Dokumente sind, noch einmal: Was wollen Sie?«

»Ganz einfach: die Provision, die zwischen meiner Schwester und dem Empfänger vereinbart wurde. Und wenn ich nicht ganz danebenliege, sind der Empfänger Sie.«

58

Irgendwann hielt Löhr es nicht mehr aus. Die Katze war sowieso aus dem Sack. Er nahm die Kopfhörer ab und schaltete den Empfänger auf stumm, der das, was zwischen Carla und Klenk gesprochen wurde, ohnehin aufzeichnete. Er tippte Lantos' Nummer in sein Handy. Der ging sofort ran.

»Und?«, fragte Löhr bloß.

»Sie haben sich eben gemeldet«, sagte Lantos. »Haben mich mit Eric sprechen lassen. Er sagt, es geht ihm gut, sie behandeln ihn okay, er kann die ganze Zeit fernsehen, Computer spielen, Pizza essen und Cola trinken.«

»Immerhin. Und was sagen sie zu ihren Forderungen?«

»Nichts Genaues. Meinten, ich soll mich still verhalten, bis alles über die Bühne ist, ich wüsste Bescheid …«

»*Du* sollst dich still verhalten? Beim ›Sun Gardens‹-Projekt? Da hast du doch gar nichts mit zu tun?«

»Eben …«

»Hm«, machte Löhr. »Du meinst, es wär besser, *ich* drücke bei Klenk im Moment nicht zu sehr auf die Tube?«

»Wär vielleicht das Beste«, sagte Lantos, und Löhr meinte, ein Zittern in seiner Stimme zu hören.

»Du vertraust darauf, dass sie sich dann auch an ihre Zusagen halten?«

»Bleibt mir was anderes?«

»Im Augenblick eigentlich nicht«, sagte Löhr. Nachdenklich steckte er das Handy in seine Jacketttasche.

Als er die Schräge zum Eingang des Marienhospitals, das im Volksmund immer noch Kunibertskloster oder einfach Klösterchen hieß, hinaufstieg, konnte er nicht verhindern, dass ihm die Bilder durch den Kopf gingen, die sich bei ihm von den letzten Tagen seiner Mutter festgesetzt hatten. Vor drei Jahren war sie hier, in einem Zimmer auf dem ersten Stock, gestorben. Er sah sie in ihrem Krankenbett, gelb, wächsern, zusammengeschrumpft wie eine Mumie, kaum noch atmend, die Augen geschlossen. Er sah ihre Hand in seiner, leicht und durchsichtig wie ein Blatt vom vorvergangenen Herbst. Dann sah er die Gesichter seiner Geschwister, die sich im Flur vor dem Krankenzimmer versammelt hatten, um sich für die Nachtwachen abzusprechen. Und dann sah er ihren Leichnam. Sie war an dem Abend gestorben, an dem er für die Nachtwache eingeteilt gewesen war. Er hatte, wenn er sich recht entsann, die anderen nicht gleich von ihrem Tod benachrichtigt, sondern die halbe Nacht neben ihr gesessen und sie angeschaut.

Seitdem war der Kontakt zu seiner Familie nach und nach eingeschlafen und mit ihm allmählich auch sein Familiensinn, auf den er früher einmal stolz gewesen war. Seine Mutter aber hatte er in lebendiger Erinnerung behalten; er dachte oft an sie, und manchmal gab es Momente, in denen er sie regelrecht vermisste. Denn die Vertrautheit, die in guten Augenblicken zwischen ihnen bestanden hatte, gab es in keiner Beziehung zu einem anderen Menschen, hatte es weder zu seiner Frau Irmgard noch zu einer Geliebten oder einem Freund je gegeben und würde es wahrscheinlich auch nie mehr geben. Manchmal hörte er ihre Stimme, den kölschen Singsang – das Hochdeutsche war ihr lebenslang eine Fremdsprache geblieben –, hörte die Sprüche und Sentenzen, in denen sie ihre Lebensklugheit verpackt hatte und die Löhr sein Leben lang begleitet hatten. Löhr hatte viele dieser Sprüche behalten und verwahrte sie wie einen Schatz.

Der Geruch von Desinfektionsmitteln, der ihm bereits im Treppenhaus aus der Intensivstation entgegenschlug, brachte ihn in die Gegenwart zurück. Er ging am Schwesternzimmer vorbei, warf einen Blick hinein. Ein Pfleger und eine Ärztin – oder waren es ein Arzt und eine Pflegerin? – beugten sich gemeinsam über eine Akte und besprachen sich. Er passierte sie, ohne dass sie aufgeblickt und ihn bemerkt hätten. Ansonsten begegnete er niemandem.

Die Station bestand aus sechs Zimmern, zu denen die Türen alle offen standen. Jedes der Zimmer war in ein merkwürdig indirektes bläuliches Licht getaucht, so als würden sie von Aquarien beleuchtet. Neben den Türen gab es zwar Schilder, doch die trugen keine Namen, sondern nur Ziffern. Also warf Löhr einen Blick in jedes der Zimmer. Beim dritten war er richtig. Braun, so hieß das Ratsmitglied von den Linken, lag alleine im Zimmer. Löhr erkannte ihn, weil es in der Akte, die Fischenich ihm zum Gereonshof gegeben hatte, einen Zeitungsausschnitt mit einem Foto des Politikers gab. Sein Bett war mit einer ganzen Batterie von Apparaturen umstellt, an zwei Galgen hingen Infusionsflaschen, deren Schläuche in einen vollständig in Verbände eingewickelten Körper führten. Auch der Kopf war verbunden, das Gesicht allerdings frei. Braun hatte die Augen geöffnet und heftete den Blick misstrauisch auf Löhr, der die Tür ein wenig beizog, einen Stuhl holte und sich so neben Braun setzte, dass man ihn vom Flur aus nicht direkt sehen konnte.

»Keine Bange«, sagte er, »ich bin nicht derjenige, der Ihnen den Rest geben soll.«

»Kripo?« Braun flüsterte, hatte so gut wie keine Stimme, wahrscheinlich, weil er kaum atmen konnte. Löhr sah, dass die Mehrzahl der Schläuche und Drähte in seinen Thorax führten.

»Ja«, antwortete Löhr schlicht.

»Gott sei Dank! Ich dachte schon, die haken das als ganz normalen Verkehrsunfall ab.«

»Was? Bin ich der Einzige von der Kripo, der bisher hier aufgekreuzt ist?«

»Bisher nur Verkehrspolizei.«

»Trotz Fahrerflucht?«

»Die haben mich ausgelacht, als ich ihnen gesagt hab, das sei ein Anschlag gewesen.«

»Und Ihre Kumpels von der Partei? Schlagen die keinen Alarm?«

»Die wissen nichts Genaues. Hier darf kein Besucher rein. Telefon gibt's auch nicht.«

Brauns Stimme wurde immer leiser. Ihm ging offenbar die Kraft aus. Löhr rückte noch näher an ihn ran, sein Mund berührte fast das Ohr des anderen.

»Ich stelle Ihnen jetzt ein paar Fragen. Sie brauchen nur zu nicken oder den Kopf zu schütteln, okay?«

Braun nickte, schloss die Augen, konzentrierte sich darauf, Löhr zu verstehen.

»Ich nehme an, Sie sind hinter das Projekt gekommen, das Klenk und die Saussure-Bank morgen durch den Rat bringen wollen. ›Cologne Sun Gardens‹?«

Braun nickte.

»Haben Sie so viel Material, dass Sie die ganze Geschichte beweisen könnten?«

Braun deutete ein Kopfschütteln an.

»Wissen Sie, wer die Finanziers des ›Sun Gardens‹-Projekts sind?«

Wieder schüttelte Braun den Kopf.

»Trotzdem hätten Sie gestern in der Sitzung des Liegenschaftsausschusses dagegen gestimmt, einen Skandal gemacht und versucht, der Presse ein paar Tipps zu stecken?«

Jetzt nickte Braun.

»Okay«, sagte Löhr. »Anderes Thema. Konnten Sie sich die Zulassungsnummer des Wagens merken, der Sie auf die Hörner genommen hat?«

»Ja. Ich lag zwar auf der Straße«, flüsterte Braun, »aber ich war noch bei Bewusstsein. Und hab ein verdammt gutes Gedächtnis.«

»Und haben Sie die Nummer den Verkehrsbullen gegeben?«

Der Verletzte hatte keine Kraft mehr zum Sprechen und bewegte langsam den Kopf von der einen zur anderen Seite.

»Sehr gut. Dann wissen Sie jetzt, warum Sie noch leben. Letzte Frage: Haben Sie eine Ahnung, welchen Kettenhund Klenk Ihnen auf den Hals gehetzt hat?«

Wieder verneinte Braun.

»Dann verraten Sie mir jetzt die Zulassungsnummer.«

59

Der Übergang aus dem Halbdunkel des Krankenhauses ins Freie war ein Schock. Löhr musste seine Augen mit der Hand beschirmen. Die Sonne verrichtete den ganzen Vormittag schon ihre Arbeit mit gnadenloser Präzision, und jetzt, am frühen Nachmittag, schien es ihm, dass sie wie ein Feind am Himmel stand. Er zog sein Jackett aus; in dem Augenblick, in dem er es über seine Schulter legte, vibrierte sein Handy darin. Es war Fischenich. Während er mit ihm sprach, ging er zum Rhein hinunter und versuchte sich dabei so lange wie möglich im Schatten von St. Kunibert zu halten.

»Es gibt ein paar Neuigkeiten«, sagte Fischenich knapp.

»Das trifft sich. Bei mir auch.«

»Wo sind Sie jetzt?«

Löhr sagte es ihm.

»Gut«, sagte Fischenich. »In zwanzig Minuten am Rheinufer unterhalb der Bastei.«

Der Rhein glich einer großen braunen Pfütze; das wenige Wasser, das er führte, floss so träge, dass man seine Bewegung kaum wahrnehmen konnte. Schiffe waren weit und breit keine zu sehen. Die Flotte der Ausflugsdampfer lag weiter oben vor der Hohenzollernbrücke auf dem Trockenen. Abgesehen von Gewitterschauern hatte es seit Wochen nicht mehr geregnet, der Rheinpegel registrierte vor ein paar Tagen seinen historischen Tiefstand, und wenn das so weiterginge, schrieb ein Zeitungskolumnist, würde man bald trockenen Fußes nach Deutz gelangen können, womit dann die Sache mit der »Schäl Sick« endlich erledigt wäre.

Unterhalb der Bastei setzte sich Löhr auf eine der letzten Stufen eines Abgangs zum Rheinufer, sodass er sich im Schatten der Kaimauer aufhielt. Er zog den Empfänger aus der Jacketttasche, mit dem er Carlas Gespräch mit Klenk aufgezeichnet hatte, stöpselte die Kopfhörer ein und hörte sich das Ende noch einmal an. Nachdem Carla ihre Karten auf den Tisch gelegt und von Klenk die ihr beziehungsweise Sofia zustehende Provision gefordert hatte, war Klenk auf einmal konziliant geworden, hatte sich Zeit ausgebeten, um das Geld zu besorgen, und Carla dann einen Treffpunkt zur Übergabe vorgeschlagen – das Luciano. Morgen um ein Uhr mittags waren sie dort zum Essen verabredet.

Schon beim ersten Abhören im Zero war Löhr der Verlauf des Gesprächs merkwürdig vorgekommen: Warum ließ Klenk so plötzlich sein Misstrauen fahren und sich so umstandslos auf Carlas Forderung ein? Wollte er sie bloß schnell loswerden und hatte gar nicht die Absicht, ihr irgendetwas zu zahlen? Bis zum nächsten Mittag würden sich genügend Gelegenheiten dazu bieten, dass ihr etwas Ähnliches zustieß wie Braun, der gerade im Klösterchen um die letzte Luft rang.

Doch auch beim zweiten Abhören des Gesprächs fand Löhr weder einen Anhaltspunkt dafür, warum Klenk so abrupt eingeschwenkt war, noch einen Hinweis auf dessen wahre Absichten. Vor allem aber fand er keine Erklärung dafür, warum der Kontakt zwischen dem Sender und dem Empfänger abbrach, kurz nachdem Carla Klenks Büro verlassen hatte. Hatte sie die Wanze vielleicht mitgenommen? Oder hatte Klenk oder jemand aus seiner Entourage sie unmittelbar nach Carlas Abgang entdeckt und ausgeschaltet? Carla konnte Löhr nicht fragen, weil sie vereinbart hatten, nicht miteinander zu telefonieren. Die Gefahr, dass Carlas Handy abgehört würde, war zu groß. Löhr würde sie erst am Abend, an dem sie im Zero verabredet waren, fragen können.

Eine leichte Berührung an der Schulter ließ ihn erschrocken herumfahren. Mit den Kopfhörern im Ohr hatte er Fischenichs Schritte hinter sich nicht gehört. Fischenich trug ebenfalls sein Jackett über der Schulter, und Löhr bemerkte zum ersten Mal, wie durchtrainiert der Mann war. Unter seinem kurzärmligen blauen Sommerhemd zeichnete sich eine ausgeprägte Brustmuskulatur ab, und auch seine Oberarme ließen vermuten, dass er sich regelmäßig in Fitnessbuden aufhielt oder sonst wie trainierte. Für ein paar Augenblicke wurde Löhr neidisch.

»Wer zuerst? Sie oder ich?«, sagte Fischenich und setzte sich auf die Treppenstufe neben Löhr.

»Schießen Sie los«, sagte Löhr.

»Meine Freunde haben das Gespräch zwischen dem Entführer und Hubert Lantos aufzeichnen und den Anrufer orten und identifizieren können.«

»*Identifizieren?*«

»Entweder er ist ein Anfänger, oder er rechnet überhaupt nicht mit irgendeiner Gegenwehr von Lantos oder damit, dass er die Polizei einschaltet. Jedenfalls benutzt er ein Handy mit einer registrierten SIM-Karte, also einer, die sich einer Person zuordnen lässt. Deshalb konnten wir auch seinen ersten Anruf vorgestern bei Lantos zurückverfolgen.«

»Das heißt, Sie kommen auch an alte Verbindungen ran? Ich dachte, Vorratsdatenspeicherung wäre …?«

Fischenich lachte laut auf. »Oh Mann, Löhr! Wo leben Sie?«

»Okay!« Löhr war jetzt nicht nur von den Muskeln, sondern auch von der Macht Fischenichs beeindruckt und davon, wie skrupellos er sie gebrauchte. Die Polizei, dein Freund und Helfer. Legal, illegal, scheißegal.

»Jetzt gucken Sie mich nicht an wie einen Verbrecher, Löhr.« Es war eines der wenigen Male seit ihrer jetzigen Zusammenarbeit, dass Löhr Fischenich bei so etwas wie einem Grinsen erwischte. »Sie verteidigen ja auch nicht gerade an vorderster Front das Legalitätsprinzip.«

»Stimmt.« Löhr grinste zurück. »Die Zeiten hab ich hinter mir.«

»Ich ahnte so was.«

Sie schwiegen, sahen hinaus auf die bewegungslose braune Lache vor ihnen, von der nicht einmal das Schmatzen und Glucksen zu hören war, mit dem sonst die Wellen gegen die Kaimauer schlugen.

»Ach übrigens«, begann Fischenich nach einer Weile wieder, »kennen Klenk und Ihr Freund Lantos sich?«

»Keine Ahnung. Kann ich mir aber eigentlich nicht vorstellen, Lantos hat ihn nie erwähnt«, antwortete Löhr. »Lantos hat mit De Saussure zu tun, aber nicht mit Klenk. Wie kommen Sie darauf?«

»Deswegen, weil der Entführer in Klenks Umfeld zu verorten ist, was wir ja von Anfang an vermutet hatten.«

»Umfeld? Welches Umfeld?«, sagte Löhr.

»Alte Bekannte von der ›All Protect‹.«

»Verstehe«, nickte Löhr nachdenklich. Die »All Protect« war ein Sicherheitsunternehmen, das früher zur Pietsch-Holding gehört hatte und nach Pietschs Tod von Klenk übernommen worden war. Die Leute von der »All Protect«, meistens ehemalige Bullen oder ehemalige Bundeswehrsoldaten, erledigten die Drecksarbeit für Klenk. Die Dinge spitzten sich auf einen Gegner zu, den Löhr bereits kannte. Einen Gegner, gegen den er bisher immer verloren hatte.

Fischenich warf Löhr einen Seitenblick zu, sagte aber nicht, was er dabei dachte, sondern wechselte das Thema: »Und was sind Ihre Neuigkeiten?«

Löhr berichtete von seinem Besuch bei Braun im Krankenhaus und was er dort erfahren hatte, von seiner Vermutung, dass Braun das Opfer eines Anschlags geworden war, und diktierte Fischenich die Zulassungsnummer des Autos.

»Okay«, nickte Fischenich. »Ich kümmere mich drum.«

»Und was ist jetzt mit dem oder den Entführern?«

Fischenich musterte Löhr. »Sind Sie fit?«

»Einigermaßen. Sicher nicht so wie Sie.«

»Gut. Dann halten Sie sich bereit. Sobald die sich noch mal bei Ihrem Freund Lantos melden, orten meine Leute sie, und wir schnappen sie uns.«

»Wir? Wir beide?«

»Sehen Sie hier sonst noch jemanden?«

60

Als Löhr vor Hubert Lantos' Haus in Marienburg vom Fahrrad stieg, hätte er sein Hemd auswringen können. Von der Bastei bis hierher waren es am Rheinufer entlang zwar kaum mehr als sechs oder acht Kilometer, doch ein steter Gegenwind hatte dafür gesorgt, dass er ordentlich in die Pedale treten musste, was bei mindestens dreißig Grad im Schatten auch bei durchtrainierteren Männern als Löhr Anlass genug für den einen oder anderen Schweißausbruch war.

Nachdem er geklingelt hatte, dauerte es mehr als eine Minute, bis Lantos die Tür öffnete, und das auch nur einen Spalt. Er zog Löhr schnell zu sich hinein und schloss die Tür hinter ihm wieder ab.

»'tschuldige, aber ich hab zuerst gecheckt, ob sonst noch jemand auf der Straße ist.« Lantos war fahrig, seine Augen lagen tief in ihren Höhlen und waren von dunklen Ringen umgeben. Statt seiner üblichen Hawaiihemd-Bermuda-Kombination trug er wieder normale Klamotten, Hemd und helle Sommerhose und braune Slipper. Er führte Löhr ins Wohnzimmer, wo seine Frau sehr aufrecht in einem Sessel saß, den Blick starr hinaus auf die Terrasse und den Garten gerichtet. Erst als sie näher kamen und Löhr schon hinter ihr stand, drehte sie sich um und streckte ihm ihre Hand entgegen.

»Danke, dass Sie uns helfen.«

Löhr nickte bloß. Auch das Gesicht der Frau, der Löhr zwar erst einmal begegnet war, die er aber als jugendlich und hübsch

in Erinnerung hatte, war von Sorgen gezeichnet und schien ihm
gealtert.

»Wo sind Ihre anderen beiden Kinder?«

»Die hab ich gestern Abend zu meinen Eltern nach Offenbach
gefahren.«

»Gut«, sagte Löhr. »Und wegen Eric, ich denke, dass er spätestens morgen wieder frei und bei Ihnen sein wird.«

»Morgen erst?«

Löhr hob die Schultern. »Ich weiß, es ist furchtbar. Aber bei
so etwas braucht man leider viel Geduld.«

Sie sah ihn an, presste die Lippen aufeinander, dann wandte sie
ihren Blick ab und schaute wieder hinaus in den Garten. Lantos
gab Löhr ein Zeichen, dass sie sie am besten allein ließen.

»Wir sind oben bei mir«, sagte Lantos. »Wenn das Telefon
klingelt, geh ich ran.«

Seine Frau reagierte nicht, war zu einer sich dunkel gegen das
aus dem Garten ins Zimmer strahlende helle Grün abhebenden
Silhouette erstarrt.

In Lantos' Arbeitszimmer blieb Löhr vor der Glasvitrine mit den
historischen Handfeuerwaffen stehen. Lantos hatte die Smith &
Wesson, die er Löhr geliehen hatte, wieder an ihren alten Platz
zurückgelegt.

»Deine Flinten verwahrst du nicht hier drin?«, fragte er.

»Nein, darf man nicht. Die müssen in einem abschließbaren
Waffenschrank aufbewahrt werden.«

»Holst du mal eine und erklärst mir, wie man damit umgeht?«

»Was hast du vor?«

»Na ja, ich hab den Eindruck, die Dinge spitzen sich langsam zu. Und da kann ein bisschen zusätzliche Feuerkraft nicht
schaden, oder?«

»*Die* Dinge spitzen sich zu?«

»Das Ganze. Neben der Entführung von Eric zum Beispiel
die Frage, ob ›Sun Gardens‹ in der Stadtratssitzung durchkommt
oder nicht.«

»Planst du, Eric mit Gewalt zu befreien?« Lantos' Stimme war
brüchig. Er hatte Angst.

»Nein. Jedenfalls nicht, wenn du nicht damit einverstanden bist, und nicht, bevor sie gesagt haben, was sie wollen.«

»Und dann?«

»Dann überlegen wir, ob du ihnen das geben kannst, was sie wollen.«

»Aber ich hab dir doch …«, protestierte Lantos, unterbrach sich dann, sah Löhr eine Weile nachdenklich an und sagte schließlich: »Okay. Ich hol dann mal 'ne Flinte. Der Schrank ist hinten im Flur.«

Er ging aus dem Arbeitszimmer, ließ die Tür auf, Löhr hörte ihn den Flur hinuntergehen und das Klappern von Schlüsseln.

Tatsächlich war ihm bei der Frage Fischenichs, ob er denn fit sei, ein wenig bange geworden. Okay, seine Reflexe waren in Ordnung. Im Zero hatte er, obwohl am Boden liegend, ziemlich schnell reagiert und den Typen im Ledermantel erledigt, bevor der ihm ein Loch verpassen konnte. Und was seine sonstige körperliche Verfassung anging, konnte er sich eigentlich auch nicht beklagen. Sonst hätte er den beiden Bullen nicht ins Brauhaus Pütz entkommen können. Doch sich gleich mit einem ganzen Haufen bewaffneter Typen anzulegen – und das konnte bald schon der Fall sein –, das war eine andere Hausnummer. Und da konnten ein paar Ladungen gehacktes Blei möglicherweise ganz nützlich sein.

Lantos kam mit einer doppelläufigen Flinte zurück, ganz ähnlich der, die er in der Nacht vor der Saussure-Bank dabeigehabt hatte und die jetzt in seinem Büro in der Engelbertstraße neben der Tür stand. Er erklärte Löhr, wie man damit umging, die Läufe kippte, neue Patronen hineinschob und die alten wieder auswarf, welcher der beiden Abzugshähne zu welchem Lauf passte, wie man die Waffe sicherte und wie man sie zum Anschlag brachte.

»Okay«, sagte Löhr. »Wenn's so weit ist, werd ich schon damit klarkommen. Hast du eigentlich schon mal was mit Gottfried Klenk zu tun gehabt?«

Lantos, der gerade demonstrierte, wie man die Flinte zum Anschlag bringt, hielt in der Bewegung inne, senkte das Gewehr und sah Löhr verblüfft an.

»Wie kommst du jetzt gerade da drauf?«

»Irgendeinen Grund muss es doch haben, dass ausgerechnet Klenk dir seine Ausputzer auf den Hals hetzt.«

Lantos antwortete nicht gleich, sah Löhr zuerst überrascht an, dann wurde sein Blick durchdringend und forschend, schließlich senkte er ihn, stellte die Flinte gegen ein Bücherregal und begann eine Wanderung durch sein Arbeitszimmer, hin zum Fenster, durch das auch hier im ersten Stock des Hauses das Grün des Gartens schimmerte, und vom Fenster wieder zurück zu Löhr und dann wieder zum Fenster.

»Klar, wer in einer Position wie meiner bei De Saussure arbeitet, der hat es irgendwann auch mit Klenk zu tun. Schließlich ist Klenk seit Pietschs Tod der wichtigste Partner von De Saussure«, sagte Lantos, ohne dabei seine Wanderung zu unterbrechen. »Und du hast recht: Wir sind uns ziemlich schnell in die Quere gekommen.«

»Weswegen?«

»Unterschiedliche Vorstellungen über strategische Investitionen.«

»Ob mit oder ohne Mafia-Schwarzgeld …«

Lantos machte eine Bewegung mit Schultern und Armen, die Zustimmung im weitesten Sinne bedeuten konnte.

»Und weiter?«

»Wir sind uns nicht einig geworden.«

»Und dann?«

»Hat Anselm De Saussure mir den Optionshandelsjob mit der New Yorker Börse angeboten.«

»Eine Degradierung …«

»Vor allem weniger Geld. Sehr viel weniger.«

»Aber trotzdem ein Angebot, das du nicht ablehnen konntest.«

Lantos hielt kurz inne in seinem Marsch und deutete so etwas wie ein Nicken an.

»Und ein Angebot, mit dessen Annahme du dich zum Schweigen verpflichtet hast.«

Lantos, der seine Wanderung wieder aufgenommen hatte, zuckte bloß mit der Schulter.

»Und?«, sagte Löhr. »Hast du dein Schweigen gebrochen?«

Lantos blieb vor Löhr stehen, sah ihn an und schüttelte den Kopf. »Nein.«

Löhr erwiderte Lantos' Blick. Sie sahen sich in die Augen. »Okay«, sagte Löhr schließlich.

61

Das Zero war rappelvoll. Im italienischen Fernsehen wurde ein Nachholspiel zwischen AC und Inter Mailand übertragen, eine gute Gelegenheit für die jeweiligen *tifosi*, sich auch mal politisch ordentlich die Meinung zu sagen. Die eher linken Milanistas bevölkerten dabei sinnigerweise die rechte Hälfte des Cafés, während die vorwiegend rechten Interistas die linke einnahmen. Den Bildschirm zwischen beiden Gruppen konnte man wegen der dichten Zigarettenwolke kaum sehen und den Reporter nicht hören, da der Ton von einem nicht versiegenden Schwall italienischer Kraftausdrücke übertönt wurde. Löhr setzte sich nach draußen, obwohl nicht zu erwarten war, dass ihn hier innerhalb der nächsten Stunde jemand bemerkte geschweige bediente.

Er war hier erst in einer Stunde mit Carla verabredet, fragte sich aber, wo sie sein könnte. In seiner Wohnung, wo er inzwischen geduscht und sich umgezogen hatte, war sie jedenfalls nicht. Ihre Kleider verteilten sich über Schlaf- und Badezimmer, und Löhr hatte angesichts dieser Unordnung den Eindruck, dass sie nach ihrem Treffen mit Klenk dort gewesen war, sich ebenfalls umgezogen, es dabei aber eilig gehabt hatte. Doch vielleicht, dachte er, wollte sie bloß so schnell wie möglich zum Shoppen und das Geld ausgeben, das sie von Klenk erwartete. Das brachte ihn noch einmal auf die merkwürdige Wendung im Gespräch der beiden und auf seine Befürchtung, dass Klenk sie nicht ungeschoren davonkommen lassen würde. Jemand wie Klenk zahlte nicht freiwillig, es sei denn, er musste. Aber war der Druck, den Carla auf ihn ausgeübt hatte, tatsächlich so groß, dass er sich dadurch zum Zahlen genötigt fühlte? Wäre es nicht einfacher und im Übrigen auch passend zu seinen gewohnten Handlungsmustern, sie aus dem Weg räumen zu lassen?

Der Gedanke beunruhigte Löhr, er nestelte sein Handy aus der Seitentasche seines über den Stuhl gehängten Jacketts, wog es in der Hand und überlegte, ob er sie nicht doch anrufen sollte. Er kam nicht weit mit seiner Überlegung, denn neben ihm wurde ein Stuhl gerückt. Er drehte sich um, aber es war nicht Carla, die sich zu ihm an den Tisch setzte, sondern Chloé, die Frau seines Vetters Waldemar.

»Hallo, Jakob, wie geht es?« Sie lächelte süßlich, aber ihr war alles andere als zum Lächeln und erst recht nicht süßlich zumute; um das zu spüren, brauchte man kein Menschenkenner zu sein.

»Danke, gut«, sagte Löhr.

»Und was ist mit deiner Stirn passiert?« Sie lächelte immer noch.

»Ach das?« Löhr berührte die Wunde auf seiner Stirn, von der er nach dem Duschen das Pflaster abgezogen hatte. Der Riss war gut verheilt, doch die Wundränder noch rot und die Klammern jetzt deutlich zu sehen. »Bloß ein kleiner Unfall.«

»Tja, die einen haben kleine und die anderen größere Unfälle ...« Ihre aufgesetzte Fröhlichkeit und ihr Lächeln wurden noch künstlicher.

Löhr sagte nichts, sondern sah sie nur fragend an.

»*Mon dieu*, Jakob! Was hast du bloß mit Waldemar gemacht?« Fröhlichkeit und Lächeln waren aus ihrem Gesicht wie weggewischt.

»Ich? Gemacht? Ich hab gar nichts gemacht. Ich hab nur einmal kurz mit ihm gesprochen.«

»Und über was, bitte? Was hast du ihm gesagt, dass er seitdem nur noch Angst hat? Dass er sich krankgemeldet hat, nur noch zu Hause hockt und seinen Job kündigen will? Was?«

»Vielleicht fragst du ihn mal?«

»Nichts! Nichts, nichts ist aus ihm rauszuholen. *Absolument rien!*«

»Tja«, sagte Löhr. »Wenn *er* es dir nicht sagen will ...«

»Das Einzige, was er mir sagt, ist, dass er die Beziehung zu dieser Freundin aufgegeben hat!«

»Das ist doch erfreulich für dich, oder etwa nicht?«

Jetzt sprang ihn blanker Hass aus ihrem Gesicht an. »*Erfreulich?* Was soll daran erfreulich sein? Du weißt doch ganz genau, um was es mir gegangen ist! Um meinen *amant*!«

»Ach ja, ich erinnere mich«, sagte Löhr. Und da ihm mit einem Mal klar wurde, welch bedauernswerter Tropf sein Vetter Waldemar war und um welch hysterische, selbstverliebte Heuchlerin es sich bei dessen Frau handelte, fügte er noch gleichmütig hinzu: »Das tut mir aber jetzt leid.«

Chloé starrte ihn sekundenlang an, doch anstatt noch irgendetwas zu sagen, schob sie ihren Stuhl so heftig zurück, dass dessen Metallkufen schmerzgepeinigt über den Bürgersteig schrillten.

62

Das Fußballspiel war zu Ende, das Zero hatte sich bis auf ein paar Stammgäste geleert, und Carla war immer noch nicht gekommen. Sie waren um sieben verabredet gewesen, und jetzt war es acht. Löhr hatte seine Vorsichtserwägungen in den Wind geschlagen und sie angerufen. Vergeblich. Entweder hatte sie ihr Handy ausgeschaltet, oder der Akku war leer. Er beschloss, doch nicht mit dem Essen auf sie zu warten, denn er verspürte ziemlichen Hunger; außer dem gemeinsamen Frühstück mit Carla hatte er heute noch nichts gegessen. Das Zero hatte eine kleine Speisekarte, die im Wesentlichen aus Gerichten bestand, die man hinter der Theke im Toaster oder in einer Mikrowelle zubereiten konnte. Er entschied sich für ein Schinken-Käse-Sandwich und hatte gerade bei Hugo seine Bestellung aufgegeben, als sein Handy klingelte. Hastig griff er danach, schaute auf das Display, aber es war nicht Carla, sondern Fischenich.

»Es kann losgehen«, sagte er. »Die Entführer haben noch einmal bei Ihrem Freund angerufen, und zwar vom gleichen Ort aus wie heute Morgen. Wir können sie jetzt genau lokalisieren und wissen, wo sie den Jungen versteckt haben.«

»Wie können Sie das wissen?«

»Ihr Freund wollte noch einmal mit ihm sprechen, und sie haben ihn ans Telefon geholt. Also muss er da sein, wo wir das Handy verortet haben.«

»Und wo ist das?«

»In einer Autowerkstatt in der Nähe von Efferen.«

Löhr zögerte. Dann sagte er: »Ich halte den Zeitpunkt nicht für günstig.«

»Was?« Fischenich schien fassungslos. »Nicht für günstig? Es geht um die Befreiung einer dreizehnjährigen Geisel! Wir haben alle Chancen, dass die glatt über die Bühne geht, weil wir das Überraschungsmoment auf unserer Seite haben, und Sie halten den Zeitpunkt nicht für günstig?«

»Nun ja …« Löhr überlegte, welche Argumente er vorbringen konnte, ohne Fischenich etwas von seiner Idee zu verraten. »Erinnern Sie sich an die Bedingungen, die die Entführer Lantos gestellt haben?«

»Bedingungen?«

»Sie haben ihm gesagt, er soll sich in Bezug auf das ›Sun Gardens‹-Projekt still verhalten.«

»Na und? Tut er das etwa nicht?«

»Keine Ahnung, was er tut oder nicht tut. Aber auf jeden Fall ist ›Sun Garden‹ noch nicht über die Bühne. Erst wenn es durch den Rat ist, können die Stadt und die ›Benevolenza‹ die Verträge unterschreiben.«

»Sie wollen also den Ratsbeschluss morgen früh abwarten, bevor wir den Jungen befreien?«

»Ja. Weil wir ihn danach wahrscheinlich gar nicht mehr zu befreien brauchen.«

Fischenich schwieg. Es dauerte eine ganze Weile, bis er wieder sprach, dabei klang seine Stimme merklich anders. »Das klingt zwar plausibel, was Sie da sagen, Löhr. Aber irgendwie hab ich den Eindruck, Sie haben da noch was anderes in petto.«

»Ich? Wie kommen Sie denn da drauf?«

Fischenich gab ihm keine Antwort.

»Nein«, sagte Löhr. »Ich hab nur die Interessen meines Freundes im Auge. Und natürlich die seines Sohnes.«

»Sie sind ein Menschenfreund«, sagte Fischenich, aber es klang keineswegs wie ein Kompliment, sondern wie Hohn.

»Wo wir gerade bei dem Thema sind«, sagte Löhr unbeeindruckt, »ich hätte da noch eine Bitte. Könnten Sie mit Ihren bewährten Methoden vielleicht einmal folgende Handynummer checken?« Er gab Fischenich Carlas Nummer.

»Zu wem gehört die?«, fragte Fischenich.

»Zu jemandem, der ganz tief in dieser ›Sun Gardens‹-Geschichte steckt.«

Der Toast war so fett, dass Löhr ein Glas Weißwein dazu bestellen musste. Während er aß und trank, ging ihm sein Plan durch den Kopf. Das Entsetzen über seine Skrupellosigkeit, das er bei Fischenich gespürt hatte, ging ihm nach. Jetzt war er selbst über diese Skrupellosigkeit befremdet. Um seinen Plan zum Gelingen zu bringen, setzte er den dreizehnjährigen Sohn seines Freundes Lantos weitere lange Stunden der Gefangenschaft und die Eltern weiterem bangem Warten aus. Natürlich zeugte so etwas auf den ersten Blick von Kaltherzigkeit und Unmenschlichkeit. Doch war es nicht tatsächlich auch so, dass eine Befreiungsaktion jetzt am Abend viel riskanter war als eine morgen nach der Ratssitzung? Egal, wie die ausging: Danach gab es keinen echten Grund mehr für die Entführer, den Jungen festzuhalten. Und außerdem opferte er schließlich nicht das Leben des Jungen. So, wie Lantos es ihm beschrieben hatte, nahm Eric seine Entführung und die Bedingungen, unter denen man ihn festhielt, als eine Art Abenteuer wahr. – Trotzdem! Das war nicht nur kaltblütig. Es war auch kaltherzig. Er hatte sich wirklich verändert.

Als er sein Abendessen beendet hatte, war es neun Uhr durch und Carla immer noch nicht erschienen. Löhr hatte noch einmal versucht, sie anzurufen, aber ihr Handy blieb tot. Er wollte schon Hugo heranwinken, die Rechnung bezahlen und nach Hause gehen, als der Express-Mann auftauchte, ein Türke, der die Abendausgaben von Express und Stadt-Anzeiger immer mit selbst erfundenen, absurd-komischen Schlagzeilen wie »Bruce Willis ist schwul« oder »Angela Merkel ist schwanger« anpries und sich deswegen beim Nachtpublikum der Kneipen einiger Beliebtheit erfreute. Löhr kaufte ihm beide Zeitungen ab. Nachdem er beim Durchblättern gesehen hatte, dass der Stadt-Anzeiger seinen Lokalteil mit einem ganzseitigen Bericht über das »Cologne Sun Gardens«-Projekt aufmachte, bestellte er bei Hugo noch ein Glas Weißwein und las.

Das Timing war eine Glanzleistung. Wahrscheinlich hatte dafür ein Anruf beim Herausgeber gereicht. Bis auf ein paar Einspalter und den knappen Bericht über die Sitzung des Liegenschaftsausschusses am Vortag hatte die Zeitung das »Sun Gardens«-Projekt bisher nicht erwähnt. Und das, obwohl schon eine ganze Weile eine Menge von Informationen darüber in Umlauf sein musste – wie anders hätten Braun und seine Linke etwas davon erfahren können? Man setzte auf den Überraschungscoup morgen in der Stadtratssitzung. Wenn die Kölner so gut wie nichts über den Wahnsinnsplan wussten, wie sollten sie denn daran etwas auszusetzen haben? Und wenn dann der bestochene Stadtrat mit einem Schlag Tatsachen schaffte, wurde es schwierig, Widerstand zu organisieren. Ein bewährtes Verfahren.

Löhr erinnerte sich an die pompösen Immobilieninvestitionen des Pietsch-Fonds in der Vergangenheit. Auch darüber stand erst etwas in der Zeitung, wenn sie unter Dach und Fach waren. Und erst viel später und durch Gerichte erzwungen kam tröpfchenweise heraus, dass sie einzig dem Zweck dienten, die Stadt durch überzogene Mieten und exorbitante Folgekosten zu schröpfen. Menschen, die nicht wussten, dass der Verleger selbst an den Pietsch-Fonds beteiligt war, mussten sich über eine solche Nicht-Berichterstattung verwundert die Augen reiben. Löhr nicht. Doch wurde ihm beim Lesen noch einmal klar, dass er dabei war, sich nicht nur mit Klenk anzulegen, sondern mit allen, die die Stadt als ihre Beute betrachteten. Und er fragte sich, ob das nicht ein paar hundert zu viel waren für einen Mann – selbst wenn er einen so hochkarätigen Helfer wie Fischenich hatte.

Der Stadt-Anzeiger-Bericht über das »Cologne Sun Gardens«-Projekt schien über weite Strecken aus dem Werbeprospekt abgeschrieben, das Lantos im Schließfach der Saussure-Bank gefunden hatte: Es war ein einziger Lobgesang auf den gewaltigen Schritt ins globale 21. Jahrhundert und überhaupt in die Zukunft, den die Stadt dadurch machte. Vom lange ersehnten »Anschluss« Kölns an Metropolen wie New York, London, Paris und Berlin, den die Stadt mittels eines solchen »hyperurbanen« Quartiers erlangte, war die Rede. Und davon, dass die »Domstadt« nun endlich zum ultimativen Anziehungspunkt für die »Weltelite« werde. Dass das »Cologne Sun Gardens«-Quartier als ein durch Schranken von der übrigen Stadt abgeriegelter Bezirk geplant sein würde, ging aus dem Bericht nicht hervor. Die Rede war lediglich von »erhöhten Sicherheitsstandards«. Und natürlich wurden auch die Initiatoren und Finanziers des Projekts mit keinem Wort erwähnt, weder war von der Saussure-Bank noch von Klenks Fondsgesellschaft die Rede, und erst recht nicht wurde die »Benevolenza« als die eigentliche Investorin erwähnt. Verantwortlich für das Projekt, hieß es lediglich, sei die »Stadt-entwicklungsgesellschaft« »FutureCologne AG«.

Armer Waldemar, dachte Löhr und klappte die Zeitung zu, du bist nicht nur durch deine Chloé gestraft. Wenn es mit »Sun Gardens« nicht so läuft wie geplant, kriegen sie dich als Ersten am Arsch.

Als Löhr zehn Minuten später in seiner Wohnung ankam und durch die Zimmer ging, hatte sich nichts geändert. Carla war nicht da, was er insgeheim ein wenig gehofft hatte, ihre Kla-motten lagen immer noch so unordentlich verstreut herum wie vorhin. Während er anfing, sie einzusammeln und in die Reisetasche zu packen, die sie im Bad hatte stehen lassen, kam ihm zum ersten Mal der Gedanke, dass ihr nichts zugestoßen sein, sondern dass sie ganz von selbst das Weite gesucht haben könnte. Denn er fand den Koffer nicht, den sie bei sich gehabt hatte, als sie gestern bei ihm eingezogen war. Dafür aber fand er in ihrem Kulturbeutel ihr Handy. Sie hatte es ausgeschaltet.

63

Löhr war der erste Gast im Zero, zumindest der erste, der sich
an einen der Tische setzte. Die frühen Kunden, die, die auf
dem Weg zur Arbeit oder zu ihren Geschäften an der Theke
einen Espresso tranken und ein Croissant oder Sandwich aßen,
waren schon wieder verschwunden, und für die, die demnächst
hier aufkreuzen würden, die Rentner-Stammbesatzung, war es
noch zu früh.

Löhr setzte sich ins Innere des Cafés, denn auf der Außenter-
rasse, vermutete er, könnte es bald ziemlich ungemütlich werden.
Über Nacht hatte es wieder ein heftiges Gewitter gegeben, die
schweren dunklen Wolken waren aber nicht, wie am vergangenen Wochenende, abgezogen, sondern überlagerten die Stadt,
ließen ab und zu ein paar Tropfen auf die noch vom Gewitter-
regen dampfenden Straßen fallen, und leises Grollen drohte ein
neues Gewitter mit entsprechenden Regengüssen an.

Nachdem er bei Andrea einen Milchkaffee und ein Croissant bestellt hatte, riss er den Brief aus dem Polizeipräsidium
auf, den er in seinem Briefkasten gefunden hatte. Es war ein
Schreiben der Polizeidirektion, seiner ihm unmittelbar vorgesetzten Dienststelle. Der Polizeidirektor teilte ihm mit, dass
seine Suspendierung aufgehoben sei und er seinen Dienst am
kommenden Montag wieder aufzunehmen habe. Gleichzeitig
lud er ihn förmlich zu einem klärenden Gespräch ein. Löhr las
den Brief zweimal. Als Andrea ihm seine Bestellung auf den
Tisch stellte, bat er ihn um einen Kugelschreiber, und während
er seinen Milchkaffee trank und an seinem Croissant herumbiss,
begann er auf der Rückseite des Briefes seine Antwort zu skizzieren. Aber was sollte es da zu skizzieren geben, fiel ihm nach
der Anrede ein. Für eine Kündigung brauchte man eigentlich
nur einen Satz.

Das Handy klingelte. Natürlich war es nicht Carla, sondern
Fischenich. Löhr solle in einer halben Stunde an der Stelle auf
der Lindenstraße sein, wo sie sich schon einmal getroffen hatten,
er werde ihn mit dem Auto abholen.

Löhr schaute auf die Uhr, faltete den Brief des Polizeidirektors zusammen und steckte ihn in seine Jacketttasche. Die Kündigung, sein Ende als Bulle, Beamter, Vertreter der Staatsmacht, stand fest. Er hatte die Seite gewechselt. Eigentlich schon lange. Es war ihm nur lange Zeit nicht bewusst gewesen. Erst dieser Brief hatte ihm klargemacht, dass sein Entschluss, sein Leben auf eine neue Geschäftsgrundlage zu stellen, schon längst gefällt war.

Das Blöde allerdings war, so sah es wenigstens im Augenblick aus, dass ihm die Hälfte seines neuen Geschäftsmodells bereits weggebrochen war, bevor er es überhaupt hatte ans Laufen bringen können. Die Hälfte seines neuen Geschäftsmodells, so hatte er sich das jedenfalls vorgestellt, war Carla gewesen. Carla, das hatte sich schon bei ihrem ersten Einsatz bei Gottfried Klenk bestätigt, Carla war die perfekte Geldeintreiberin vor Ort. Er selbst war zwar in solchen Dingen auch nicht gerade schlecht, aber Carla war die elegantere, die optimale Besetzung. In dieser Konstellation wäre er besser in der Rolle des Mannes im Hintergrund, der des Draht- und Strippenziehers und notfalls in der des Mannes fürs Grobe gewesen.

Das Geniale seiner Idee bestand in ebendieser Rollenverteilung. Den Teil der Idee konnte er jetzt zu den Akten legen. Denn er war sich inzwischen fast sicher, dass er Carla nicht mehr wiedersehen würde. Dass die Wanze in Klenks Büro am Ende ihres Gesprächs nicht mehr gesendet hatte, konnte kein Zufall gewesen sein. Carla hatte sie ausgeschaltet. Weil sie ihn aus ihrem Geschäft mit Klenk heraushaben wollte. Zumindest konnte das sehr gut ihr Plan sein: Klenk abzuziehen und dann nichts wie weg aus Köln, weg von ihm.

Was ihre persönliche Beziehung anging, hatte er sich von vornherein weder Illusionen gemacht noch sich allzu sehr verstrickt. Oder vielleicht doch? – Er stand langsam auf, bezahlte an der Theke bei Andrea, verließ nachdenklich das Zero und schlenderte die Engelbertstraße hinunter Richtung Lindenstraße.

Carla. Ja, Carla gefiel ihm. Sie gefiel ihm sogar sehr. Das Verwirr- und Verwechselspiel mit Sofia hatte ihn erregt, erotisiert, zumal darin noch eine Dritte, die Phantasiegestalt der italienischen Schauspielerin aus seiner Jugend, eine Rolle spielte. Carla zu erobern, mit ihr zu schlafen, ja, das hatte ihn entflammt. Es waren gerade vierundzwanzig Stunden her, dass er so beschwingt wie lange nicht mehr aus dem Hotel kam, in dem er die Nacht mit ihr verbracht hatte. Hätten ihn die Bullen von der Internen Ermittlung nicht unmittelbar danach zusammengeschlagen, dann hätte nicht viel gefehlt ...

Löhr schob den Gedanken beiseite, was dann vielleicht hätte passieren können. Gut, ihm war eine kluge, schöne und charmante Geschäftspartnerin abgesprungen. Eher nicht gut. Aber was sollte er sich um etwas bekümmern, das vorbei war?

Fischenichs immer noch dreckbespritzter Škoda-Kombi stand mit laufendem Motor halb auf dem Bürgersteig der Lindenstraße kurz vor der Eisenbahnunterführung. Die Beifahrertür sprang schon auf, bevor sich Löhr überhaupt auf der Höhe des Wagens befand.

»Brennt's irgendwo?«, fragte er, nachdem er eingestiegen war.

»Natürlich!« Fischenich legte den Gang ein und gab Gas. Er trug wieder ein kurzärmeliges blaues Hemd, in dem er wie ein durchtrainierter Mittdreißiger wirkte. »Und Sie trotten gedankenversunken wie ein pensionierter Oberstudienrat die Straße runter. Hab Sie im Rückspiegel beobachtet.«

Fischenich grinste kurz zu Löhr hinüber, konzentrierte sich dann aufs Fahren und steuerte mit ziemlicher Geschwindigkeit zuerst die Bachemer, dann die Gleueler Straße stadtauswärts. Jetzt erst bemerkte Löhr, dass am Bund seiner Hose ein Pistolenholster klemmte, aus dem der geriffelte schwarze Griff einer Pistole ragte. Er konnte erkennen, dass es sich nicht um die klassische Dienstwaffe, eine P30, handelte, sondern offenbar um die Privatwaffe Fischenichs.

»Wo geht's denn hin?«, fragte Löhr.

»In einer halben Stunde fängt die Stadtratssitzung an.«

»Das Rathaus liegt aber, soweit ich weiß, in der entgegengesetzten Richtung.«

»Was sollen wir im Rathaus? Wir leben im 21. Jahrhundert. Da nimmt man an der Wirklichkeit im Livestream teil ...« Fischenich wies auf ein auf der Mittelkonsole liegendes Tablet.

»Tatsächlich? So was gibt es?«

»Natürlich. Vielleicht sind Sie noch nicht im 21. Jahrhundert, aber die Stadt Köln ist es. So buchstabiert sich heute Bürgernähe. Sie können jede Ratssitzung live im Stream verfolgen.«

»Haben Sie Plapperpillen geschluckt? Gibt's irgend 'nen Grund, so aufgekratzt zu sein?«

»Haben Sie denn nicht das Gefühl, dass es bald losgeht?«

64

Fischenich parkte den Wagen auf dem fast leeren Parkplatz des Geißbockheims gleich gegenüber den Trainingsplätzen des 1. FC Köln. Die Fußballsaison war vorbei, die Spieler im Urlaub, die Wege und Plätze vor ihnen bis auf ein paar Hundeausführer verwaist.

»Netter Platz im Grünen«, sagte Löhr. »Aber was sollen wir hier?«

»Erstens sind wir hier ungestört«, antwortete Fischenich, während er etwas auf dem Tablet tippte, »und zweitens sind es von hier nur zehn Minuten bis zu unserem Einsatzort.«

»Einsatzort? Was meinen Sie? Etwa diese Autowerkstatt in Efferen, wo Sie glauben, dass Lantos' Junge gefangen gehalten wird?«

»Genau«, antwortete Fischenich. »Ich hab so das Gefühl, dass es nach der Ratssitzung höchste Zeit für einen Einsatz wird.«

Er drehte den Lautsprecher des kleinen Computers hoch. Löhr hörte die Stimme des Oberbürgermeisters, der dem Rat gerade die beiden Stimmenzähler für die Ratsbeschlüsse vorschlug, Namen von Ratsmitgliedern, die Löhr nicht kannte.

Er sah Fischenich misstrauisch forschend an. Der hielt seinem Blick stand. Löhr glaubte einen Schimmer von Arroganz in seiner Miene zu entdecken.

»Was wissen Sie mehr, als ich weiß?«, fragte Löhr.

Fischenich ließ sich mit der Antwort Zeit. Aus dem Computer quakte die monotone Stimme des Oberbürgermeisters, der Änderungen der Tagesordnung vorlas, Sachen wie die Umbesetzung in verschiedenen Ausschüssen und Gremien und dann die Anfrage eines Ratsmitgliedes, die Anträge auf Ausstellung eines Köln-Passes betreffend.

»Ich weiß nicht mehr als Sie. Ich ziehe nur andere Schlüsse daraus als Sie.«

»Zum Beispiel den, dass das ›Sun Gardens‹-Projekt nicht durchkommt?«

»Zum Beispiel«, antwortete Fischenich und hielt weiter Löhrs fixierendem Blick stand.

»Also wissen Sie doch mehr als ich.«

»Gesetzt den Fall, würde ich Ihnen da in nichts nachstehen, Löhr. Sie verbergen selbst 'ne ganze Menge an Wissen in dieser Sache vor mir.«

Draußen auf der Wiese vor ihnen lieferten sich zwei Hunde eine von lautem Kläffen begleitete Balgerei, in die sich wenige Augenblicke später ebenso lautstark die Besitzer einmischten. Löhr sah eine Weile schweigend zu, dann fragte er: »Was für ein Spiel spielen Sie, Fischenich?«

»Im Unterschied zu Ihnen gehe ich immer noch davon aus, dass sich Gerechtigkeit herstellen lässt«, antwortete Fischenich gelassen. »Wenn auch nicht immer mit den Mitteln, die rechtsstaatlich dafür vorgesehen sind.«

»Ich konnte beobachten, wie Sie diese Mittel angewendet haben.«

»Ich weiß. Und ich weiß auch, dass Sie ebenfalls ein Anhänger dieser Methode sind. Der Unterschied zwischen uns ist nur der, dass es Ihnen inzwischen gar nicht mehr darum geht, Gerechtigkeit herzustellen.«

»Ach ja?«

»Sie leiten aus der Tatsache, dass diese Welt korrupt ist, für sich ab, tun und lassen zu können, was und wie Sie es wollen. Sie sind ein Anarchist, Löhr.«

»Da wissen Sie mehr über mich als ich selbst«, sagte Löhr, nahm sich aber vor, demnächst einmal darüber nachzudenken

Aus dem Tablet war zu hören, wie der Oberbürgermeister

die Beschlussvorlage zum Bebauungsplan Gerlingshof und des »Cologne Sun-Gardens«-Projekts vorlas.

»Drehen Sie doch bitte das Ding mal so, dass ich was sehen kann«, sagte Löhr.

Fischenich tat, was er verlangte. Löhr sah auf dem Bildschirm den holzgetäfelten Kölner Ratssaal mit dem doppelköpfigen Kölner Wappenadler an der Stirnwand, darunter rechts und links die Pulte für die Beigeordneten und die Stadtverwaltung und in der Mitte das Pult des Oberbürgermeisters. Getragen und bedeutungsschwanger las er die Beschlussvorlage vor, eine bürokratisch verfasste Version des »Sun Gardens«-Prospekts. Plötzlich geriet Bewegung in die hinteren Reihen der an ihren Tischen sitzenden Ratsmitglieder. Eine junge Frau war von ihrem Sitz aufgestanden, lief durch die Reihen und stürmte auf das Pult des Oberbürgermeisters zu. Sie gestikulierte wild mit einem Bündel loser Blätter in der Hand, streckte die Blätter zuerst dem Oberbürgermeister entgegen und hielt sie dann so, dass sie für die an der Decke montierten Kameras sichtbar wurden, und schrie ins Mikrofon des Oberbürgermeisters:

»Hören Sie endlich auf mit Ihrer Schmierenkomödie und tun Sie nicht weiter so, als ginge es hier demokratisch zu! Erkennen Sie Ihren Namen auf dieser Liste? Sie sind genauso bestochen wie Sie alle da oben, die Damen und Herren Beigeordneten, der Herr Stadtdirektor, der Herr Stadtkämmerer, die Herren –«

Weiter kam sie nicht, denn zwei uniformierte Ordner nahmen sie in ihre Mitte und schleppten sie aus dem Saal. Doch eine der Kameras hatte das Bild von den Papieren, die sie ihr entgegengestreckt hatte, eingefangen und für einen Moment eingefroren. Löhr erkannte die Bestechungsliste, die im Schließfach in der Saussure-Bank lag und deren Kopie er Fischenich gegeben hatte. Das Standbild wurde nach wenigen Sekunden wieder ausgeblendet, danach sah man tumultartige Szenen im Kölner Ratssaal, sah Ratsmitglieder, die nahe einem Tobsuchtsanfall schienen, und konnte beobachten, wie einige von ihnen den Oberbürgermeister mit Tomaten und Eiern unter Beschuss nahmen. Kurz nachdem der Oberbürgermeister vor dem Hagel unter sein Pult kroch, wurde der Bildschirm schwarz. Der Livestream ins Kölner

Rathaus war beendet. Fischenich klappte das Tablet zu und sah Löhr an.

Löhr spürte, wie er erbleichte. Gerade war er Zeuge davon geworden, wie seine Idee pulverisiert, seinem Geschäftsmodell buchstäblich die Grundlage unterm Arsch weggezogen wurde, und er spürte, wie Wut in ihm hochkroch.

»Scheiße!«, sagte er, nur halblaut und eher für sich. Er war wie betäubt.

»Sehen Sie!«, hörte er Fischenich neben sich. »Da lag ich doch richtig mit meiner Einschätzung.«

»Was?«, hörte Löhr sich bellen.

»Sie hatten gar kein Interesse mehr daran, ›Sun Gardens‹ zu verhindern!«

Löhr kam langsam wieder zu sich. »Waren Sie das?«, schrie er Fischenich an. »Haben Sie denen von der Linken meine Unterlagen durchgesteckt?«

»Das ist eben der Unterschied zwischen uns«, sagte Fischenich langsam und ruhig. »Sie sagen ›meine‹ Unterlagen. Und ich sage: ›Belastungsmaterial‹.«

Es kochte in Löhr. Er hörte sein Blut rauschen. Tausend irre Ideen schossen durch seinen Kopf. Doch Bruchteile von Sekunden nach dem Augenblick, in dem ihn das Bedürfnis überkam, die Beretta aus seiner Jackentasche zu ziehen, war es vorbei. Sein Verstand setzte wieder ein. Er atmete mit vorgestreckter Brust tief ein und langsam wieder aus.

»Okay«, sagte er schließlich mit zusammengebissenen Zähnen. »Dann läuft's jetzt wohl erst mal nach Ihrem Plan.«

65

Fischenich fuhr mit solchem Tempo über den Waldweg vom Geißbockheim zur Berrenrather Straße, dass ein ihnen entgegenkommender Wagen beim Ausweichmanöver ins seitliche Gebüsch schlitterte.

»Langsam, langsam!«, rief Löhr, während er sein Handy aus der Jacketttasche fummelte. »Ich will, dass Lantos dabei ist!«

»Waas?«, rief Fischenich, ging dann aber vom Gas und brachte den Wagen vor der Einmündung in die Berrenrather Straße zum Stehen.

»Es ist sein Sohn«, sagte Löhr. »Ich will das nicht ohne ihn machen.«

»Und wie soll er uns bei so einer Aktion nützlich sein?« Fischenich war erregt, nervös, brannte ganz offensichtlich auf ihren Einsatz. »Er ist ein Zivilist, Mann!«

»Ich glaube, er ist ein guter Schütze mit der Schrotflinte«, antwortete Löhr ruhig. Inzwischen hatte er Lantos' Nummer eingetippt. Lantos ging sofort ran.

»Haben sie sich gemeldet?«, fragte Löhr.

»Ja, haben sie.« Lantos klang düster.

»Und?«

»Sie sind sauer. *Ziemlich* sauer.«

»Okay. Wie lange brauchst du nach Efferen?«

Nachdem er Lantos die Adresse diktiert und ihm gesagt hatte, er solle seine Flinten mitbringen, fuhr Fischenich die Berrenrather Straße stadtauswärts, unterquerte die Autobahn, folgte dann weiter, brav im vorgeschriebenen Tempo, der Straße, umrundete Efferen und bog dahinter auf einem Kreisverkehr rechts ab. Auf der linken Seite der Straße, die sie anschließend hinunterfuhren, standen Einfamilienhäuser, auf der rechten verbarg sich hinter hohen Büschen eine Schrebergartensiedlung. Nach zweihundert Metern fuhr Fischenich auf einen zur Siedlung gehörenden Parkplatz und setzte das Auto so, dass sie die Straße im Auge behalten konnten.

»Wir warten hier auf Ihren Freund«, sagte Fischenich. »Näher sollten wir nicht ran. Das Werkstattgelände ist dort drüben.« Er deutete auf ein Ensemble frei stehender Flachdachgebäude fünfhundert Meter vor ihnen und holte ein Fernglas aus dem Handschuhfach.

Von ihrem Standpunkt aus hatten sie Einblick in einen Hof, der von zwei Wellblechschuppen und einem zweistöckigen Backsteingebäude umgeben war. Auf dem Hof stand kreuz und quer fast ein Dutzend Autos, die Tore der Schuppen waren geöffnet, in ihnen befand sich die Werkstatt. Auch ohne Fernglas konnte Löhr darin Mechaniker an auf Hebebühnen hochgebockten Autos arbeiten sehen.

»Ich zähle vier Monteure«, sagte Fischenich. »Das Büro ist ebenerdig im Backsteingebäude. Wer und wie viele da drin sind, kann ich nicht erkennen.«

»Aber im Backsteingebäude, vermuten Sie, halten sie den Jungen fest?«

»Ich seh sonst keine Möglichkeit. Außer es gibt in den Werkstattschuppen einen Verschlag. Aber ich kann mir nicht vorstellen, dass die Monteure eingeweiht sind und mitspielen.«

»Das heißt, vom Hof aus kommt man nur über den Büroeingang ins Backsteingebäude«, überlegte Löhr laut.

»Ich hab mir das auf Google Maps mal angesehen. Viel konnte man nicht erkennen. Aber es gibt, glaube ich, noch einen Eingang der anderen Seite.«

»Aber auf der anderen Seite sind nur Felder …«, sagte Löhr.

»Das könnte ein Problem werden«, murmelte Fischenich, ohne das Fernglas von den Augen zu nehmen.

»Weil sie nach hinten freie Sicht haben.«

»Genau. Denn mein Plan ist, ich fahre mit meinem Wagen auf den Hof, verhandle mit den Monteuren über eine Reparatur, gehe anschließend ins Büro. In der Zeit fahren Sie und Ihr Kumpel rüber und postieren sich auf der anderen Seite.«

»Sicher gibt es da auch einen Parkplatz«, überlegte Löhr laut. »Ist zunächst mal unverdächtiger, wenn da ein Auto vorfährt, als wenn zwei Gestalten mit Schrotflinten antanzen. Lantos und ich bleiben so lange im Wagen, bis Sie uns von innen ein Zeichen geben.«

»Okay«, nickte Fischenich. »Es muss nur schnell gehen. Sie dürfen nicht gewarnt werden.«

Sie warteten schweigend und beobachteten auf dem Werkstattgelände, wie die Monteure einer nach dem anderen aus den Schuppen kamen und sich auf dem Hof an einen Tisch unter einen zerfledderten Sonnenschirm setzten, rauchten, Butterbrotpakete und Thermoskannen öffneten. Mittagspause. Ansonsten bewegte sich dort nichts. Löhr sah auf die Uhr. Punkt zwölf. Es waren vielleicht zehn Minuten, vielleicht auch eine Viertelstunde vergangen, seit er Lantos angerufen hatte. Lange konnte es nicht mehr dauern, bis er kam. Fischenich hatte wohl die gleiche Überlegung. Er öffnete die Fahrertür, stieg aus, angelte sich von der Rückbank eine schusssichere Weste und einen Leinenblouson, zog beides an, sodass man unter dem Blouson weder die Weste noch die Waffe an seinem Gürtel sehen konnte. Dann zog er aus dem Blouson ein volles Ersatzmagazin für die Pistole, klopfte es auf dem Absatz seines Schuhs aus, steckte es zurück und setzte sich wieder in den Wagen.

»Ihnen macht so was Spaß?«, fragte Löhr. Seine Wut auf den ehemaligen Kollegen war verraucht. Dass seine ursprüngliche Idee geplatzt war wie ein vom Lkw überfahrener Frosch, ließ sich jetzt nicht mehr ändern. »Sun Gardens« war tot und Schweigegelder für ein totes Projekt zu erpressen so ziemlich der aussichtsloseste Beginn einer frischen Gangsterkarriere.

Fischenich sah ihn zuerst ernst und aufmerksam an und ließ dann statt einer Antwort den Anflug eines Grinsens über seine Mundwinkel huschen.

»Wenn Sie wollten«, setzte Löhr noch einmal an, »könnten Sie hier 'nen ganz offiziellen Polizeieinsatz draus machen. Stattdessen inszenieren Sie mit uns eine vollkommen illegale Aktion. Ein Gangsterstück, bei dem Sie sich nicht erwischen lassen dürfen.«

»Stimmt. Ich hab heut Morgen gefälschte Nummernschilder auf den Škoda geschraubt. Aber ein Polizeieinsatz? Keine Chance. Dazu müsste ich viel zu viele Sachen erklären, die ich nicht erklären kann. Außerdem ist jetzt, wie man so sagt, Not am Mann, und ich kann Sie und Ihren Freund nicht alleinlassen.«

»Aber wollten Sie Klenk nicht wegen Kindesentführung drankriegen?«

»Wie denn? Glauben Sie, dass wir da drüben gleich Klenk höchstpersönlich antreffen? Nein. Dafür hätten wir das ganz anders aufziehen müssen, und dafür ist es jetzt zu spät. Aber es wird ganz sicher neue Möglichkeiten geben …«

»Der Staatsanwalt wird sich freuen, wenn Sie ihm die Beweise auftischen.«

Fischenich lachte rau.

»Also macht es Ihnen Spaß. Selbstjustiz ist so was wie Ihr Hobby.«

»Ich würde es nicht Selbstjustiz nennen, Löhr. Sie kennen die Motive sehr gut. Sie hatten mal die gleichen. Es ist die Verzweiflung. Die Verzweiflung darüber, dass man, was solche Typen wie Klenk angeht, mit –«

»– rechtsstaatlichen Mitteln keine Gerechtigkeit herstellen kann«, unterbrach ihn Löhr. »Ich weiß. Ich kenn mich da aus. Natürlich treibt das einen Polizisten in die Verzweiflung. Aber wenn man dann irgendwann checkt, dass trotz aller Anstrengung und trotz aller Tricks, die wir uns einfallen lassen, die Verhältnisse so bleiben, wie sie sind, dann ist Verzweiflung doch irgendwann mal ein verdammt frustrierendes, ein beschissen negatives Gefühl.«

»Und deshalb haben Sie es abgestellt? Bravo! Wie ging das? Auf Knopfdruck?«

»Keine Zeit mehr für philosophisches Gequassel«, sagte Löhr. »Da vorne kommt Lantos.«

66

Nachdem Löhr in Lantos' Porsche gestiegen war und ihn knapp über Fischenichs Plan informiert hatte, fuhr Fischenich los, auf das Werkstattgelände zu. Sie beobachteten, wie sein Škoda neben dem Sonnenschirm hielt, unter dem die Monteure immer noch bei ihrer Mittagspause saßen. Da Fischenich vorher mit seinem das Handy von Löhr angerufen hatte und während der ganzen Aktion die Verbindung halten würde, konnten Löhr und Lantos mithören, wie Fischenich mit den Arbeitern über eine Reparatur an der Auspuffanlage seines Wagens sprach. Als sie ihn, wie erwartet, ins Büro schickten, startete Lantos den Motor des Porsche.

Sie fuhren an dem Gebäudekomplex vorbei, ohne dass sie vom Hof, auf den die Werkstätten hinausgingen, gesehen werden konnten. Auf der anderen Seite des Backsteingebäudes wartete eine Überraschung auf sie. Es gab auf dieser Seite keinen Haupteingang zum Gebäude. Es gab überhaupt keinen Eingang. Ebenerdig starrte sie eine Front schießschartenförmig schmaler Fenster an. Nirgendwo eine Tür. Lantos ließ den Motor laufen.

»Google Maps!«, fluchte Löhr.

Über sein Handy hörten sie aus dem Inneren des Gebäudes Fischenich mit einer Frau, offenbar der Sekretärin der Werkstatt, über den Austausch seiner halb verrosteten Auspuffanlage verhandeln. Als er sie unvermittelt fragte, ob und wo es denn hier eine Toilette gebe, stiegen sie aus, jeder eine mit Sauposten geladene Schrotflinte in der Hand.

»Du rechts, ich links«, sagte Löhr. Vielleicht gab es auf einer der Stirnseiten des Gebäudes einen weiteren Eingang. Zusammen einen zu suchen, war zu aufwendig. Sie rannten in zwei Richtungen los, beide dicht an der Wand entlang.

Beim Laufen hielt Löhr sein Handy ans Ohr und konnte Fischenichs Schritte in einem engen, halligen Flur hören, wo er eine Tür nach der anderen öffnete. Löhr war an der linken Seite des Gebäudes angekommen, warf einen Blick um die Ecke. Nichts. Kein Eingang, nur eine glatte, fensterlose Mauer. Er sah in die andere Richtung. Lantos gab ihm ein Zeichen. Löhr rannte los. Wieder hielt er beim Laufen das Handy ans Ohr und konnte hören, wie Fischenich eine Treppe hinaufstieg und in sein Handy raunte: »Unten negativ. Bloß Klos, Lagerräume. Ich geh jetzt in den ersten Stock.«

Löhr fand Lantos vor einer verschlossenen Tür und sah, wie er vergeblich versuchte, den Türknauf zu drehen. Das Schloss der Tür, eine massive Einfamilienhauseingangstür, hielt auch stand, als sich Lantos mit der Schulter dagegenwarf. Er trat einen Schritt zurück und richtete den Lauf seiner Flinte auf das Schloss. Löhr schob das Gewehr beiseite.

»Zu viel Krach! Wir warten.«

Aus Löhrs Handy kam das Geräusch von Schritten, dann

hörten sie, wie Fischenich wieder eine Tür öffnete und kurz danach flüsterte:»Nichts bisher!« Sie hörten, wie er die Tür zuzog,
weiterging und dann die nächste Tür öffnete. Einen Augenblick
später hörten sie einen Schuss, dann noch einen, fast im gleichen
Augenblick einen dritten. Pistolenschüsse aus verschiedenen
Waffen. Auf den dritten Schuss folgten ein dumpfes Krachen
und das Stöhnen Fischenichs:»Scheiße!«

Lantos gab Löhr ein Zeichen, zurückzutreten. Sein Sauposten
riss dort, wo das Schloss war, ein fußballgroßes Loch in die Tür.
Noch während sie in den Flur des Hauses stürmten, klappte Lantos den Lauf seiner Flinte nach vorn und lud nach. Sie rannten
auf eine Holztreppe auf der linken Seite des Hausflurs zu. An
deren Fuß hielten sie inne und lauschten nach oben. Nichts war
zu hören. Sie sahen sich an. Löhr gab Lantos ein Zeichen, dass
er als Erster die Treppe hinaufgehen würde. Da er nicht wusste,
was sie oben erwartete, wollte er beweglich sein und schnell
reagieren können; er legte die Schrotflinte vorsichtig auf den
Boden, zog die Beretta aus der Jackentasche, lud sie geräuschlos
durch und begann, die Treppe hochzusteigen. Lantos folgte ihm
mit schussbereiter Flinte.

»Alles sauber! Ihr könnt hochkommen.«

Löhr erschrak, als hätte ihn ein Schuss getroffen. Es war Fischenichs Stimme. Nicht aus dem Handy, sondern real, direkt über
ihm.

Als er und Lantos den oberen Treppenabsatz erreichten, trat
Fischenich so gelassen, als käme er gerade von einem ausgiebigen
Frühstück, aus einem der auf der linken Seite des Flurs liegenden
Zimmer. Er steckte seine Pistole zurück in das Halfter, wozu er
den Reißverschluss seines Leinenblousons ein Stück herunter-
ziehen musste. Löhr erkannte ein Einschussloch im Blouson und
im Hemd Fischenichs, das Geschoss musste noch in der Weste
darunter stecken. Und dann sah er den anderen, einen schweren,
muskulösen Mann um die vierzig, den er noch nie gesehen hatte.
Er war tot, lag mit ausgebreiteten Armen auf dem Rücken, seine
Pistole noch in der Rechten, ein paar Schritte hinter Fischenich
im Flur. Die Aufprallwucht von zwei Geschossen aus Fischenichs
Waffe hatte ihn zurückgeschleudert. Die Einschusslöcher, aus

denen wegen der Lage des Mannes nur wenig Blut austrat, waren dicht nebeneinander, beide in unmittelbarer Herzgegend.

Fischenich bemerkte die anerkennende Miene Löhrs und sagte trocken: »In dem Moment, wo ich den Jungen in dem Zimmer da gefunden hatte, kam er aus dem anderen und hat sofort geschossen. Ich hatte keine Wahl.«

Lantos tauchte hinter Löhr auf. Fischenich winkte zum Zimmer hin, aus dem er gerade gekommen war. Lantos sah ihn fragend an, er war blass, seine Miene angespannt und voller Angst.

»Nichts passiert«, beruhigte ihn Fischenich. »Gehen Sie ruhig rein. Er sitzt am Computer.«

Lantos lehnte sein Gewehr vorsichtig neben die Tür, zögerte, dann gab er sich einen Ruck und verschwand im Zimmer. Löhr und Fischenich blieben im Flur. Fischenich ging ein paar Schritte auf den Toten zu, durchsuchte die Taschen seiner tarnfarbenen Weste und steckte sowohl das Handy als auch das Portemonnaie, das er dort fand, ein. In die Papiere im Portemonnaie warf er zuvor einen Blick und sah dabei zu Löhr hinüber.

»Das war unser Mann, der, der Ihren Freund angerufen hat. Und übrigens auch der, zu dem die Zulassungsnummer des Wagens passt, der den Mann von der Linken-Ratsfraktion angefahren hat.«

Aus dem Zimmer, in dem Lantos verschwunden war, hörten sie die Stimmbruchstimme Erics: »Ach bitte, Papa, das eine Level noch! Du weißt doch, dass Mama mich zu Hause nie ›Game of Thrones‹ spielen lässt ...«

Darauf einige Augenblicke Schweigen. Und dann hörte Löhr ein Geräusch, das ihn erschütterte wie schon lange nichts mehr. Er hörte, wie Lantos aufschluchzte.

67

Bedächtig steuerte Fischenich seinen Škoda vom Hof der Werkstatt. Weder die Sekretärin, durch deren Büro sie hinausgegangen waren, noch einer der Arbeiter, die inzwischen wieder an den Autos schraubten, nahm besondere Notiz von ihnen. Alle taten, als wäre nichts geschehen. Obwohl sie doch zumindest die vier Schüsse gehört haben mussten, die im Haus gefallen waren.

»Die stecken doch da wohl nicht alle mit drin?«, fragte Löhr.

»Kann ich mir nicht vorstellen«, antwortete Fischenich. »Die wissen allenfalls, dass der Betrieb eine Tarnadresse ist, aber für was und für wen, das interessiert die nicht. Die kriegen ein bisschen Geld, und dafür machen sie die Augen zu.«

»Das heißt, wenn die Bullen da aufkreuzen, wissen sie von nichts?«

»Wenn da überhaupt Polizei auftaucht. Wer sollte die rufen? Die Leiche werden die von ›All Protect‹ entsorgen, und damit hat es sich.«

»Eigentlich unvorstellbar.«

»Was?«, fragte Fischenich.

»Dass Klenk einfach so eine kriminelle Tarnorganisation fürs Grobe unterhalten kann, und keiner weiß es oder kräht danach.«

»Das Letztere ist entscheidend«, sagte Fischenich. »Dass es niemanden interessiert. Und es interessiert niemanden, solange Klenk mit so etwas seine Geschäfte am Laufen halten kann, von denen alle profitieren.«

»Na ja, vom letzten Geschäft ja wohl weniger«, sagte Löhr.

»Klingt, als wären Sie immer noch sauer, dass ich auf Ihren Teil vom Kuchen gepinkelt habe.«

Löhr sah zu Fischenich hinüber. So gut gelaunt und so locker hatte er ihn noch nie erlebt. »Ich werd schon wieder was Neues ausgraben«, sagte er und bemerkte, wie Lantos' Porsche links an ihnen vorbeifuhr. Nach dem Überholen winkte Lantos kurz, dann gab er Gas, und sie konnten sehen, wie er von der Berrenrather Straße rechts auf den Militärring abbog, Richtung Marienburg.

»Das da …«, Fischenich schob sein Kinn kurz in Richtung des kleiner werdenden Porsche, »das kam mir ein bisschen zu einfach vor.«

»Zu einfach? Was meinen Sie?«

»Ein paar Anrufe, die leicht zurückverfolgbar sind, ein Versteck, das jeder Trottel auf dem Stadtplan finden kann. Ein Entführer, der sich gleichzeitig noch ganz locker Zeit für einen Mordanschlag nimmt, purer Dilettantismus!«

»Und was schließen Sie daraus?«

»Dass die es nicht richtig ernst gemeint haben. Das kam mir eher vor wie, na, sagen wir eine Auseinandersetzung unter Geschäftspartnern.«

Löhr war baff. »Wir reden hier über *Kindesentführung*, Fischenich!«

Fischenich antwortete nicht gleich, schien sich aufs Fahren zu konzentrieren und bog von der Berrenrather auf die Innere Kanalstraße ab.

»Klären Sie das mal bei Gelegenheit mit Ihrem Kumpel«, sagte er schließlich und schwieg danach, bis er an der Stelle auf der Lindenstraße angekommen war, an der er am Morgen Löhr aufgepickt hatte. Er parkte den Škoda in der gegenüberliegenden Seitenstraße, gleich unter dem Bahndamm, ließ aber den Motor laufen.

»Sie sagten eben, Sie würden was Neues ausgraben«, sagte Fischenich weniger im Ton einer Frage als dem einer Feststellung.

»Werde ich wohl müssen«, entgegnete Löhr.

»Das heißt, der Dienst ist für Sie passé?«

»Klar. Hab ich Ihnen das noch nicht gesagt?«

Fischenich hob kurz gleichzeitig rechte Schulter und rechte Augenbraue, so als sei ihm die Angelegenheit entfallen, aber auch nicht so wichtig.

»Und was ist dieses Neue?« Fischenich sah Löhr jetzt offen an. »Richtung Robin Hood oder eher Michael Kohlhaas?«

»Keine Ahnung.« Löhr grinste. »Bin noch in der Findungsphase. Vermutlich keines von beiden. Muss mich schließlich erst mal um meinen eigenen Lebensunterhalt kümmern.«

»Okay«, sagte Fischenich gedehnt. »Ich werde es ja noch früh genug erfahren.«

Löhr öffnete die Beifahrertür. Doch bevor er ausstieg, wollte er noch etwas zwischen sich und Fischenich klarstellen.

»Egal, was ich machen werde: Auf Ihre Mitarbeit komme ich immer gerne zurück.«

»Das ehrt mich«, sagte Fischenich. »Aber so einfach, wie Sie sich das vorstellen, wird das in Zukunft nicht mehr gehen.«

»Ach?«

Fischenich kramte in seiner Jacketttasche, förderte schließlich eine durchsichtige Beweissicherungstüte hervor und gab sie Löhr.

»Kommt Ihnen das bekannt vor?«

Löhr betrachtete den viereckigen Lederfetzen in der Tüte. In dessen Mitte befand sich ein leicht angefranstes Einschussloch. Er schätzte, von einer Neun-Millimeter-Pistolenkugel.

»Sollte es?«

»Ich bitte Sie, Löhr. Das ist ein Stück aus Ihrer alten Lederjacke.«

Ein sanfter, kalter Schauer kräuselte sich vom Nacken bis zum Hintern über Löhrs Rücken. Er konnte sich gut daran erinnern, wie er, nachdem er am Aachener Weiher den Sarden erschossen hatte, seine Lederjacke auf der Richard-Wagner-Straße in einem zum Abholen am Straßenrand stehenden Müllcontainer geworfen hatte.

»Könnten Sie das eventuell auch beweisen?«

»Ich glaube schon. Jemand hat die Jacke aus dem Müllcontainer gezogen und gemeint, sie könnte ihm noch passen. Bis er das Loch und die Beretta-Patronenhülse darin entdeckte …«

»Verstehe«, sagte Löhr und bemerkte, wie seine Kehle allmählich austrocknete. »Aber dass es *meine* Jacke sein soll …?«

»Oh ja! Natürlich! Das können die vom KK11, in deren Asservatenkammer die Jacke und die Hülse im Zusammenhang mit dem ungeklärten Tötungsdelikt am Aachener Weiher gelandet sind, natürlich *nicht* beweisen.«

»Aber Sie?«

»Sie haben's getroffen, Löhr. Mir kam die Jacke irgendwie bekannt vor, und ich hab einen Abgleich zwischen den DNA-Spuren daran und der Blutprobe machen lassen, die Sie im Polizeigewahrsam abgeliefert haben.«

Löhr sagte nichts mehr. Er schaute geradeaus auf die Straße, sah Autos in den seitlichen Parktaschen ein- und ausparken, Menschen ein- und aussteigen, zum Joggen oder zum Hundeausführen auf den Uniwiesen oder zum Fußball auf dem rechts vom Bahndamm liegenden Sportplatz gehen. Aber eigentlich wollte er das alles gar nicht sehen. Eigentlich wäre es ihm lieber gewesen, vor ihm hätte sich ein schwarzer Vorhang zugezogen, und er hätte für eine längere Zeit gar nichts mehr zu sehen brauchen.

Fischenich schien zu wissen, was in ihm vorging.

»Machen Sie sich mal keine Gedanken, Löhr. Das Material liegt bei mir zu Hause in meinem Waffenschrank.«

Löhr dachte nach. Schließlich nickte er. »Das ist natürlich eine etwas andere Form der Zusammenarbeit, die sich jetzt anbietet.«

»Es freut mich, dass Sie das so sehen.«

Löhr stieß die Beifahrertür ganz auf und stieg aus. Die Nachmittagshitze sprang ihn an, und augenblicklich rann ihm der Schweiß über Brust und Rücken.

»Ach, noch was!«, rief ihm Fischenich aus dem Škoda nach.

Löhr beugte sich in das von der Klimaanlage gekühlte Wageninnere. Fischenich reichte ihm ein Blatt Papier. Es war eine Liste mit Telefonnummern. Als erste erkannte Löhr die Handynummer Carlas.

»Sie hatten mich doch gebeten, das mal zu checken.«

»Stimmt.«

»Ist interessant. Bis gestern Morgen ist von dem Handy aus ziemlich fleißig mit den Nummern telefoniert worden, die unsere italienischen Kollegen Ihrer sardischen Killertruppe beziehungsweise deren Auftraggebern in Italien zuordnen.«

68

Im Inneren des Zero gab es keinen Platz mehr. Es war früh am Freitagabend, und für die Italiener, die die Mehrheit des Publikums hier ausmachten, begann das Wochenende traditionell mit einem Besuch im Café. Löhr hatte keine Lust, sich zwischen die Raucher zu quetschen, also setzte er sich an einen der leeren Tische vor dem Café, obwohl es in den letzten beiden Tagen, und heute besonders, etwas frischer geworden war. Das Hoch hatte sich verdrängen lassen, die Temperaturen waren auf unter zwanzig Grad gesunken, und über den Himmel zogen den ganzen Tag schon eilige Staffeln dicker grauer Wolken vom Westen hin zur anderen Rheinseite.

Löhr zog den Pullover, den er sich zu Hause nur über die Schultern gelegt hatte, jetzt ganz über und sortierte den Stapel alter und neuer Zeitungen, den er aus dem Innenraum des Cafés mitgebracht hatte, nach Erscheinungsdatum. Seit der Befreiung Erics hatte er seine Wohnung nicht mehr verlassen. Es hatte eine Menge zu verarbeiten und zu bedenken und ein paar Entschlüsse zu fassen gegeben, die sich bisher nur vage in seiner Vorstellung abgezeichnet hatten. Außerdem war, in der Folge dieser inzwischen tatsächlich gefassten Entschlüsse, eine Menge von Papierkram zu erledigen gewesen. Die entsprechenden Briefe hatte er eben in den Briefkasten geworfen, Briefe, die mit der Kündigung seines Jobs bei der Kripo und den daraus resultierenden Konsequenzen zu tun hatten. Gerne hätte er auch einen Brief an Carla geschrieben, aber natürlich hatte er ihre Adresse nicht.

Carla! Wie idiotisch von ihm, dass ihm das nicht aufgefallen war! Wie prompt sie in dem Augenblick auftauchte, als den Sarden klar geworden war, dass sie mit ihren Methoden aus Löhr keine Informationen über den Verbleib des als Schlüssel zum De-Saussure-Schließfach dienenden USB-Sticks bekommen konnten. Natürlich war Carlas Geschichte zuerst einmal vollkommen plausibel gewesen: Sie war nach Köln zur Identifizierung ihrer Schwester gekommen. Und sicher hatte sie mit den Sarden bis dahin überhaupt nichts zu tun gehabt. Wie denn auch? Die beiden Schwestern hatten schließlich deren Auftraggeber beklaut und die Absicht, dies auch weiterhin zu tun und das Schließfach leer zu räumen. Das alles hatte er gewusst. Aber auf die Idee, dass die Sarden Carla umgedreht und auf ihn angesetzt hatten, war er nicht gekommen.

Aber tatsächlich idiotisch war gewesen, dass er all die übrigen Signale übersehen hatte. Vor allem die vom vergangenen Sonntag. Warum fuhr der BMW-Fahrer wieder weg, nachdem er gerade in der Lübecker Straße eingeparkt hatte? Nur weil er von Löhr den USB-Stick bekommen hatte? Und auf die Idee, darüber nachzudenken, warum der Typ ausgerechnet da parken wollte, zwei Meter vom Coellner Hof entfernt, war er überhaupt nicht gekommen. Nämlich um Carla aus dem Hotel abzuholen und in Sicherheit zu bringen, weil die inzwischen allen Grund hatte, kalte Füße zu kriegen. Und selbst als er Carla dann im Foyer auf ihren gepackten Koffern sah, hatte es bei ihm nicht geschaltet und er keine Beziehung zu dem BMW vor der Tür hergestellt. Okay. Vielleicht war er in dem Augenblick schwanzgesteuert gewesen, eitel und zufrieden damit, dass sie sich gleich wieder auf ihn einließ. Aber was hätte sie in dem Moment auch anderes tun können? Sie wusste nicht, was zwischen ihm und den Sarden gelaufen war, also setzte sie auf den, der gerade vor ihr stand. Ihn. Eine ganz pragmatische, eine taktische Wahl. Idiotisch? Nein, bloß naiv, dass er hatte glauben können, es sei eine andere Wahl, eine Entscheidung für ihn gewesen.

Löhr hatte im Stapel der Zeitungen die aktuellsten Ausgaben gefunden und überflog die Titelseiten der ersten, als sich von hinten eine große, schwere Hand auf seine Schulter legte. Er drehte sich um und erkannte Hubert Lantos. Vielleicht lag's am Wetter, vielleicht lag es an dem, was in der Zwischenzeit geschehen war, Lantos trug weder Hawaiihemd noch Bermudashorts, sondern ganz normale, und zwar, wie man auf den ersten Blick erkennen konnte, ziemlich teure Klamotten.

»Darf ich?«, fragte er, bevor er sich zu ihm an den Tisch setzte.

Ein scheißschlechtes Gewissen, dachte Löhr, als er ihm aufmunternd zunickte.

»Alles gut so weit?«

»Und bei dir?«, entgegnete Löhr.

»Alles wieder im Lot.«

Danach schwiegen sie eine Weile, warteten, bis Andrea erschien und sie fragte, was sie trinken wollten.

»Für mich noch so einen«, sagte Löhr und wies auf die leere Espressotasse vor sich.

»Nein, nein. Wir trinken was«, intervenierte Lantos. »Es gibt was zu feiern.« Und zu Andrea sagte er: »Hat dein Vater noch den Brunello von 2007 im Keller?«

»Muss ich fragen«, antwortete Andrea und verschwand im Inneren des Zero.

»Was zu feiern?«, fragte Löhr.

»Erstens muss ich mich bei dir bedanken. Zweitens entschuldigen.«

»Wofür entschuldigen?«

»Erzähl ich dir, wenn wir trinken.«

»Musst du nicht zur Arbeit?«

»Heute nicht. Im Übrigen hab ich meine Partnerschaft mit De Saussure beendet.«

»Ach?«

Löhr sah Lantos aufmerksam ins Gesicht. Dessen anfängliche Beklommenheit wich, seine Gesichtszüge wurden entspannter.

»Das dürfte dich doch nicht wundern, oder?«

»Keine Ahnung«, antwortete Löhr. »Hab da ein bisschen die Orientierung verloren. – Wie geht es Eric?«

»Eric?« Lantos lachte. »Dem fehlt seitdem echt was. Der ist immer noch stocksauer, dass er nicht mehr ›Game of Thrones‹ spielen darf.«

»Du hast mich also mit der Entführung verarscht?«

»Nicht mit der Entführung. Aber ich hab dir nicht alles gesagt. Das stimmt schon.«

Andrea kam mit einer Flasche Rotwein, zeigte Lantos das Etikett, entkorkte, schnüffelte am Korken, als verstünde er etwas davon, schenkte Lantos ein, der kostete, das übliche Ritual. Sie stießen an und tranken.

»Und?«, fragte Lantos.

»Was und?«

»Der Wein!«

»Du benimmst dich wie ein reicher Sack«, antwortete Löhr. »Sprechen wir jetzt vom Wein oder was?«

»Ich *bin* ein reicher Sack«, sagte Lantos. »Du jetzt aber auch. Ein bisschen wenigstens.«

Er klappte sein schwarzes Seidenjackett auf, zog aus der Innentasche einen Briefumschlag und reichte ihn Löhr. Der Umschlag war nicht zugeklebt, sodass Löhr ihn leicht öffnen konnte. Darin steckte ein Scheck. Löhr sah nicht auf die Summe, sondern zuerst auf die ausstellende Bank. Es war nicht De Saussure. Dann sah er auf die Summe. Eine halbe Million, fünfhunderttausend Euro.

»Was ist das?«, fragte er und reichte den Umschlag an Lantos zurück. Der nahm ihn nicht.

»Dein Anteil. Die Hälfte.«

»Die Hälfte wovon?«

»Die Hälfte von dem, was ich Klenk beziehungsweise dieser ›Benevolenza‹ abgezockt habe.«

»Abgezockt …« Löhr hielt den Umschlag immer noch in der Hand. Er stand senkrecht zwischen ihnen in der Luft, und Löhr konnte sehen, wie er leicht zitterte.

»War ein bisschen Arbeit und nicht ganz unkompliziert. Interessiert es dich?«

Löhr nickte und legte den Umschlag auf den Tisch.

»Der Fehler der Arschlöcher war, dass sie nicht, wie sonst bei Klenk und früher bei Pietsch üblich, einen geschlossenen, sondern einen offenen Fonds aufgelegt haben.«

»Was ist der Unterschied?«

»Geschlossene Fonds werden nicht gehandelt. Offene Fonds aber müssen frei, also auch an der Börse handelbar sein.«

»Aha?«

»Und wenn etwas an der Börse gehandelt wird, ist es automatisch auch ein Spekulationsobjekt. Jetzt kapiert?«

»Was denn?«

»Mann, Jakob, du musst noch 'ne Menge lernen! Man kann für einen oder gegen einen Fonds wetten, also Wetten anbieten, ob er im Wert steigt oder im Wert fällt. Und ich habe Wetten darauf angeboten, dass er fällt. Und zwar jede Menge. Hast du's jetzt?«

»Jetzt, nachdem ›Sun Gardens‹ geplatzt ist, dürfte der Fonds nicht mehr allzu viel wert sein.«

»Du lernst schnell.«

»Vielleicht«, murmelte Löhr, dem es tatsächlich aber schwerfiel, sich vorzustellen, wie genau solche Geschäfte funktionierten. »Und wie hat Klenk mitgekriegt, dass du dahintersteckst?«

»Das kann er nicht mitgekriegt haben. Ich bin doch nicht

blöd. Hab mich mit meinen Optionsscheinen hinter irgendeiner Tarnadresse versteckt. Aber er wird's geahnt haben.«

»Und wie?«

»Um die Wette attraktiv zu machen, musste ich Informationen streuen, negative Informationen zum Hauptprojekt des Fonds.«

»Welche zum Beispiel?«

»Na ja, wenn man zum Beispiel ein, zwei Mordfälle in Zusammenhang mit ›Sun Gardens‹ bringt ...«

»Was keine Zeitung, kein Polizeibericht getan hat ...«

»... was die Informationen aber deshalb umso wertvoller macht.«

»Verstehe«, murmelte Löhr noch einmal. Diesmal verstand er allerdings etwas mehr. Er trank einen Schluck Wein, und erstaunlicherweise schmeckte er ihm plötzlich. Es war ein ausgezeichneter Wein. So etwas hatte er sehr lange nicht mehr getrunken.

»Du bist damit ein hohes Risiko eingegangen«, sagte er schließlich.

»Nur im Nachhinein. Zuerst hatte ich doch die perfekte Tarnung! Ich war jahrelang mit im Geschäft mit der ›Benevolenza‹ gewesen. Wieso sollte ich meine eigene Bank und ihr schönstes Baby torpedieren?«

»Aber dann?«

»Dann müssen sie dahintergekommen sein, dass ich Verbindung zu dir habe.«

»Das war ja nicht allzu schwer«, sagte Löhr.

»Da mussten sie allerdings erst mal drauf kommen. Jedenfalls konnten sie sich damit dann erklären, von wo die schlechten Nachrichten kamen.«

»Und um dich zu zwingen, sie nicht mehr zu streuen, haben sie deinen Sohn entführt?«

»Klar.«

»Aber du hast nicht damit aufgehört?«

»Ich konnte mir nicht vorstellen, dass sie das richtig ernst meinten mit der Entführung. Dass sie sie konsequent durchziehen würden. Die haben geglaubt, mit ein bisschen Bangemachen könnten sie mich einschüchtern.«

»Du hast ganz schön Nerven! Es ging um deinen Sohn!«

»Ich hab dir schon gesagt: Ich sah ihn nicht in wirklicher Gefahr.«

»Das glaube ich dir nicht«, sagte Löhr. »Du wusstest mehr, als wir wussten, und hast eine Show abgezogen.«

»Sag so was doch nicht, Jakob!« Lantos drehte bei der Antwort den Kopf weg, sodass er Löhr nicht anschauen musste.

»Bist du wirklich so ein Dreckskerl?«

Lantos schwieg eine Weile. Dann quälte er sich zu einer Antwort: »Am Anfang haben sie uns mit der Entführung wirklich überrumpelt. Das war kein Fake.«

»Und dann?«

»Dann hab ich ein bisschen nachgedacht. Und bin vor euch auf die ›All Protect‹ gekommen. Und Geld, verstehst du … Es gibt keinen, der nicht käuflich ist, jeder hat seinen Preis.«

Löhr dachte nach. Dann verstand er. »Du hast uns weiter eine Schau vorgemacht, obwohl du wusstest, dass sie Eric nichts tun würden?«

»Es musste für alle Seiten echt wirken, sonst hätte es nicht funktioniert.«

»Und der Typ, den Fischenich umgenietet hat?«

»Das war ein Handlanger, der, außer dass er Eric nichts tun durfte, von nichts wusste. Hat Pech gehabt. Beziehungsweise dein Kumpel hatte den Finger zu schnell am Abzug.«

»Hm«, machte Löhr. Er trank noch einen Schluck Wein, dann noch einen, Lantos füllte sein Glas nach, und sie tranken gemeinsam und schwiegen dabei.

»Ein interessantes Geschäft, das du da an der Börse treibst …«, sagte Löhr nach einer geraumen Weile.

»Findest du?«

»Doch. Schon«, sagte Löhr. »Könnte Zukunft haben.«

»Na bitte! Endlich kapierst du mal was«, sagte Lantos und schob den Umschlag mit dem Scheck Richtung Löhr.

»›Ich höre und vergesse. Ich sehe und erinnere mich. Ich mache und verstehe.‹ Konfuzius.«

Jedes Mal, wenn Löhr sein »Handbuch der Hacking School« aufschlug, las er halblaut das Motto auf dem Umschlag der Vierhundertzwanzig-Seiten-Fibel zum interaktiven Kurs. So ganz kapierte er zwar immer noch nicht, was damit gemeint war, doch allmählich bekam er zumindest eine Ahnung davon, was »machen« und »verstehen« miteinander zu tun hatten. Je mehr er sich mit den Grundlagen des Programmierens beschäftigte und je tiefer er in die Programmiersprache, die ihm die »Hacking School« anbot, eindrang und sie auch anwandte, desto klarer wurde ihm, dass er noch sehr viel üben musste.

Der Sommer hatte nicht das gehalten, was er Mitte Juni mit der sagenhaften Hitzewelle, die den Rhein in eine braune Pfütze verwandelte, versprochen hatte. Fast den kompletten Juli und den August hatte es geregnet, im September versuchten noch einmal vierzehn sonnige Tage zu trösten, aber dann war es mit der warmen Jahreszeit auch vorbei gewesen. Jetzt, Anfang Oktober, von wegen goldener Oktober, sah es eher nach dem ersten Wintereinbruch aus. Die Stühle und Tische auf dem Bürgersteig vorm Zero lagen in Ketten, und Löhr saß im geheizten Inneren des Cafés an seinem Stammtisch gleich neben der Eingangstür.

Er klappte seinen Laptop auf, den ihm Hubert Lantos besorgt und in den er ihn gründlich eingewiesen hatte, und rief das Programm der »Hacking School« auf, um sich der nächsten Lektion seines interaktiven Kurses zu widmen. Neben der Rentner-Stammbesatzung war Löhr der einzige Gast im Zero; Andrea, der Sohn des Wirtes, stand hinterm Tresen und polierte gelangweilt Grappagläser. Die Tür ging auf, jemand kam herein, aber Löhr, schon gefangen im ersten Rätsel seiner neuen Sprache, löste den Blick nicht von seinem Laptop. Erst als er wahrnahm, dass die Gespräche der zahnlosen, an ihren Kippen nuckelnden Rentnergang schlagartig verstummten, sah er auf. Die Blicke Salvatores, Federicos und Albertos klebten auf der Erscheinung, die sich gerade, mit dem Rücken zu Löhr, an den Gläser polierenden Andrea wandte und ihn auf Italienisch fragte, ob sie mal die Toilette benutzen dürfe – *»posso usare i suoi servizi?«.*

Löhr sah, wie Andreas Blick stier wurde und ihm die Kinnlade herunterfiel, und Löhr sah, wie Salvatores Mund zwischen zwei Zügen aus seiner Zigarette offen stehen blieb und wie die Espressotasse, die Federico gerade zum Mund führen wollte, auf halber Strecke in der Luft stehen blieb, leicht zitternd wegen Federicos Tremor. Auch die Zeit blieb stehen, fror ein. Die Augenblicke klebten zäh an den eben gefallenen Worten *»posso usare i suoi servizi?«* und schienen sich nie mehr von ihnen lösen zu wollen. Jeder seiner Wimpernschläge schien Löhr Minuten zu dauern, und es war ihm, als stecke er in der Zeitschleife eines sich ewig wiederholenden Traumes. Das Erste, was ihm gelang, um sich daraus zu befreien, war, dass er den Blick vom Rücken der Erscheinung am Tresen abwenden und auf die Tür richten konnte. Das Zweite war, dass er seine Rechte vom Laptop lösen und zum Gürtelhalfter mit der Beretta führen konnte. Aber die Beretta lag im obersten Schubfach seines Schuhschrankes. Und die Tür ging nicht auf, und weder kam ein teigiger Typ mit einer beigen Rentner-Windjacke herein, noch stand ein anderer Typ mit einem Ledermantel draußen vor der Tür. Das Dritte, was den Traum dann endgültig zum Platzen brachte, war, dass die Erscheinung sich vom Tresen löste, sich auf dem Weg zur Toilette noch einmal umdrehte und Löhr ihr Gesicht zuwandte.

»Na, so was! Jakob!«, rief Carla, und das freudigste Wiedererkennungslächeln, das Löhr bisher in seinem Leben gesehen hatte, erhellte dabei ihr Gesicht. »Da lauf ich an deinem Tisch vorbei, wo ich doch extra wegen dir hergekommen bin!«

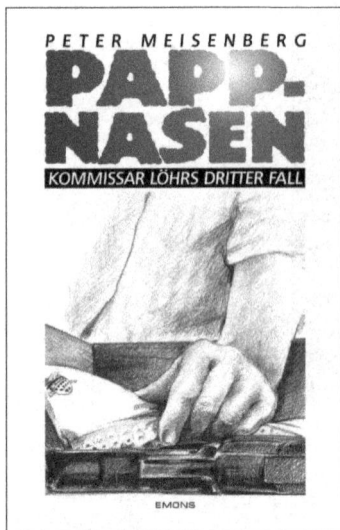

Peter Meisenberg
PAPPNASEN
Kommissar Löhrs dritter Fall
Broschur, 176 Seiten
ISBN 978-3-89705-230-7

»*Meisenberg illustriert anschaulich das Zusammenspiel von Beziehungen, Begehrlichkeiten und Intrigen in der Kölner Stadtgesellschaft. Brillant sind Andeutungen, in denen wissende Leserinnen und Leser so manche Kuriosität der Kölner Stadtpolitik erkennen.*«
taz

»*Mit seinem dritten Fall hat sich Kommissar Löhr endgültig in der Kölner Krimi-Szene etabliert.*« Rheinische Post

www.emons-verlag.de

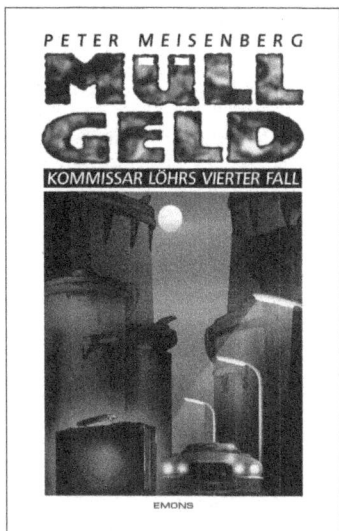

PETER MEISENBERG

MÜLL GELD

KOMMISSAR LÖHRS VIERTER FALL

EMONS

Peter Meisenberg
MÜLLGELD
Kommissar Löhrs vierter Fall
Broschur, 192 Seiten
ISBN 978-3-89705-279-6

»Peter Meisenberg hat wieder ein echtes Kölner Skandalthema
angepackt. Hier dreht sich alles um die Kommunalpolitik und den
Abfall. Die Verwobenheit von Müllgeschäft, Kommunalpolitik und
Korruption lassen sich in dem packenden Krimi gut wiederentde-
cken. Was das Buch besonders liebens- und lesenswert macht, ist
seine Hauptfigur.« Kölnische Rundschau

»Ein atmosphärischer Genuss!« Rheinische Post

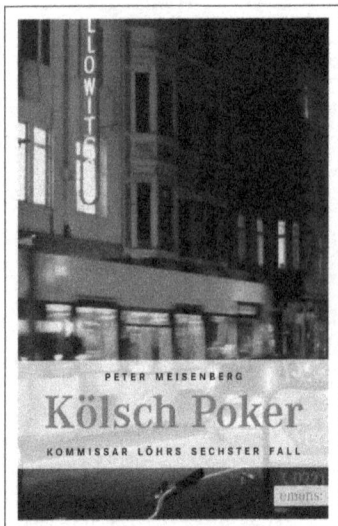

Peter Meisenberg
KÖLSCH POKER
Kommissar Löhrs sechster Fall
Broschur, 240 Seiten
ISBN 978-3-89705-831-6

»Einen Krimi von Peter Meisenberg zu lesen, ist ein wenig, wie zu Hause ankommen. Alles wirkt angenehm vertraut. Die Hauptpersonen, allen voran Kommissar Löhr, wirken fast familiär.«
Rheinische Post

»Ohne Zweifel ist Peter Meisenberg auch mit dem sechsten Band um Kommissar Löhr ein Volltreffer gelungen.« Kölnische Rundschau

»Wer ›Kölsch Poker‹ liest, gehört auf jeden Fall zu den Gewinnern.«
www.koeln.de

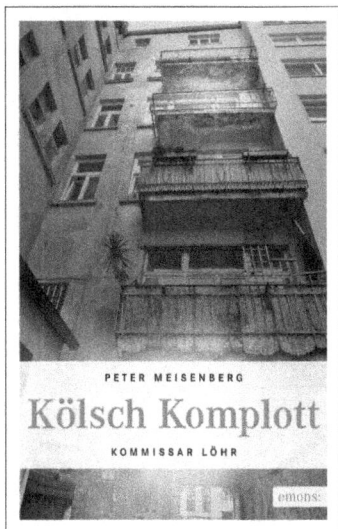

Peter Meisenberg
KÖLSCH KOMPLOTT
Kommissar Löhrs siebter Fall
Broschur, 224 Seiten
ISBN 978-3-89705-935-1

»*Ein schräger Kommissar, schräge liebenswerte Typen – auch in Löhrs siebtem Fall erzählt Peter Meisenberg wieder eine stimmige, spannende und sehr kölsche Geschichte.*« Kölnische Rundschau

»*»Kölsch Komplott‹ ist ein spannender Krimi, der wie schon seine Vorgänger das kölsche Milieu wissensreich und humorvoll wiedergibt. Es entsteht eine ganz besondere Atmosphäre, die den Leser von der ersten bis zur letzten Seite nicht mehr loslässt.*«
Westdeutsche Zeitung

www.emons-verlag.de

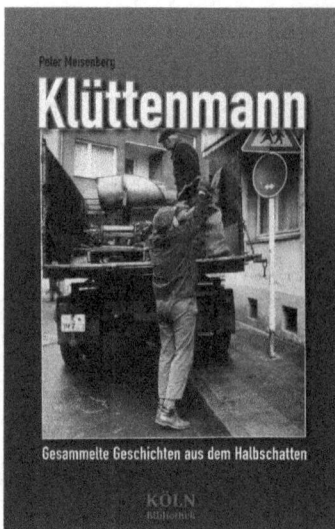

Peter Meisenberg
KLÜTTENMANN
Broschur, 340 Seiten
ISBN 978-3-89705-129-4

*»Eine unverhohlene Liebeserklärung an ein Köln, welches zuneh-
mend vergilbt und immer mehr in Vergessenheit gerät. Peter Mei-
senbergs Spurensuche ist eindeutig, und sein wehmütiges Fazit läßt
keinen Zweifel daran, daß dieses sein Köln untergeht. Und darum
will er mit ›Klüttenmann‹ die Erinnerung bewahren, und das in einer
Mischung aus Reportage und Chronik zugleich.«* Kölner Bilder-Bogen

www.emons-verlag.de

Peter Meisenberg
MANCHMAL KLAPPT ES
Broschur, 176 Seiten
ISBN 978-3-95451-091-7

Peter Meisenberg ist wieder eingetaucht in den Alltag von Menschen, die nicht gerade auf der Sonnenseite leben, auch wenn sie das manchmal glauben. Fünfundzwanzig Jahre nach »Freitags kommt der Klüttenmann« erkundet er, wie sich das Leben im Halbschatten heute anfühlt. Hinter den manchmal schroffen Fassaden findet er Vergessenes und Verdrängtes, Wunschträume und verlorene Illusionen – immer aber auch ein empfindsames Herz. Elf literarische Reportagen aus dem Leben »der kleinen Leute« Kölns.

www.emons-verlag.de

Peter Meisenberg
DER FLUCH DES TRAJAN
Köln Krimi für Pänz
Broschur, 176 Seiten
ISBN 978-3-89705-753-1

»Der Autor garniert die Story mit einfühlsamen Schilderungen der Lebenswelt seiner jugendlichen Helden. Und so ganz nebenbei gibt es auch noch ein wenig Geschichtsunterricht. Dem Trio wünscht man weitere Fälle.«   Kölnische Rundschau

»Eine fesselnde Geschichte, sensibel und unterhaltsam erzählt.«
Westdeutsche Zeitung

www.emons-verlag.de